설강화

설강화

지현

현

전성진

해운

최단비

Alice K

송은아(宋恩我)

이수민

글Ego

들어가며

세상은 사계절이 흐르는 동안 언제나 모습을 바꿉니다.

사람은 세상이 낳은 존재라서 그런 걸까요? 사람도 변화를 추구합니다.

매 순간 성숙해지고 서로에게 영향을 끼치기도 하죠. 그 결과가 어떨지라도 시간이 흐르면 또다시 원래의 모습이었다는 듯 자연스러운 모습을 보입니다. 감사한 일이라고 할 수 있습니다.

모두 살면서 한 번쯤은 '인생은 어떻게 될지 모른다.'라는 말을 들어보셨을 겁니다.

하지만, 그렇다고 해서 너무나도 그 흐름에 몸을 싣고 맡기지는 마세요. 모든 것은 어디로 흘러갈지 모르니까요. 고진감래라는 말처럼, 삶에 몰래 숨어있는, 시간의 끝자락에 있는 희망도 결국 우리 모두가 하기에 달렸습니다.

물론 시간이 해결해 주는 일도 생각보다 많습니다. 만약 속절없이 다가오는 난관에 부딪히게 되었을 때 어린 시절 꿈을 적어둔 공책이 있다면 그 공책을, 없다면 여러분과 비슷한 삶을 달려온 저자의 책을 앞으로의 거울로 삼아 읽어보시는 건 어떠실까요. 잊고 있던, 아니면 그저 품고 있던 일상의 '꿈과 희망'이 떠오를지도 모릅니다. 다만, 그렇다고 여러분의 능력을 무시하지 마시길 바랍니다. 여러분이 바라는 결실은 결국, 떠오르는 그 길을 얼마나 따라가는지, 그 의지에 달려있으니까요.

- 공동저자 中 이수민

차 례

입춘

지현

지현   저마다 마음 속에 희망 사항 한 가지 쯤은 품고 있다고 생각합니다. 매년 1월 1일 이면
         일기장에 새해 다짐을 적습니다. 올해는 '글 쓰는 사람'이 되겠다고 적었습니다. 겨울
         에서 봄으로 가는 경계에서 이 소설을 썼습니다.

         이메일: guard6633@naver.com

알람이 울리려면 20분이나 남았지만, 목덜미를 파고드는 서늘함에 눈이 떠졌다. 태수는 회사 로고가 박힌 낡고 두꺼운 작업복을 입으면서 다음엔 기필코 남쪽으로 창이 있는 따뜻한 집을 구하고야 말겠다고 다짐했다.

주전자를 가스레인지에 올렸다. 부엌에 난 작은 창을 열자 기다렸다는 듯 살얼음 같은 바람이 휙 들어왔다. 하늘은 한바탕 눈이라도 쏟을 듯 우중충하다. 1년 중 가장 추운 날은 대한도 소한도 아닌 입춘이라고 태수는 생각했다. 사람들은 봄을 알리는 전령이니 어쩌니 하며 호들갑을 떨지만, 하늘과 땅은 아직 봄을 내어줄 생각이 없어 보였다.

주전자에서 하얀 연기가 '삐' 소리를 낸다. 태수는 창을 닫고 라디오를 켰다. 뜨거운 물을 커피믹스가 담긴 머그잔에 따르니 손끝으로 온기가 올라온다. 라디오 뉴스는 영하 3도의 매서운 입춘 날씨와 미끄러운 빙판길을 조심하라는 멘트를 날린다. 핸드폰 액정을 눌렀다. 아직 연락도 문자도 없다. 젠장. 모자를 눌러쓰고 서둘러 센터 사무실로 향했다.

태수는 일머리가 좋다는 소리를 자주 듣는다. 이삿짐센터 일은 주로 몸을 쓰는 일이지만 실은 고객관리가 더 중요하다. 본사에서 운영하는 서비스고객센터는 형식적인 응대만 하므로 태수는 따로 고객관리를 했다. 고객들의 명단을 연도와 월별로 정리하고 특별한 고객이나 단골, 까다로운 고객들은 별도로 표기해 기억해 두었다. 전세나 월세로 이사하는 고객들도 따로 적어 두었다가 만기가 다가올 즈음에 안내 문자를 날리면 열에 여섯은 연락이 온다. 그러면서 또 단골을 만들었다. 거친 세상에서 살아남기 위해 스스로 터득한 자신만의 노하우다.

아직 문제 삼을 만한 컴플레인을 거는 고객이 없었던 태수는 다른 직원들보다 평점이 높았다. 게다가 지난달 말부터 다음 달까지 입주하는 재개발된 대단지 아파트 입주 이사 사업권을 따내는 실력을 과시하기도 했다. 이젠 태수가 속한 이사 업체도 이름만 대면 알 만한 쟁쟁한 업체들과 어깨를 나란히 하게 된 것이다. 사장은 사고 없이 마무리만 잘하면 포상 휴가와 함께 용인에 지점을 하나 내준다고 했다. 지점장이 되면 현장에서 이삿짐을 나르는 일은 하지 않아도 된다. 인력 수급이 부족할 때만 출동하고, 주로 협력 업체 영업과 관리업무만 하면 된다. 이삿짐센터 일을 한 지 올해로 꼬박 12년 만이다. 1팀장인 태수는 직원 다섯 명을 데리고 새 보금자리에서 일을 시작할 생각에 들떠 있었다.

 일이 꼬이기 시작한 건 어제저녁부터였다. 미안해, 정 팀장. 지난주부터 허리가 안 좋더라고. 내일은 병원에 가 봐야겠어. 꼼짝을 못 하겠네. 대타는 구해놨으니까 걱정 마. 연락 갈 거야. 거의 죽어가는 목소리로 구 씨가 전화를 했다. 그러게 살살 했어야지. 태수는 알았다고 했지만, 구 씨 허리 병은 분명 안양 언니와 밤새 술 처먹고 모텔에서 나뒹굴다가 생긴 게 뻔했다. 이것도 고질병이다. 구 씨는 말수는 적고 일을 빠릿빠릿하게 잘한다. 이삿짐 일에는 최적의 조건이다. 알코올과 여자에 약하다는 단점만 빼면.

 사무실 입구에는 [축. 용인시 2400세대 신축아파트 입주 이사 업체 선정]이라는 현수막이 위풍당당하게 펄럭이고 있었다. 이 사업권을 따내기 위해 고군분투했던 장면과 전 직원이 보는 앞에서 우수 직원 상패와 박수갈채를 받던 장면이 주마등처럼 스쳤다. 살면서 누군가에게 인정을 받아본 적이 있었던가. 태수는 누구보다 열심히 일했다. 왜 그렇게 열심히 해? 적당히 하면서 살아. 힘들게 몸 쓰는 일을 뭐하러 그렇게까지 하냐고 핀잔을 주는 이도 있었다. 그래봤자 이삿짐 일일 뿐이라는 듯이. 사실 돈을 위해 했다. 당연한 얘기 아닌가. 먹고 살려고 일을 하지 왜 일을 하겠는가. 태수는 자신이 몸 쓰는 일을 하게 될 줄 몰랐다. 머리 쓰는 일만 하며 살 줄 알았다.

 태수의 어릴 적 장래 희망은 '선생님'이었다. 진짜 선생님이 되고 싶었던 건 아니다. 아버지가 초등학교 교사였기에 자신도 같은 길을 가야 하는 줄만 알았다. 중고등시절엔 장래 희망도 꿈도 없었다. 그저 시키는 대로만 하며 살았다.

"공부를 해야지, 공부를! 쓸모있는 사람이 되려면 공부를 해야해. 교사가 되면 평생 존경받으면서 살 수 있고, 또 퇴직하면 죽을 때까지 연금도 나오니까 먹고 사는 걱정 안 해도 되니 얼마나 좋은 직업이냐."

아버지는 태수를 볼 때마다 그렇게 다그쳤다. 임용고시를 앞두고 독서실에만 처박혀 있을 때였다. 갑작스러운 교통사고로 아버지는 돌아가시고 어머니는 뇌출혈로 오른쪽에 마비가 왔다. 그때부터였다. 태수는 억지로 시켜서 하는 일이 아닌 스스로 할 수 있는 것이 무엇인지를 찾기 시작했다. 어쩌면 교사는 자신과 어울리지 않는 직업이었을 것이다. 지방의 건설 현장에 몇 달씩 있기도 했고, 택배 운전하며 전국을 돌아다니기도 했다. 12년 전 영등포에 있는 이 이삿짐센터로 오면서 조금씩 돈을 모으기 시작했다. 이제 그들에게 인정받기 시작했다. 용인은 계속해서 아파트와 오피스텔을 지으며 주변 인구를 끌어들이고 있다. 지점장이 되면 꽤 돈을 벌 수 있을 것이다. 현수막은 그동안 얼마나 열심히 살았는지 보여주는 보상이라고 생각했다.

태수는 아무도 오지 않은 사무실에 전등과 온풍기를 켜고 담배 하나를 꺼내 물었다. 입김과 담배 연기가 뒤섞여 전등 불빛이 뿌옇

게 보였다. 한 시간 후면 출발해야 하는데 대타 연락이 없다. 외국인만 아니면 된다. 2년 전 인건비를 아끼려고 외국인을 고용한 적이 있었다. 그들 몇몇은 출발시간을 넘겨 도착하거나 핸드폰 연락은 되는 경우보다 안 되는 경우가 더 많았다. 통화가 되어도 소통이 원활하지 않아 결국 문자로 대화를 할 수밖에 없었으며 일이 끝나면 일당을 챙기곤 뒤도 보지 않고 어디론가 사라지기 일쑤였다. 어떤 고객은 이사 견적 상담 시 다른 업체의 기분 나쁜 경험을 말하며 아예 외국인을 제외한 전문 인력으로만 꾸려서 보내달라고 못을 박기도 했다. 오늘 이사는 까다로운 고객으로 분류되어 있다. 태수에게 할당이 떨어지는 견적 상담은 대부분 태수가 직접 고객 집으로 가서 한다. 이사 갈 집에 둘 짐의 위치와 고객의 특별 당부를 꼼꼼하게 체크하기 위해서다. 그의 전문가다운 면모를 보면 고객의 신뢰도는 한층 높아진다. 그런데 오늘 고객은 센터장이 상담을 받았다.

"본사로 전화를 했다고 하더라고. 이렇게 까다로운 고객 이사를 누가 하겠어. 정 팀장이 제일 믿을만해서 주는 거야. 내가 정 팀장 팍팍 밀어주는 거 알지?"

태수는 인정을 받고 있다는 것이 내심 기뻤다. 센터장은 무척 까다로운 고객이니 특별히 신경을 더 쓰라고 했다. 특히 '식탁'을 강조했다. 손에 쥔 핸드폰에서 진동이 울렸다. 얼른 담배를 비벼 껐다.

[거의 도착합니다. 빨리 갑니다.]

어딘가 어색한 문장이 도착했다. 뭐지, 이 새끼. 설마 외국인 아냐? 불안이 감지될 무렵, 문이 열리면서 키가 크고 까무잡잡한 청년이 어깨를 옹송그리며 들어왔다.

"안녕하세요. 빨리 뛰어요. 안 늦었어요."

고개를 숙이며 인사한 청년은 느낌표인지 물음표인지 모를 억양으로 빠른 들숨과 날숨에 하얀 입김을 계속 만들었다. 점퍼도 얇게 입은 것이 꽤 추워 보였다.

"너야? 구 씨가 보낸 거 맞아?"

당황한 태수는 얼른 구 씨에게 전화를 걸었다. 신호가 몇 번 울리다가 끊겼다. 제기랄. 오늘은 까다로운 고객의 비위를 맞춰야 하는데 외국인을 보내다니. 이런 고객들은 외국인 노동자를 마뜩잖게 생각한다. 물론 다 그렇다는 것은 아니다. 그동안의 경험으로 비춰보면 그럴 확률이 높다는 것이다. 태수도 외국인 노동자를 고용해서 손해를 보면 봤지 이득을 본 적은 한 번도 없었다. 시계를 봤다. 다른 인부를 찾기엔 너무 늦었다. 태수는 헛기침을 두어 번 하고는 못마땅한 표정을 지었다.

"자네 이름이 뭔가?"

태수는 자신이 일개 직원이 아니라 사람을 뽑고 자를 수도 있는 권력을 가진 팀장이라는 것을 일깨워주려는 듯 위엄을 갖추어 목소리를 냈다.

"쑤언이에요."

쑤언은 짐짓 긴장한 목소리로 대답했다.

"쑤언. 어디에서 왔지? 고향 말이야. 홈 타운. 캄보디아? 라오스?"

"저는 베트남에서 왔어요. 하노이."

쑤언은 하얀 이를 드러내며 살짝 미소를 지었다.

하노이. 태수는 마른 입술을 달싹이며 하노이를 떠올렸다. 한 치 앞도 보이지 않던 시절. 살던 집을 팔아 어머니를 요양원에 맡기고 지방으로 떠돌아다닐 때였다.

"하노이에 가면 큰돈을 벌 수 있대."

"정말인가?"

"최 씨가 그러던데, 하노이에 노다지가 있다고."

태수는 노가다 현장에서 은밀하게 정보를 주고받는 인부들의 대화를 엿듣게 되었다. 슬며시 다가가 귀를 쫑긋 세웠다. 걸어 다니는 사람 수보다 더 많다는 오토바이들이 온 도로를 점령한 나라. 노다지라는 오토바이 부품 공장에 소개받은 브로커를 믿고 가진 돈을 투자했다. 자신이 사기나 당하는 그런 어리석은 부류는 절대 아니라고 생각했던 건 순전히 착각이었다. 브로커와 함께 투자한 돈이 모두 사라졌다는 사실을 육 개월이나 지나서야 알게 됐다.

태수는 눈을 가늘게 뜨고 쑤언을 찬찬히 살폈다. 키가 크고 깡마른 체형이다. 갈색으로 물들인 짧은 머리와 짙은 쌍꺼풀. 유난히 뾰족하고 큰 귀에는 검은색 귀걸이가 박혀 있다. 왠지 낯설지 않아 보였다. 하긴 몸을 쓰는 일에는 비슷한 외모를 가진 외국인 노동자가 많으니까.

"이삿짐 일은 해봤나?"

"한 번, 두 번, 세 번입니다."

완전 초짜는 아닌 것 같다. 한국말도 제법 알아들으니 큰 사고만 안 치면 오늘 일은 잘 끝낼 수 있을 것이다. 이제 와서 돌려보낼 수도 없다. 한 명이라도 일손이 필요한 순간이다.

박 씨와 기훈, 옥 이모가 소란스럽게 들어왔다. 모두 도착하자 태수는 센터장에게 받은 상담 견적서에 표시된 사항을 전달했다.

"중요한 일이라는 거 알지? 비위 잘 맞추고. 무사고로 마무리 잘해야 용인지점으로 갈 수 있다고. 특히 '식탁' 신경 써서 포장 잘하도록! 옥 이모, 쑤언, 나는 오 톤으로 가고 박 씨와 기훈은 일 톤으로 간다."

1팀은 '고객이 만족할 때까지!'라는 구호를 외치고 오 톤과 일 톤 트럭을 몰고 출발했다.

"오늘 입춘이라며? 왜 이렇게 추워. 커피 마실래?"

보온병에 담아온 커피믹스를 종이컵에 따르며 옥 이모가 말했다. 운전에 집중하고 있는 태수는 아침에 마셨다며 괜찮다고 했다. 쑤언은 말없이 하얀 이를 드러내며 두 손으로 받았다. 따뜻한 커피믹스의 향이 얼어붙은 긴장을 풀어주었다.

"쑤언이라고 했지? 웃으니까 귀엽네. 커피 좋아해?"

쑤언은 고개를 끄덕였다.

"한국 커피믹스 맛있어요. 그런데 베트남 커피 더 맛있어요. 진하고 달아요."

"맞다. 베트남은 커피가 유명하지. G7이 베트남 커피 맞지? 그거 진짜 달고 맛있던데. 정 팀장도 알겠네. 옛날에 베트남 갔다 왔다고 했잖아?"

쑤언은 그랬냐면서 눈이 동그래지며 마치 고향 사람이라도 본 듯 태수를 바라봤다.

하노이에서는 끈적거리는 모래바람 냄새가 났다. 투자한 돈을 조금이라도 찾기 위해 무턱대고 오토바이 부품 공장을 소개한 현지 브로커를 찾으러 흙먼지를 뒤집어쓰며 헤매고 다녔다. 그들의 언어를 전혀 알아듣지 못하는 절박한 이방인은 어디서나 그들의 웃음거리가 되었고 바보 취급을 받았다. 낯선 곳에서 당하는 비웃음과 멸시는 목구멍에 메케한 먼지가 가득 낀 것처럼 매웠다. 태수는 절망으로 일그러진 얼굴로 도움을 요청하기 위해 한국 선교원을 찾아갔다. 그곳에서 봉사하던 흐엉은 한국말을 곧잘 했다. 그녀는 태수의 사정을 듣고 브로커를 찾아 주기 위해 아는 인맥을 동원해 수소문했지만 결국 찾지 못했다.

"이거 한 잔 마시면 조금 위로가 돼요."

그녀가 건네 준 커피를 마시면서 뜬눈으로 밤을 지새웠다. 안으면 부러질 듯한 작은 어깨. 까맣고 긴 생머리. 밝게 웃던 그녀의 모

습은 끈적한 모래를 씻겨줄 시원한 한줄기 소낙비와 같았다. 각자
의 언어는 허공을 떠돌았지만, 그날 밤만큼은 외롭지 않았다.

옥 이모는 아들뻘 되는 쑤언에게 관심을 보이며 이런저런 신상을
물었다. 쑤언은 손가락 두 개와 다섯 개를 펼쳐 보였다.

"스물다섯 살이라고? 기훈이 보다 한 살 어리구나. 한국엔 혼자
온 거야?"

쑤언은 어렸을 때부터 부자가 되는 것이 꿈이라고 했다. 부잣집
에서 부엌일을 하는 엄마가 집주인에게 허리를 숙여 굽실거리는 모
습을 보고 결심했다고 했다. 쑤언의 엄마는 아들이 대학을 졸업하
면 하얀 셔츠를 입고 번듯한 직장을 다니길 원했지만, 취업이 어려
울 뿐만 아니라 취업을 해도 집을 살 수 있을 만큼 돈을 벌기도 어
렵다고 한다. 돈을 벌기 위해 한국에 왔어요. 돈이 모이면 정착하고
싶어요. 정착하면 하노이에서 엄마를 데려올 거예요.

"효자네. 요즘 청년 같지 않게 기특해. 기훈이 걔는 일당 생기면
바로 피시방으로 가서 다 써버리잖아. 걔 네 엄마도 포기한 것 같더
라. 그래, 돈은 좀 모았어?"

옥 이모는 커피를 호로록 마시며 뭐가 그렇게 궁금한지 줄지어
질문을 했다.

쑤언은 고개를 저으며 어색한 웃음을 지었다. 한국에 온 지는 2
년이 조금 넘었지만, 모아둔 돈이 거의 없단다. 동대문에 있는 공장
에서 몇 달 동안 밀린 돈을 받지 못했어요. 밀린 돈을 받으려고 찾

아갔는데, 공장은 이미 문을 닫았고 사장은 전화를 받지 않는다고. 그전에 받은 월급은 용돈으로 쓸 만큼만 남기고 모두 집으로 보냈어요. 엄마는 하노이로 돌아오라고 했지만 갈 수가 없어요. 태수는 정면을 응시하면서 귀는 쑤언과 옥 이모의 대화에 집중했다. 태수는 운전하다가 한번씩 곁눈질하며 쑤언을 살폈다. 어쩐지 자신의 스물다섯 살 모습이 보이는 것 같았다.

고객 아파트에 도착했다. 먼저 도착한 박 씨와 기훈은 트럭에서 포장 박스와 수레를 챙겼다. 곧이어 사다리차도 도착했다. 태수는 다시 한번 꼼꼼하게 체크하면서 장비를 챙겼다.

"안녕하세요. 정태수라고 합니다. 오늘 이사를 책임질 팀장입니다."

태수는 명함을 내밀며 정중하게 인사를 했다. 대체로 사람들은 몸 쓰는 일을 하는 사람에 대한 선입견이 있다. 말하자면 거칠고 욕을 잘하며 침을 아무 데나 뱉고 예의 없이 군다는 것 등이다. 자신은 그런 사람이 아니라는 것을 보여주기 위해 최대한 예의 바르게 굴었다.

"좀 늦으셨네요. 아니 그때 우리 집에 온 사람이 아니네."

카랑카랑한 목소리는 팔짱을 끼고 의심스러운 눈초리로 태수를 아래위로 훑었다. 짱짱하게 틀어 올린 머리와 뾰족한 입. 각진 검정 테 안경. 영락없는 딱장대 같은 모습에 잠깐 긴장했지만 태수는 겉으로 드러내지 않으려 애썼다.

"그때 상담한 사람은 센터장입니다. 2월은 이사 철입니다. 봄을 앞두고 이사를 많이 하죠. 게다가 오늘은 토요일이고 손 없는 날이죠. 아마 전국에 있는 이사 업체가 제일 바쁜 날일 겁니다. 바쁠 때는 센터장이 상담을 나가기도 합니다. 이사 철에는 모든 직원이 바쁘게 움직이죠. 전달 사항은 잘 받았습니다."

태수는 차분하게 상황을 전했다. 여자는 약속했던 시간도 늦은데다 당당하게 대꾸하는 태수가 영 거슬렸다.

"집이 깨끗하네요. 성격이 아주 깔끔하신 것 같아요."

여자의 마음을 읽기라도 한 듯 태수는 집을 둘러보며 말했다. 집을 보면 그 집에 사는 사람을 알 수 있다. 연식이 있는 집인데 전체적으로 깔끔했다. 매일 쓸고 닦고 했을 집주인의 성격이 보였다. 큰 짐은 많지 않지만 화분과 책, 그릇이 많았다. 이사할 때 시간이 가장 오래 걸리는 항목들이다. 그리고 부엌과 거실의 경계에 있는 커다란 식탁이 눈에 들어왔다. 고급 원목 자재로 만든 6인용 식탁이었다. 상판이 새것처럼 보였다.

"식탁이 멋지네요."

"아, 이 식탁은 미국에 있는 아들이 보내준 거예요. 지 아버지 정년퇴직 기념이라고."

경계심이 가득했던 여자의 목소리는 어느새 식탁을 매만지며 부드러워졌다.

"정년퇴직 기념이요?"

"남편이 작년에 퇴직했거든. 교감. 교장까지는 못 갔어. 매일 집에서 같이 식사하게 됐다고 아들이 보내줬는데 이 양반이 매일 나가. 같이 식사할 시간이 없어. 아들이 오면 같이 앉아서 먹는 게 더 좋지."

"아드님이 언제 오는데요?"

"올 여름방학 때는 온다고 했어. 바쁘다고 몇 년을 못 왔어. 아, 학생 아니고 학생 가르치는 교수야. 대학 교수. 학교 다닐 때 얼마나 공부를 잘했는지 몰라. 미국 가서도 공부를 잘해서 교수 임명도 빨리 받았지."

어느새 여자는 반말을 섞어가며 수다를 늘어놓았다. 뾰족하게 올라간 눈꼬리와 입은 옅은 미소를 띠었다. 태수는 여자와 타지에 있다는 아들이 식탁에 앉아 식사하는 모습을 상상하다가 요양원에서 간병인이 떠주는 밥을 억지로 먹을 어머니를 떠올렸다. 같이 마주 앉아서 식사 한지가 언제 인지 기억조차 나지 않았다.

"조심해서 다뤄줘요. 이거 포장 뭘로 할 건가? 비닐로 싸면 찢어지지 않겠어요? 테이프 자국 남으면 안 되는데."

여자는 다시 한번 부탁했다.

"저희 팀원들은 전부 경력 5년 이상 된 베테랑입니다."

태수의 말에 팀원들을 힐끔 돌아보던 여자는 무언가를 말하고 싶은 듯 뾰족한 입을 씰룩거렸다.

1팀은 바삐 움직였다. 태수는 안방, 옥 이모는 주방과 뒤 베란다, 박 씨는 거실과 작은 방, 기훈은 서재와 화장실에서 짐을 포장했다.

1팀은 프로다웠다. 그들의 움직임은 영국 근위병의 행진처럼 흐트러짐 없이 일사불란했다.

쑤언은 기훈 옆에서 박스를 만들고 책을 담았다. 손은 느렸지만 눈치껏 일머리를 굴리는 것이 보였다. 태수도 그랬다. 처음 이삿짐 일을 시작할 때 누구도 가르쳐주는 사람이 없었기에 눈치를 봤다. 욕먹지 않으려면 눈치가 빨라야 했다.

여자는 팀원들의 뒤를 쫓으며 간섭하다가 쑤언에게 오랫동안 눈길을 두었다. 쑤언의 일거수일투족을 지켜보다 못마땅한 듯 이마에 잔뜩 주름을 만들며 태수에게 다가왔다.

"베테랑 맞아요? 계약할 때 외국인 얘기 없었는데."

여자는 쑤언을 손가락으로 가리키며 따지듯 말했다.

"오늘 손 없는 날이잖아요. 이런 날은 어딜 가나 인력이 부족해요. 일 잘하는 친구로 데려왔으니까 여긴 신경쓰지 마시고 다른 볼일 보세요."

지휘봉을 휘두르며 본인의 관장 아래 움직여야 직성이 풀리는 사람들을 잘 안다. 의심이 많은 그들은 자신이 직접 눈으로 본 것만 믿는다. 안 그래도 쑤언이 불안했던 태수는 여자를 안심시키면서 시선을 쑤언에게 떼어놓으려 했다.

"아줌마! 그거 깨지지 않게 잘 포장해줘요. 내가 아끼는 거라고. 이게 비싼 거거든."

어느새 주방으로 가서 붙박이처럼 서 있던 여자는 손잡이와 테두리엔 반짝이는 금박이 박혀있고 화려한 장미 정원이 그려진 접시와 커피잔 세트를 일일이 가리키며 옥 이모에게 잔소리했다.

"아이고 사모님. 그릇 깨지게 포장하는 사람이 어딨어요? 싸든 비싸든 모든 접시와 그릇은 하나씩 포장할 거예요. 그리고 이사 갈 집에 도착하면 다 닦아서 정리할 테니 걱정하지 마세요."

옥 이모는 능숙한 솜씨로 장식장을 열고 장미 정원 접시를 에어 캡에 싸면서 대꾸했다. 그리고 슬쩍 여자에게 다가가 커피믹스를 내밀었다.

"아직 날이 안 풀렸죠. 이거 마시고 다른 볼일 보세요. 주방은 제가 알아서 할게요."

여자는 이런 커피는 안 마신다는 듯 손사래를 치며 말했다.

"됐어요. 아줌마나 마셔요. 커피믹스는 못 마셔요. 너무 달아서. 난 예가체프만 마시지. 은은한 꽃향기가 나거든."

민망해진 옥 이모는 따라 놓은 커피를 그냥 싱크대에 버리고 다시 그릇을 싸기 시작했다.

이삿짐은 일사천리로 진행되었다. 예정보다 빠르게 이삿짐을 실은 태수 일행은 신축아파트로 출발했다.

"와, 진짜 깐깐한 정도가 아니던데, 그 아줌마. 계속 따라다니면서 잔소리하는데 짜증나는 거 참느라 힘들었네."

옥 이모는 출발하자마자 세 시간 동안 참았던 말을 쏟아냈다. 쑤언은 옥 이모에게 커피믹스를 따라주며 자신의 엄마에게 하듯 어깨를 다독여 줬다.

점심을 먹고 일은 다시 시작됐다. 아침과는 반대로 사다리에 짐을 올리고 박스를 풀고 에어캡을 풀어제끼면 짐들은 새 보금자리에 자기 자리를 잡는다. 모든 것이 순조로웠다. 이대로라면 예상 시간보다 한 시간이나 일찍 끝낼 수도 있다. 내일은 일요일이라 일이 없다. 늦잠을 자도 되는 날이다. 퇴근해서 소주 한 병 들이켜고 푹 곯아떨어질 생각 하니 절로 힘이 났다.

불길한 징조는 한꺼번에 온다. 하늘을 향해 네 다리를 뻗고 누워 있는 식탁이 사다리를 타고 올라가 베란다 창문을 통과했다. 얽힌 전기 코드를 풀며 티브이를 설치하던 태수가 기훈과 쑤언을 불렀다. 둘이 옮길 수 있지? 이삿짐 파손은 대부분 물품을 들고 옮기는 과정에서 일어난다. 양쪽에서 식탁을 들고 주방으로 옮기던 기훈과 쑤언이 그만 중심을 잃고 삐끗했다. 그 바람에 식탁 한쪽 모서리가 벽에 둔탁하게 부딪히면서 쩍 하고 금이 가는 소리가 들렸다. 바닥에는 짐을 풀면서 나온 비닐이 나풀거리고 있었다. 비닐에 미끄러진 모양이었다. 주방에서 옥 이모에게 들러붙어 잔소리하던 여자가 소리를 듣고 놀라 식탁을 살폈다. 각진 안경 속의 날카로운 눈은 찢어질 듯 커졌고 뾰족한 입은 손에 가려 보이지 않았다.

여자는 처음부터 마음에 안 들었다면서 쑤언에게 언성을 높였다. 목소리가 커질 때마다 얼굴은 점점 더 붉어지고 목에는 핏대가 섰다. 기훈은 서재로 사라진 상태였다.

"내 이럴 줄 알았어. 아니, 내가 조심해 달라고 몇 번이나 말했어.

내 말 알아들었어? 못 알아들었어? 한국말 할 줄 몰라? 어디 대답
해봐."

죽을죄를 지은 학생처럼 쑤언은 어쩔 줄 몰라 하며 연신 '죄송합
니다'라고만 했다. 태수는 고개 숙인 쑤언의 모습을 보니 과거 자신
의 모습이 떠올랐다. 죄송합니다. 임용고시를 포기하고 몸 쓰는 일
을 시작하면서 제일 많이 했던 말이다. 죄송합니다.라는 말 말고는
할 수 있는 게 아무것도 없었다. 잘못했어도 잘못을 하지 않았어도
일단 무조건 죄송하다는 말부터 꺼내야 이 세계에서 살아남을 수
있었기 때문이다. 모두가 손가락질하며 멸시하던 이방인에게 따뜻
한 마음을 내주었던 흐엉과 헤어져 한국으로 돌아올 때도 태수는
미안하다고 했다. 한국에 가면 연락하겠다, 기다려 달라, 그 어떠한
약속도 하지 않았다. 아니 할 수 없었다. 쑤언은 지금 죄송하다는
말 밖에는 할 수 있는 게 아무것도 없다.

"저, 죄송합니다. 조심한다고 했는데 바닥이 미끄러워서 그런 것
같습니다."

태수는 잡아먹을 듯 쑤언을 몰아붙이는 여자에게 다가가 말했다.

"뭐라고? 미끄러워서 그랬다고? 핑계 대지 마. 당신도 처음부터
마음에 안 들었어. 늦게 와 놓고도 죄송하다는 말 하나도 없이 뻔뻔
하게 이사 철이니 바쁘니 하면서 핑계나 대고. 친절한 척하면서 잘
난 척이나 하고 말이야. 어떻게 할 거야, 이거? 그리고 저 외국인.
누가 외국인 데려오라고 했어? 지난번 상담할 때 센터장인가 뭔가
그런 말없었다고. 자기네는 고급인력만 고용한다고 하더니 무슨…"

여자는 참았던 분풀이라도 하듯 거칠게 말을 쏟아내곤 쑤언을 노려보며 소리 질렀다.

"죄송하다는 말 밖에 할 줄 몰라? 네가 물어낼 거야? 이게 얼마나 비싼 건 줄 알아? 너 같은 게 이렇게 비싼 거 살 돈이나 있겠어?"

더 이상 그냥 보고만 있을 수 없었다. 참다 못한 태수는 쑤언의 앞을 막고 서서 여자를 내려다보며 으르렁거렸다.

"말씀이 지나치시네요. 너 같은 건 어떤 사람인가요?"

쑤언에게 던진 모욕은 태수 자신에게 하는 것처럼 들렸다. 태수가 할 수 있는 일은 하나였다. 과거에는 하지 못했지만, 지금은 말할 수 있다. 태수의 도발적인 태도에 흠칫 놀란 건 여자뿐만 아니라 쑤언도 마찬가지였다.

여자가 태수의 시선을 피하며 아무 말도 못하고 있을 때, 서재에서 쿵! 소리가 났다. 깜짝 놀란 여자는 이번엔 서재로 달려갔다. 기훈이 책장에 꽂았던 책이 바닥에 우르르 쏟아졌다. 베테랑 같은 소리하고 있네. 노가다나 하는 주제에. 이래서 사람은 배워야 한다니까. 사람들이 무식해 가지고. 태수에게 당한 자존심에 보복이라도 하듯 여자는 비아냥거렸다. 에이 씨발. 기훈은 입술을 잘근잘근 씹으며 눈을 부릅뜨고 여자를 쳐다봤다. 여자는 순간 움찔하더니 한 발 뒷걸음쳤다. 어이없어서. 어린 것이 어딜 감히 눈을 부릅뜨고 째려봐? 내가 가만히 있나 봐. 그냥 안 넘어가.

모든 게 멈췄다. 박 씨와 옥 이모는 하던 일을 멈추고 태수를 살폈다. 일은 일대로 다 하고 일당을 한 푼도 못 받을 수도 있기 때문이다. 이런 사고는 종종 있다. 사람이 하는 일이라는 게 실수도 있고 변수도 생긴다. 업체의 잘못으로 물건이 파손될 경우, 사과하고 변상 명목으로 잔금 일부를 빼 주면 고객은 어쩔 수 없다고 하고 대개는 받아들인다. 고가의 귀중품일 경우는 보험을 들어 둔다. 그런데 여자는 식탁에 보험을 들어 두지 않았고, 1년 정도 사용했기에 관례상 일부 변상을 하면 되지만 오늘은 모든 게 달랐다.

본사에 전화한 여자는 불만사항을 조목조목 따져 항의했다. 아침 8시에 온다고 했는데 15분이나 늦었으며 이사 상담은 센터장과 했는데 무슨 팀장이라는 사람이 나타나 명함을 들이밀고 사과는 커녕, 이사 철이라 바쁘다는 핑계를 대며 거드름을 피웠다, 비싼 수입 그릇도 많고 식탁도 미국에서 아들이 보낸 거라고 신신당부를 했는데 주방 아줌마는 두 명이 아니라 한 명이고 말 길도 못 알아듣는 외국인을 달고 왔다, 불법체류자인지 확인해 보고 사실이면 경찰에 신고하겠다, 불만을 품고 책도 일부러 바닥에 쏟았다, 이들이 저지른 만행을 사진 찍어 홈페이지에 올려 업체의 실체를 모두 까발리겠다고 협박했다.

여자의 말은 사실이기도 하고 아니기도 했다. 태수는 자존심이 상했다. 지금껏 이런 사람을 만난 적도 본적도 없었다. 말도 안 되는 질책을 당하자 억울하기까지 했다. 쑤언은 쏟아질 듯 눈물이 그렁그렁한 채 어깨를 들썩였다. 옥 이모와 박 씨는 목장갑을 벗어 던졌다. 기훈은 밖으로 나갔는지 보이지 않았다.

여자는 오른쪽 귀에 댄 핸드폰을 왼쪽으로 바꾸고 오른손을 허리춤에 대고 정신 사납게 거실을 왔다 갔다 했다. 상대방이 무슨 얘기를 했는지 검지손가락 하나를 뾰족하게 허공을 찔러댔다. 본사에서는 이런 일은 처음 있는 일이며, 지점 한 개의 잘못이지 자기네 업체 전체가 그런 것이 아니라면서 모든 책임을 태수에게 떠넘겼다. 잠시 후, 센터장과 사장에게 연이어 전화가 왔다. 정 팀장, 어떻게 된 거야? 사과했지만 말이 전혀 통하지 않아. 이런 고객은 골치 아프다고. 정 팀장이 알아서 해결해야지, 별수 있어? 이런 컴플레인은 회사에 치명적이라는 거 알잖아. 다른 지점에도 영향을 미칠 수 있다고.

무엇이 잘 못 된 걸까. 그동안 차곡차곡 쌓아 온 탑들이 거센 회오리에 힘없이 무너지는 것 같았다. 높은 평점이 마이너스가 되는 건 순식간이었다. 꽉꽉 밀어준다던 센터장의 말을 믿는 게 아니었다. 사장의 용인지점장 자리도 그저 떠보는 소리였을지도 모른다.

태수는 여자가 했던 것처럼 똑같이 화를 내고 욕을 하며 따지고 싶었지만 그러지 않았다. 사람을 지키는 게 자신에게 더 중요했다. 팀원들을 지켜야 했다. 그리고 쑤언을 지키고 싶었다.

태수는 모든 책임을 지겠다고 했다. 금이 간 식탁은 수리가 가능한 지 알아보고 수리 비용을 부담하기로 했다. 수리가 불가능하다면 똑같은 식탁을 알아보겠다고 했다. 여자는 이삿짐이 완벽하게 정리되기 전까지는 잔금을 한 푼도 줄 수 없다고 으름장을 놓았다. 오히려 손해배상과 정신적인 피해까지 운운했다. 일찍 끝나리라 예상했던 시간은 두 시간이나 지나 겨우 마무리가 됐다. 태수는 쑤언과 고개 숙여 인사하고 나왔다. 여자는 쳐다도 보지 않고 문을 쾅 닫았다. 박 씨와 옥 이모, 기훈은 오 톤 트럭으로 이미 떠난 뒤였다. 태수는 뒤탈 없이 조용히 끝내기 위해 잔금을 받지 않았다. 팀원들 일당은 자신의 통장에서 이체해줬다. 곧이어 센터장에게 문자가 왔다.

[정 팀장! 뒤탈 없게 마무리는 잘한 거지? 고생 많았어. 내일은 푹 쉬라고. 그리고 용인지점 말이야. 본사에서 연락이 왔는데, 처리할 일이 좀 남았다고 하니까 당분간은 어려울 것 같네. 어차피 입주 이사도 한 달이나 남았잖아. 시간을 좀 갖고 지켜보자고.]

전쟁에서 진 패잔병처럼 어깨를 늘어뜨린 태수는 쑤언을 태우고 일 톤 트럭을 몰고 서울로 향했다. 두 사람은 한동안 말이 없었다. 태수는 라디오를 켰다. 시보와 함께 퇴근길 교통상황을 알렸다. 도로 위는 가다 서다를 반복했다. 침묵을 깬 건 쑤언이었다.
"고마워요."
"뭐가?"
"아까 편들어 줘서."
쑤언은 미안한 표정을 지으며 말했다. 위기에 빠진 자신을 지켜준 태수에게 고마운 마음을 잊지 않았다.

"아침에 아줌마하고 대화하는 거 보니 한국말도 꽤 하던데, 여기서 고생하지 말고 고향에 가서 공부를 하지 그래. 일머리보다 공부 머리가 빠를 것 같은데."

"돈 벌면 엄마를 한국에 데려온다고 약속했어요. 그리고 공부해서 한국 회사에 취업도 할 거예요."

"목표가 확실하군. 한국이 좋은가?"

쑤언은 고개를 끄덕였다. 그런데 추운 건 싫다고 했다. 태수도 추운 건 딱 질색이라고 하자 쑤언이 또 웃었다.

"쑤언! 쑤언이 무슨 뜻인가?"

"봄이에요."

쑤언은 베트남어로 '봄'이라는 뜻을 가졌다고 한다. 봄에 태어났다고 엄마가 지어줬단다. 베트남은 일년내내 더운 여름만 있는 거 아니냐고 했더니 한국만큼 춥지는 않지만 겨울도 있고 봄도 있다고 한다. 봄은 희망을 준다며 쑤언은 자신의 이름이 아주 마음에 든다고 했다. 태수는 흐엉에게도 똑 같은 질문을 한 기억을 떠올렸다.

"향기라는 뜻이에요. 여기서는 여자 이름으로 아주 흔해요. 세 명 중에 한 명은 흐엉일 거예요."

태수는 '봄'과 '향기'를 작게 발음해 보았다. 라디오에서 시그널 음악과 함께 날씨 예보가 흘렀다. 일요일인 내일은 전국이 맑은 가운데 오후부터 추위가 점차 풀려 대부분 10도를 웃돌며 초봄처럼 따뜻하겠습니다.

태수는 창문을 내렸다. 어디선가 풀 내음이 나는 것 같다. 어느새

하늘은 붉은색과 노란색 물감이 물에 번지듯 경계를 허물고 있었
다. *

등대지기

현

현

회사원. 낮에는 건조한 경영과 돈의 언어를 쓰고, 밤에는 아직 말이 되지 못한 모든 감정을 찾아 나의 말로 옮기고자 서툴게 노력한다. 필경의 업의 지난함을 매일 깨닫고, 또 두려워하고 있다.

등에서 수십 개의 바늘이 빠져나갔다. 필호는 욕지기가 솟았다. 날이 선 톱날이 척수를 순식간에 훑고 지나가는, 아주 잠깐이지만 등판이 얼어붙는 듯 서늘한 이물감. 몇 번이고 반복되어도 그는 그 감각에 도저히 적응할 수가 없었다. 의무실 침대에 벨트로 묶여있었기에 망정이지, 몸이 자유로웠다면 당장 뛰쳐나가 오물통에 얼굴을 처박고 싶은 심정이었다.

"골다공증 예방 치료가 끝났습니다. 몸의 균형에 유의하세요."

벨트가 안내 음성과 함께 풀리자 필호의 몸이 둥실 떠올랐다. 그는 몇 번을 우스꽝스럽게 버둥대다가 간신히 침대 모서리를 붙잡은 다음에야 바로 설 수 있었다. 이 일련의 일이 모두 진저리가 나는 듯, 그는 고개를 절레절레 저으며 주섬주섬 상의를 챙겨 입었다.

무중력의 등대에서 평생을 살아야 하는 등대지기의 삶에 골다공증은 천형(天刑)과도 같았다. 우주를 삶의 터전으로 삼은 지 꽤 오랜 시간이 지났지만, 인간의 몸은 여전히 지구의 중력을 그리워하는 듯했다. 마치 지구에 있는 것처럼 몸의 생리 반응을 속여보려고 운동을 열심히 해도, 골다공증은 사신(死神)처럼 오랜 우주 생활에 반드시 찾아왔다. 직업별 의학 통계 리포트에서 골다공증에 의한 골절은 항상 등대지기들의 사망원인 1위였다. 무중력 상태에서 뼈가 부러지면 다시 붙기 어려웠고, 그러면 몸을 가누기 어려워 침대에 묶여있다가 결국 이런저런 합병증으로 서서히 죽어가야 했다. 사십 중반을 갓 넘긴 자신에게 골다공증은 아직 어울리지 않는 병이라고 필호는 생각했다. 지구에서라면 한참 나이가 더 든 다음에야 걸릴 병이었다. 아니, 가능하다면 걸리지 않기를 바랐다. 골절로 침대에 묶인 채 움직이지도 못하다가 생을 마감하고 싶지는 않았다.

결국 온갖 영양제며 호르몬, 유전물질의 칵테일을 척수에 들이붓는 이 골다공증 예방 치료는 그에게 꼭 필요한 처치임이 틀림 없었다. 하지만 이 달갑지 않은 시간이 일생에 몇 번이나 더 돌아올지를 세어보면 정신이 아득해 왔다. 삼 개월마다 돌아오는 치료 시간이면 항상 필호는 등대지기로서 남은 일생의 길이를 헤아려 보다가 이내 그만두었다. 등대 밖 자원 채취 작업 중에 사고사라도 당하지 않는다면 앞으로 사십 년, 오십 년은 더 살아야 했다. 그러면 남은 치료의 횟수는 아직도 세 자리수인 것이다. 필호는 몸서리를 쳤다.

"필. 약하지만 날카로운 감정의 동요가 감지됩니다. 통증을 줄여줄 진통제를 함께 투여할까요." 스피커에서 흘러나온 차분한 여성의 목소리가 그에게 말을 걸었다.

"람다, 나더러 지금 주사를 한 방 더 맞으라고?" 필호는 침대의 시트를 대충 말아 세탁통에 던져넣으며 대답했다. "다음 세대의 등대지기에겐 제발 실리콘 몸뚱아리라도 붙어있는 AI가 제공되길 바라. 너도 이 빌어먹을 느낌을 맛보면 그딴 소린 못할걸. 어쨌든 고마워 람다, 걱정해 줘서." 필호는 의무실의 조명을 내리며 문을 열고 복도로 나섰다.

"당신의 감정이 '고맙다'라는 단어와 일치하지 않습니다. 필은 지금 표리부동합니다." 람다라고 불린 AI의 대답에 필호는 능글맞게 이기죽거렸다.

"실망하지 마. 인간은 타인에게 종종 표리부동해. 이건 널 사람으로 대해주고 있다는 증거라고."

그는 의무실 문간에 서서 허리춤에 묶인 줄을 주섬주섬 풀었다. 줄은 팔뚝만 한 길이였는데 한쪽은 몸에 붙어있었고, 다른 한편에는 손바닥만 한 금속 고리가 매달려 둥실거렸다. 필호는 고리를 붙잡아 의무실 오른쪽 벽면에 튀어나온 래치(Latch)에 걸었다. 래치는 등대의 벽면을 따라 나 있는 레일에 부착되어 있었다. 바지춤 밖으로 삐져나온 상의를 안으로 욱여넣으며 필호가 말했다.

"식량창고에 들렀다가 에어 로크(Air lock)로 가줘. 가는 동안 오늘 작업 리스트 좀 읊어주면 고맙고." 그의 말이 떨어지자 래치가 레일을 타고 위쪽으로 천천히 움직였다. 필호는 래치에 매달려 스르르 끌려갔다. 람다는 차분한 목소리로 브리핑을 시작했다.

"2215년 10월 24일 토요일. 외우주 운항공사에서 업무지시가 어젯밤 도착하였고 이를 참조합니다." 복도를 따라 천장에 줄지어 붙은 둥그런 스피커들이 그를 따라가듯 순서대로 켜지고 또 꺼지며 람다의 목소리를 내었다.

"2204년 4월 나로 우주센터를 출발한 OSC-1225호는 이 개월 후 등대에 도착할 예정입니다. OSC-1225호로부터 어제 수신한 전문에 따르면, 이십사 시간 전 시속 칠천육백만 킬로미터로 정상 등속 운행 중이었으며 동면 중인 승객들의 건강 상태는 양호했습니다. 오늘 오후에 다시 전문이 수신되면 좀 더 정확한 위치와 상태가 업데이트될 것입니다."

필호는 래치에 끌려가는 동안 눈을 돌리지 않고 앞만 바라보았다. 등대의 복도가 연결하는 방들의 사이사이에는 일 미터 남짓 넓이의 창이 붙어있었고 창 밖으로는 셀 수 없이 많은 별들이 빛나고 있었다. 그러나 필호는 방들을 오갈 때 창 쪽으로 눈길을 주는 법이 없었다. 필호의 시선은 별들 대신 언제나 그 뒤에 깔린 암흑에 원치 않게 사로잡히곤 했다. 두꺼운 유리, 그리고 별빛 넘어 우주의 광경은 이 창과 저 창이 다르지 않았고 어제와 오늘이 또 다르지 않았다. 그 빛 없는 공간, 켜켜이 쌓인 어둠, 변함이 없는 모습을 마주할 때마다 그는 언제나 시간의 감각이나 부피감, 질량감의 결여를 느꼈고 그런 막막함 탓에 항상 몸을 떨었다. 엉덩이 밑이 헛헛하게 빠진 듯한 그 감각은 시간을 흘려보내어 적응할 수 있는 것이 아니었다. 그래서 등대 안에 있을 때 그는 항상 안쪽을 쳐다보고자 했다.

람다의 브리핑이 이어졌다.

"운항공사는 OSC-1225호에 보급해야 할 연료 및 승객용 수분, 유기화합물의 추정량을 보내왔습니다. 어제 소행성 2558YV로부터 채굴한 자원을 포함하여 현재까지 확보한 공급물자의 양은 운항공사의 추정량 대비 오 퍼센트가량 미달합니다. 남은 이 개월간 부족분을 채우려면 필은 평소 대비 백 삼 퍼센트 속도로 작업해야 합니다."

래치가 식량창고 앞에 멈췄다. 필호는 벽에 붙은 둥그런 뚜껑을 열었다. 뚜껑 아래에는 사람 한 명 정도 들어갈 만한 크기의 원통형 공간이 있었고, 그 안에는 플라스틱 포장지에 싸인 음식물이 어지럽게 쌓여 있었다. 필호는 그 무더기에서 유기물 바와 물통 하나씩을 꺼내어 상의 주머니에 주섬주섬 챙겨 넣으며 말했다.

"람다, 보채지 마. 내가 일 빵꾸낸 적 있냐. 근데 이거, 평소보다 물통에 물의 양이 좀 줄어든 것 같은데?" 작업을 보채는 듯한 람다의 말에 필호가 슬쩍 투정을 부려봤지만, 람다는 여전히 잔잔한 말투로 대답했다.

"그건 최근 필의 전립샘 기능이 약화하여 소변으로 직접 회수하는 수분의 양이 줄어들었기 때문입니다. 속옷에 묻은 소변으로부터 공기 중으로 증발한 수분을 회수하는 데는 시간이 조금 더……"

"람다, 아름다운 목소리로 그런 슬픈 얘기를 아무렇지 않게 하지 좀 말아줄래. 제발."

필호는 부러 성내는 말투로 람다의 말을 끊었다. 안 그래도 반년 전부터 새벽잠을 깨우는 잔뇨감에 내심 마음이 불편했던 차였다. 지구에 살던 시절부터 팬이었던 아나운서의 목소리로 람다의 발성 모듈을 세팅해 두었는데, 람다는 바로 그 목소리로 필호의 치부를 건드린 것이다. 아침부터 힘든 치료를 받아 신경이 날카로워진 마당에 AI의 무신경한 핀잔까지 들으니 필호는 부아가 돋았다. 그는 불만스러운 표정으로 유기물 바를 한 입 뚝 베어 물었다. 래치가 다시 움직이기 시작했고, 람다가 계속 말을 이었다.

"작업 내용의 브리핑을 계속합니다. 오늘 작업할 곳은 소행성 777UZ 일대입니다."

"칠칠칠? 쓰리 세븐이야? 누가 붙인 건지 번호가 예사롭지 않네. 보물덩어리라도 묻혀 있으면 금상첨화겠는데."

군소리를 곁들이는 필호를 무시하듯 람다는 건조한 톤으로 브리핑을 이어갔다.

"해당 소행성을 중심으로 반경 삼천 킬로미터 궤도에 얇은 얼음 고리가 존재합니다. 분석 결과 전반적으로 자원이 풍부할 것으로 예상되고, 얼음 고리의 주요 성분은 고체 이산화탄소로 추정됩니다."

필호는 손목 언저리에 둘둘 말려 있는 검은 판을 툭 쳤다. 그러자 판이 평평하게 펼쳐지며 작은 스크린이 되었다. 화면에는 숫자와 함께 돌덩이 몇 개의 사진이 검은 배경 위에서 빙글빙글 돌고 있었다. 잠자코 스크린을 바라보던 필호의 얼굴에 의무실을 나온 이후 처음으로 화색이 돌았다.

"얼음 고리까지 있다니 오늘은 운수가 좋구먼. 행운의 쓰리 세븐이 선물 보따리까지 들고 와줬네. 마침 미생물 탱크 안에 넣을 이산화탄소를 거의 다 썼던 참이잖아. 유기물 원료 채집까지 한 번에 해결할 수 있겠어."

그러나 람다가 기다렸다는 듯 냉큼 필호의 말 사이에 끼어들어 찬물을 끼얹었다.

"네거티브. 소행성의 공전 속도가 등대보다 빠릅니다. 777UZ는 등대 구역에 한 시간 후 진입하여 세 시간 후 빠져나갈 것으로 예상됩니다. 상대 속도로 판단할 때 채굴 작업이 가능한 최대 시간은 두 시간입니다."

"그럼 그렇지. 젠장, 그렇게 일이 쉽게 풀릴 리가 있나. 소행성에서 땅만 파도 한 시간은 훌쩍 지나간다고." 그는 오만상을 찌푸리며 이리저리 화면 속 이미지며 숫자들을 돌려보다가 람다에게 물었다. "도대체 이런 스쳐 가는 소행성을 왜 작업 대상으로 뽑은 거야?"

"아까 말씀드린 바와 같이, 공급물자의 추정 소요량보다 현재 보유량이 적기 때문입니다."

필호는 질린다는 듯한 표정으로 혀를 내두르며 되물었다.

"이거 어디 무서워서 하루라도 편하게 쉬겠냐? 그다음 작업 가능한 소행성은 언제 구역 안으로 들어와?"

람다는 데이터를 찾는 듯 잠깐 뜸을 들이다 곧 답을 내어놓았다.

"앞으로 십칠 시간 후입니다. 작업 가능 시간 산출 결과 다음 소행성은 등대 구역에 열 시간 이상 머무를 것으로 보입니다."

필호는 스크린에 표시된 시간을 보았다. 우주에 나선 지 한참이

지났음에도 그의 몸의 생리는 이십사 시간이라는 틀에 맞추어져 있었다. 지금은 아침 여덟 시. 십칠 시간 후면 그는 한창 자야 할 시간이지만 오늘은 꼼짝없이 채굴 작업을 하러 나가야 할 판국이다. 잔뇨감으로 잠자리가 편치 않은 마당에, 자다 말고 일어나 채굴 작업을 하러 나가야 하는 상황이 필호는 마뜩잖았다.

"에이, 젠장." 그는 욱기를 내며 스크린을 다시 툭 쳐서 팔뚝에 말아 넣었다.

등대 구역에는 소행성이며 작은 암석 덩어리들이 무시로 지나다녔다. 등대지기들은 그것들을 광산 삼아 자원을 캐었다. 채굴 로봇을 보내어 소행성에서 떼어 내온 돌덩이들을 가공 장치에 넣으면 이런저런 자원으로 바뀌어 튀어나왔다. 우주의 물질들은 인간의 최신 기술과 만나 먼 곳으로 날아가는 우주선을 위한 보급 물자가 되거나 등대지기를 위한 음식이 되었다. 비록 별이 되지 못한 부스러기일 뿐이었지만 그 덕택에 인간은 캄캄하고 얼어붙은 우주의 외딴 곳에서도 먹고 자고 살아 나갔다. 생명의 요람인 지구를 만든 우주는 그것과 매한가지로 등대지기들에게도 먹고 살 거리를 내주는 셈이었다. 어찌 보면 풍요로운 우주였다. 단 하나, 작업 환경이 고약한 것을 제외하면.

천체 사이의 인력이 횡행하는 우주는 사방에서 잡아당기는 얇은 고무막 같은 공간이었고, 소행성들은 그 위를 굴러다니는 구슬 같았다. 어떤 바윗덩어리는 너무 빨리 움직였고, 어떤 소행성은 공전 궤도가 비틀어져 아주 잠깐만 등대 구역을 스쳐 갔다. 그래서 소행성의 채굴은 상당 부분 운이 필요했다. 등대와 소행성이 만나는 그 찰나가 등대지기에게 주어진 작업 시간이었는데, 그 시간은 언제나 들쭉날쭉했고 그것이 언제나 등대지기를 고민에 빠지게 했다. 자칫 욕심을 부리다 채굴 로봇을 회수할 타이밍을 놓치면 불쌍한 로봇은 소행성과 함께 날아가 우주 미아가 되고 말았다.

등대의 AI는 언제나 작업 시간을 면밀히 계산하려 애썼지만 어디서 어떤 변수가 튀어나올지까지 미리 알 수는 없었다. 그럴 때 마지막 판단은 항상 인간 - 등대지기의 몫이었다. 그 부분에서 필호는 되도록 보수적으로 작업하는 편이었다. 각종 자원이 넘치게 묻혀있어 구미가 당기는 소행성이 초속 몇백 킬로미터의 속도로 등대 구역을 지나쳐갈 때, 필호는 아쉬움에 입맛을 다시기보다는 애꿎은 로봇을 보냈다가 잃어버릴 필요가 있냐며 스스로를 납득시켰다.

하지만 오늘 필호는 머릿속이 복잡했다. 래치에 끌려가는 동안 궁리를 거듭해 보았지만, 오늘 밤도 꼼짝없이 잠을 설쳐야 할 판이었다. 작업량은 부족했고 두 달 뒤에는 외우주 항행선이 등대에 도착한다. 이번 소행성은 작업할 시간이 부족하고 다음 소행성은 오밤중에 지나간다. 도무지 안심하고 침대에 누울 만한 계산이 서질 않았다. 어차피 잔뇨감 때문에 편안히 잠자리에 들지 못하는 나날이었지만, 오늘은 공연히 더욱 손해 보는 기분이었다. 이젠 온 우주의 물리법칙까지 나서서 자신의 숙면을 방해하는 듯한 터무니없는 비관마저 들었다.

유기물 바를 모두 먹어 치웠을 때쯤 래치가 에어 로크의 문에서 멈췄다. 필호는 래치에 매달린 채 둥실대며 잠깐 고민하다가, 돌연 결연한 표정과 함께 에어 로크의 잠금 레버를 잡아 돌리며 말했다.

"람다. 보물덩어리를 이대로 그냥 보낼 순 없을 것 같다. 오늘은 채굴 로봇 열 대 모두 작업에 투입할 거야. 연료 잔뜩 채워서 컨테이너에 실어줘."

"필, 평소의 작업 방식과 다릅니다. 필은 항상 평균 세 대의 로봇으로 작업해 왔고 그런 작업 스타일을 고려하여 777UZ를 채굴 대상으로 선정한 것입니다. 다수의 로봇을 동시에 운용하면 갑작스러운 변수에 대처하기 어렵습니다."

필호의 작업 지시가 끝나기 무섭게 람다가 대답했다. 필호는 에어 로크의 문을 잠그며 되물었다.

"평소 대비 백삼 퍼센트 속도로 일해야 한다며. 마침 럭키 쓰리 세븐이 우리에게 날아오고 있으니, 너와 함께 사는 등대지기가 그 행운을 낚아챌 수 있게 도와주지 않으련?"

"필이 무리한 작업을 하는 사람이었다면 777UZ를 작업 대상으로 선정하지 않았을 겁니다. 이십사 시간 이내에 도달하는 후속 소행성은 작업 시간이 충분할 것으로 예상되므로 굳이 작업 스타일을 바꿔가며 무리한 작업을 하지 않아도……"

반발하는 듯한 람다의 맞대꾸가 채 끝나기도 전에, 에어로크 안에 들어온 필호는 벽면에 걸린 헬멧을 뒤집어쓰며 대거리했다.

"그다음 소행성은 십칠 시간 후에 날아온다며. 요즘 밤새 뒤척이

느라 잠을 잘 자지 못하는데, 그 와중에 일어나서 작업까지 해야겠어? 등대지기의 건강 관리도 네가 해야 할 일 중의 하나잖아."

필호의 말에 람다는 머뭇대듯 대답했다.

"······행운은 건강을 책임져 주지 않습니다. 건강에는 변덕보다 항상성을 유지하는 쪽이 도움이 될 텐데요."

필호는 마치 람다라는 여자가 눈앞에 있는 것처럼 그만 좀 하라는 손사래를 쳤다.

"그만 됐고, 람다, 어쨌든 이번에 오는 소행성에서 한 시간 사십 분 간 작업하고 남은 이십 분 동안 이탈할 테니 준비해줘."

필호의 지시에 람다는 다시 예의 사무적인 목소리로 대답했다. "알겠습니다. 어쨌든 지시를 수령하겠습니다. 컨테이너에 로봇 전량을 수납합니다."

에어 로크로부터 컨테이너선에 옮겨 타면서 필호는 혀를 끌끌 찼다. AI가 인간이 아님을 언제나 알고 있다고 생각했음에도, 그는 구시렁거리는 듯한 람다의 반응이 영 살갑지 못하게 느껴졌다. 만약 람다에게 얼굴이 있었다면 지금은 왠지 그와 눈도 마주치지 않은 채 입을 비죽대고 있을 것만 같았다. 필호는 조종석에 앉으며 계기판 한편에 붙여놓은 사진으로 눈길을 돌렸다. 사진 속에는 필호와 그의 아내, 그리고 한 소녀가 함께 서 있었다. 소녀는 필호의 딸이었다. 딸이 사춘기에 접어들 무렵 그는 등대로 떠나왔다. 그로부터 십오 년이 지났고 이제 두 달 후면 딸은 서른 살이 될 터였다. 그는 소녀의 얼굴을 지그시 바라보다가 쓸쓸하게 웃었다. 날이 갈수록 새침한 구석이 생기는 람다는 요즘 들어 부쩍 딸의 성격과 비슷해져 가는 느낌이 있었다. 이제 몇 줄 안 되는 이메일조차 십수 개월 건너 드문드문 보내오는, 그의 하나뿐인 딸과.

2200년 12월 25일.

겨울 바닷가에는 바람이 몰아쳤다. 수평선 저 멀리서부터 뭉텅이로 몰려든 바닷바람은 필호의 얼굴을 묵직하게 치고 지나가 그의 뒤에 펼쳐진 백사장 안쪽으로 내달렸다. 그는 파도의 하얀 물보라가 엉기는 해안의 끄트머리에 서서 먼 수평선 근처에 떠 있는 부표를 바라보고 있었다. 부표는 바람에 치여 위태롭게 흔들거렸다. 필호는 골짜기를 타고 흐르는 산바람이 새삼 그리워 졌다. 그 바람은 비록 앙칼지더라도 사람이 발붙이고 서는 땅의 냄새가 났다. 그러나 바닷바람에는 소금기 말고는 아무것도 없었다.

필호는 철이 들 무렵부터 토목 현장에서 굴착기를 조종하여 땅을 파며 살아왔다. 비록 원격으로 움직이긴 했지만 땅속의 돌멩이며 나무뿌리가 굴착기의 삽에 걸리는 것을 그는 조종간을 통해 느꼈다. 필호는 그것들에 감사했다. 땅속에 박혀있는 모든 것들은 그가 지면에 발붙이고 있음을 실감하게 해주었다. 지금 눈앞의 바다는 속을 알 수 없었고, 바닷속에 들어간다 한들 발붙일 구석이 없음을 필호는 알았다. 그는 몸을 의탁할 바닥이 보이지 않는 바다가 그저 막막했다.

필호는 모래사장의 왼편으로 고개를 돌렸다. 바다를 향해 툭 불거져 나온 곳 위로 우주 공항의 캐터펄트가 가로로 길게 놓여있었고, 그 위에 다시 은색의 외우주 항행선이 동그마니 자리 잡고 있었다. 필호는 초조한 얼굴로 그것을 바라보았다. 등대로 그를 실어 나를 항행선은 거친 날씨 탓에 사흘째 발사가 미뤄지고 있었다. 오늘에서야 눈이 잦아들고 하늘은 대체로 개었지만 바람은 여전히 매서웠다. 그는 우두커니 항행선을 바라보다 문득 손목의 스크린을 펼쳐 메시지창을 열었다. 오늘 새로 온 메시지는 없었다. 대신 우주선을 띄우는 운항공사로부터 어제 도착한 메시지가 목록 맨 위에 있었다.

'12월 24일 OSC-0502 운항 안내. 기상 상황에 따라 내일로 출항이 연기됩니다. 일기 예보에 따른 12월 25일 출항 가능성 49%. 내일 13시에 다시 안내해 드리겠습니다. - 외우주 운항공사 -'

그리고 그 바로 아래에는 딸이 입원해 있는 병원으로부터의 메시지가 있었다.

'치료비 납입일로부터 2일이 지났습니다. 12월 25일까지 치료비가 입금되지 않을 경우, 예약된 항생제 투약이 취소되오니 주의하여 주십시오. - 메이어 클리닉 -'

한참 메시지들을 들여다보던 필호는 다시 고개를 들었다. 그는 붉게 충혈된 눈으로 멀거니 하늘을 바라보았다. 그의 계획은 불어제치는 바닷바람과 함께 헝클어져 있었다. 마음속을 새카맣게 태우는 다급함과 초조함을 잠재워 보려고 필호는 침을 연실 꿀꺽 삼켜 보았다. 하지만 바싹 마른 입 안에서는 아무것도 목구멍으로 넘어가지 않았다. 필호는 병원에 죄수처럼 갇혀 있는 딸의 얼굴을 떠올렸다. 먹먹함에 그는 다시 마른침을 삼켜봤지만 사포로 긁어대는 듯한 이물감만 목구멍을 타고 가슴으로 내려갈 뿐이었다.

딸의 팔다리에 갑자기 붉은 반점이 돋아오른 것은 그녀가 열두 살이 되던 해였다. 바닷가로 피크닉을 함께 다녀온 친구 중, 그 해 새롭게 사례가 보고된 슈퍼 박테리아에 감염된 것은 오직 필호의 딸 하나뿐이었다. 병은 해괴했다. 몸의 붉은 반점 외에 딸은 별다른 증상이 없었다. 그러나 감염 사례에 따르면, 박테리아는 몸속에 잠자코 도사리고 있다가 어느 순간 감염자의 온갖 장기를 헤집었고, 그러면 하루고 이틀 안에 반드시 사망한다고 했다. 붉은 반점은 몸속에 시한폭탄을 들고 있다는 인 같은 것이었다. 감염자는 병이 나을 때까지 속절없이 음압병실에 홀로 갇혀 살아야 했다. 죄 없이 감옥에 갇히는 것과 매한가지였다.

필호는 병원을 찾아 나섰다. 그는 이를 악물었다. 하나뿐인 딸이었다. 난임이던 필호 부부에게 간신히 찾아온 보석 같은 아이였다. 이제야 볼에서 젖살이 빠지기 시작해서 한참 예뻐질 시기였다. 며칠이나 계속된 철야 공사를 마치고 한밤중에 집에 들어갈 때면, 필호는 곤히 잠든 딸의 평화로운 얼굴을 한참 동안 내려다보곤 했다. 그러나 이제 격리 병실에 갇힌 딸은 침대 위에 웅크리고 앉아 십 대 소녀의 그것이라고 하기 어려운 절망적인 얼굴로 병실 밖의 아빠를 바라보았다. 필호는 오진이기를 바라며 딸의 몸에서 떼어낸 검체를 들고 이 병원 저 병원을 전전했다. 하지만 검사 결과는 바뀌지 않았다. 마지막으로 검사를 의뢰한 병원의 로비에서, 붉은색 글자로 '감염 확인'이라 찍힌 종이를 받아 든 필호는 그 자리에서 주저앉아 한참을 멍하니 있었다. 병원의 경비 로봇이 팔을 붙잡고 일으켜 세울 때 비로소 눈물이 주르륵 흘러내렸다. 그는 그제야 절망했다.

우주에서 우연히 발견된, 어둠 속에서도 무지개색으로 빛나는 새로운 원소로 만든 항생제만이 그 병의 유일한 치료 방법이었다. 사실 뉴스에서는 그 항생제가 어떤 내성을 가진 슈퍼 박테리아라도 순식간에 박멸할 수 있다고 떠들어 대곤 했다. 그렇게 강력한 독성을 가진 성분이 박테리아에게만 선별적으로 작용하는 것은 불가사의한 일이었다. 어떻게 보면 기적의 약물이었다. 그저 말이 되지 않는 값만이 문제였다. 지구 표면에 존재하지 않는 그 원소는 화성 넘어 소행성대에서 가뭄에 콩 나듯 발견되었고 항생제는 그럴 때마다 간신히 몇 병씩 찔끔 생산되었다. 약은 귀한데 원하는 사람은 많아 값은 천정부지로 뛰었다. 세계적인 대부호가 그 약을 투여받은 것이 뉴스거리가 될 정도였다. 하지만 천수답 같은 생산 방식 까닭에 제약사 탓조차 할 수 없는 노릇이었다.

과학자들은 평범하지 않은 그 원소가 저 먼 우주에서 날아 온 혜성에 섞여 들어온 것이 아닌지 추측하고는 했지만, 누구도 정확한 답을 내놓지는 못했다. 다만 그 정체가 무엇이든, 대응책이 마땅치 않은 슈퍼 박테리아를 격퇴할 소중한 존재라며 그에 걸맞은 이름을 붙여주어야 한다고 목소리를 높였다. 희망이라는 뜻을 가진 이름이 마침내 그 원소에 붙었다.

'호프늄(Hopenium)'. 그것은 필호의 딸을 포함한 감염자들의 눈물과 동떨어진 아이러니한 이름이었다.

무슨 영문인지 박테리아는 딸의 몸 안에서 한참 동안 잠잠했다. 그는 그 시간 동안 항생제가 아닌 다른 치료법을 찾아 백방으로 헤맸다. 그는 여러 번 낙망하고 여러 번 다시 나아갔지만 결국 또다시 낙망했다. 그가 멈추는 곳은 언제나 희망이라는 물질의 이름 앞이었다. 굴착기 기사로 사는 필호에게 항생제의 값은 희망만으로 감당할 수 있는 것이 아니었다. 희망도, 호프늄이라는 원소도 그에겐 실체가 없었다. 그리고 더 이상 앞길이 보이지 않는다는 생각이 들 때쯤에는 삼 년이라는 시간이 흘러 있었다. 변한 것은 없었고 필호의 딸은 여전히 음압병실에서 웅크리고 있었다.

어느 날, 병실 유리창 건너의 딸을 하릴없이 바라보던 필호는 망연자실한 표정으로 옆에 앉아있던 아내 선희에게 중얼거렸다.

"다른…… 다른 방법이 없는 것 같아."

"……무슨 소리야. 다른 방법이 없다니."

선희는 그를 돌아보았다. 필호는 그녀를 바라보지도 않은 채였다. 지칠 대로 지친 남편이 설마 딸을 포기하자는 공연한 소리를 하는 건가 싶어, 선희는 의아한 눈초리와 함께 되물었다. 필호는 조금 망설이다가, 이내 잠긴 목소리로 대답했다.

"등대. 등대 말이야. 등대로 가는 거 말고는, 다른 방법이 없는 것 같다고."

운행 중인 외우주 항행선에 물자를 공급하기 위한 성간 항행 기착지. 우주 곳곳에 띄워놓은 그것들을 사람들은 '등대'라고 불렀다.

별과 별을 잇는 외우주 항행선은 수 광년의 거리를 수십 년 동안 홀로 운행해야 했다. 그 긴 시간 동안 쓸 모든 물자를 등짐처럼 지고 다닐 순 없었다. 외우주 운항공사는 항행선이 중간에 보급받는 기착지를 드문드문 띄워놓기로 하였다. 기착지는 주변에서 물자를 확보하여 항행선에 조달해야 했으므로 자원의 뭉치인 소행성을 빈번히 조우할 수 있는 곳이 기착지의 위치로 결정되었다. 운항공사는 최신의 핵융합 동력으로, 그리고 소행성을 채굴하고 가공할 설비가 탑재된 작은 플랜트를 오랜 시간에 걸쳐 우주 곳곳에 설치했다. 시설은 고도로 훈련된 AI가 면밀히 관리했다. 하지만 우주는 인간의 영지(英智)를 뛰어넘는 일이 종종 벌어지는 장소였고 인간은 그 불가해함을 언제나 두려워했다. 지구에서 몇십억 킬로미터 떨어진 곳에서 벌어질 모든 일을 예측하여 AI를 만들 수는 없었다. 그 몇 퍼센트의 불안을 용납하지 못한 인간이 찾아낸, 완벽에의 간극을 메울 가장 확실한 수단은 결국 인간이었다.

"등대에 간다니, 여보. 그게 무슨 어이없는 소리야."

무슨 엉뚱한 말을 하냐는 표정으로 되묻는 그녀에게, 필호는 되레 답답하다는 듯 깊은 한숨을 내쉬며 말했다.

"외우주 운항공사에 알아봤어. 등대지기……"

선희는 그의 대답에 잠시 어안이 벙벙한 듯 입을 헤벌리고 있다가, 곧 매서운 얼굴로 필호에게 물었다. 뭔가 짐작이 간다는 듯한 말투였다.

"······그게 무슨 말이야. 등대지기라니."

"등대지기로 가면, 주삿값이랑, 당신이랑 쟤 둘 평생 먹고살 돈은 받을 수······"

"제정신이야? 그럼 당신은 혼자 등대지기로 가고, 우리는 여기 남으라고?"

그의 말이 채 끝나기도 전에 선희는 버럭 악다구니를 쳤다. 도끼눈을 하고 성을 내는 아내를 필호는 희어멀뚱한 눈으로 바라보고 있었다.

등대는 이미 두 세기도 전에 사라졌고 이제 등대지기는 희생과 헌신이라는 고색창연함만이 남은 형용사 같은 단어였다. 그런데도 세상이 그들을 '항행 기착지 관리 책임자'라는 정식 명칭으로 부르는 대신 기어이 '등대지기'라고 이름하는 데는 그 일의 고독함이 한몫 했다. AI의 불완전함을 보완하려고 사람을 보내는 것인데, 실은 사회의 통제도 보는 눈도 없는 외딴곳으로 사람 여럿을 보내는 것이 가장 큰 변수였다. 인간 사이에서 벌어지는 예측 불가능한 상호작용보다 더 불확실한 것은 없었다. 그렇기 때문에 운항공사는 거액의 몸값을 주고 단 한 명의 인간만을 등대로 보냈다. 등대의 AI는 그 한 사람만 관리하면 되었고, 막막한 우주에서 외따로 살아야 하는 등대지기는 AI의 판단에 의존했다. 서로를 해하지 않는 완벽한

시스템이 그렇게 만들어졌다.

외우주 운항공사는 면밀한 유전자 분석으로 등대지기의 예상 수명을 측정해 두고는 그가 사망할 즈음에 맞춰 다음 등대지기를 보냈다. 그렇게 매년 수십 명의 신임 등대지기가 홀로 고독사할 예정인 전임 등대지기와 손바꿈하러 우주로 날아올랐다. 그들은 열 해 동안 날아 등대에 도착했고 거기서 별일이 없는 한 평생을 살았다. 등대지기의 모두 그 막대한 돈이 아니고서는 인생에 달리 방도가 없는 사람들뿐이었다. 그들이 탄 우주선을 끌고 오르는 로켓이 하늘 위에 길게 늘어뜨리는 희뿌연 연기의 꼬리는 마치 등대지기들이 지구에 남기는 상념 같았다.

"아니, 지금 우리더러 남편 버리고, 아빠 버리라는 거야?"

아무 대꾸도 하지 못하는 필호에게 선희는 다시 역정을 냈다. 필호는 그녀를 물끄러미 바라보았다. 병원 복도는 오고 가는 사람들의 가벼운 수런거림이 가득했지만 두 사람 사이는 마치 진공 상태처럼 소리가 멎은듯했다. 필호의 검은자위는 조금 흔들리고 있었으나 입술은 미동도 없었다. 그 깊숙하고 고요한 침묵을 한참 마주하던 선희는 황망히 말끝을 꺼냈다.

"다른 방법 없어, 응? 나랑 같이 가던지, 아니면 우리 가족 모두 가던지…… 그래, 항행선에 타면 다 같이 동면을 할 테고, 그러면 쟤 몸속의 박테리아도 얼어서 멈출 거 아니야. 그래, 그런 방법도 있었네, 응?"

울먹임이 섞인 그녀의 다그침에 필호는 고개를 저었다. 그러자 선희가 소리를 빽 질렀다.

"왜, 왜 안 된다는 건데? 한 번 생각이라도 해볼 수 있는 거 아니야?"

"쟤 한창나이야. 그런데 다른 애들 중학교 다 마치고 이제 고등학교 가는 동안 쟤 혼자 병실에서 저러고 삼 년 있었다고. 그런 애한테 이제 꽁꽁 언 채로 몇십 년을 날아서 집도 학교도 친구도 없는 데로 가자고 할까, 응? 당신 할 수 있어? 나는, 나는 그런 얘기 못 해."

필호는 머뭇거리지도 않고 날 선 대답을 한숨에 쏟아냈다. 그런 필호를 선희는 한참 동안 눈만 껌뻑이며 바라보다가, 말문을 잇지 못한 채 결국 머리를 수그려 어깨 사이에 파묻는 것으로 대답을 대신했다. 필호는 주머니에 손을 꽂아 넣은 채 입을 굳게 다물고 서 있었다.

말이 기착지였을 뿐 기실 외우주 항행선은 직접 등대에 기항하지 않았다. 천문학적인 속도로 비행하는 항행선이 달려드는 소행성이나 운석 같은 것을 우아하게 피하며 날아다닐 수는 없었다. 그래서 항행선이 올 때면 등대지기는 등대로부터 멀찍이 떨어진 안전한 곳에 십여 개의 감속 그물을 펼쳐 놓았다. 그물에 차례로 걸리며 항행선이 서서히 속도를 낮추면, 등대지기는 사람이 탈 수 없는 무인 셔틀에 물자를 실어 항행선으로 보내었다. 외로움에 지친 등대지기가 혹여라도 망령된 짓을 하지 못하도록 하는 조처였다. 등대지기는 그렇게 완벽하게 세상에서 분리되어 여생을 보냈다. 수 세기 전 항해 중인 배가 좌초하지 않도록 외딴 암초 근처에서 홀로 불을 밝히던 등대와 등대지기처럼. 필호는 지금 바로 그 등대지기가 되려는 것이었다.

"……어떻게 평생 거기 갇혀서 살겠다는 거야. 말이나 되는 소리냐고……"

그녀의 어깨는 어느새 들썩이기 시작했고 필호는 그 모습을 망연히 지켜볼 뿐이었다. 따로 할 수 있는 말이 그는 없었다.

필호는 일 년 전 아내에게 자신의 결심을 이야기했던 순간이 떠올라 고개를 세차게 흔들었다. 마음이 흔들려서는 안 되었다. 필호는 주변을 모두 정리한 후 이미 일주일 전 아내, 그리고 딸과 마지막 인사를 마치고 왔다. 그가 등대로 갈 것을 딸은 일주일 전 처음 들었다. 딸은 아내보다 더 거세게 반대했고 삼일 밤낮을 병실 밖으로 뛰쳐나오려 했다. 자신도 같이 가겠다며 난동을 부리기도 했다. 필호는 그 모습을 작은 창문으로 지켜보다가 다리에 힘이 풀려 그 자리에서 무너져 내렸다. 스스로도 모두 납득하지 못한 것을 어린 딸에게 이해하라 말하는 일은 불가능했다. 결국 그는 딸을 다 진정시키지 못한 채 병원 문을 나섰다. 딸은 필호가 떠나는 순간까지 그의 선택을 받아들이지 않았지만 그는 등을 돌려 이곳으로 왔다.

요행인지는 몰라도 병균은 그 시간 동안 딸의 몸 안에서 잠잠했다. 이제 돈만 들어오면 자신을 제외한 모든 것이 딸이 건강하던 사년 전으로 돌아갈 수 있었다. 본래 사흘 전 필호가 등대로 떠남과 동시에, 병원에서 대기하고 있는 아내의 계좌로 등대지기의 계약금이 입금되어야 했다. 아내가 그 돈으로 병원에 치료비를 지불하면, 그가 동면 상태로 달 근처 어딘가를 지나고 있을 때쯤 딸은 항생제를 투여받고 병원의 음압병실을 나올 수 있을 터였다. 하지만 항행선의 출항 일정이 연기되면서 지금 그 모든 계획이 틀어져 가고 있었다. 필호는 마음속으로 발을 동동 구르며 운항공사의 연락을 기다리고 있었지만, 지금 해변에 불어대는 바람처럼 잡아챌 수도 막을 도리도 없이 시간은 자꾸 그의 손가락 사이로 흘러 나갔다.

그때였다. 스크린에 새로운 메시지가 도착했다는 알림이 떴다. 수신 알림 소리를 들은 필호는 가슴이 덜컹 내려앉았다. 그것이 이제 그가 이 지구를 떠나야 한다는 선고 같은 것인지, 아니면 또 한 번의 유예로 그의 계획이 모두 수포로 돌아간다는 소식인지 그는 확인해야 했다. 무엇을 바래야 하는지 모를 양가감정에 그는 순간 혼란했지만, 이내 마음을 고쳐먹었다. 이미 신변은 정리했고 필요한 메시지는 단 하나뿐이었다. 그는 그렇게 마음을 다잡고 내용을 확인하려 스크린에 손을 뻗었다. 그런데 그 순간, 선희로부터 전화가 수신되었다. 병원에서 독촉을 받은 것이 분명했다. 메시지의 내용을 확인하지 않고는 아내에게 해줄 수 있는 말이 없었다. 결국 필호는 전화 받는 것을 잠시 물리고 메시지부터 읽었다.
　'풍랑주의보 해제. 여섯 시간 후 OSC-0502호 출항합니다. 탑승

하실 분은 관련한 준비를 마쳐주시기를 바랍니다. - 외우주 운항공
사 -'

메시지는 간결했다. 필호는 스읍 큰 소리를 내며 숨을 들이마셨
다. 그리고 눈을 질끈 감았다. 이제는 괜찮다는 생각이 들었다. 이
땅에 얽혀있는 모든 것을 끊어내고 그가 우주로 날아오르기만 하면
되었다. 필호는 벨 소리가 끊기기 직전 가까스로 전화를 받았다. 그
리고 수화기에 무어라 중얼대며 천천히 항행선 발사장으로 발을 옮
겼다. 하늘은 파랗고 구름은 해변 뒷쪽의 지평선 너머로 제법 몰려
가 있었다. 외우주 항행선의 선체는 은반처럼 반짝였는데, 입에 사
냥한 물고기를 물고 근처를 날던 갈매기 몇 마리가 먹이를 재촉할
새끼들이 기다리는 곳 아래의 허름한 둥지로 기어들어갔다.

"필, 듣고 있습니까?"

"……응? 어, 어어."

컨테이너선의 삼차원 레이더 화면에는 반짝이는 작은 점들 사이
로 부정형의 굵은 점 하나가 천천히 돌고 있었다. 조종석에 팔짱을
끼고 앉아 멍하니 생각에 잠겨있던 필호는 람다의 채근에 화들짝
놀랐다. 람다가 말을 이었다.

"소행성 777UZ가 등대 구역으로 진입합니다. 작업 스탠바이."

광학 카메라에도 잡힐 만큼 소행성은 가까이 다가와 있었다. 가
까이서 보니 나지막한 동산만 한 크기였다. 작업대상을 마주한 컨

테이너선은 마치 날개를 펼치듯 양 옆구리의 해치를 서서히 열었다. 안에는 가로, 세로가 각각 십 미터 정도 되는 새하얀 입방체 형태의 채굴 로봇들이 한쪽에 다섯 대씩 모두 열 대가 줄지어 매달려 있었다. 채굴 로봇의 한쪽 모서리에는 마치 갑각류나 곤충류의 겹눈처럼 수십 개의 발광체가 조밀하게 한데 모여 둥그렇게 붙어있었다. 레이더를 지켜보던 필호가 말했다.

"로봇 분리하고 작업 개시."

"로봇 분리. 이어 조명을 켜겠습니다."

람다의 대답에 필호는 보안경을 내려썼다. 해치가 완전히 좌우로 젖혀지자, 로봇들이 케이블에 매달린 채 컨테이너선으로부터 떨어져 나오며 그 눈 같은 발광체에 불을 밝혔다. 그러자 마치 가까이에 작은 별 하나가 나타난 듯 사위가 밝아졌다. 해치에서 완전히 분리되어 나온 로봇들은 뒷편에 달린 열댓개의 노즐에서 번갈아 푸른 빛을 뿜으며 소행성의 표면으로 조금씩 다가갔다.

필호가 등대에 온 이후 처음으로 등대의 채굴 로봇 전체가 작업에 투입되고 있었다. 필호는 광학 카메라의 영상을 입을 헤벌린 채 바라보았다. 수많은 변수를 통제해 가며 실수 없이 로봇들을 조종하는 AI의 능력이 새삼 놀라웠다. 람다는 그의 지시 없이도 필요한 일들을 해나갔다. 모든 작업은 AI의 통제 속에 이루어졌고 등대지기는 최종 의사결정을 내릴 뿐이었다. 지금 람다는 엄청난 속도로 공전하고 있는 소행성 언저리에서 열 대나 되는 로봇을 혼란 없이 움직이고 있었다. 오랜 기간 중장비 기사로 일했었지만, 막상 저 많은 로봇을 직접 다루어야 한다면 필호는 감히 조종간을 잡을 엄두조차 나지 않을 것 같았다. 저 중 한대라도 균형을 잃고 기우뚱거려 소행성이나 옆에 있는 로봇에 스치기라도 한다면 무슨 일이 일어날지 알기 어려웠다. 이런 작업을 요구한 것은 결국 자신이었지만, 필호는 자격지심에 괜한 짓을 했나 싶은 후회가 들었다.

"채굴 로봇, 착륙 완료. 작업을 시작합니다. 이탈까지 남은 시간 앞으로 구십 분."

필호가 말없이 지켜보는 동안 로봇들은 쉴 새 없이 팔을 놀려 채굴 작업을 계속하고 있었다. 계기판의 모니터에는 숫자와 기호들이 떠올랐다 사라짐을 반복했다. 로봇들은 암벽 타기하듯 이 자리 저 자리를 조금씩 옮겨 다니며 드릴로 땅을 파고 큼지막한 바위들을 집어 올렸다. 그렇게 한참이 지난 어느 순간, 모니터에 글자로 가득 찬 커다란 표가 표시되었다. 람다가 말했다.

"필, 채굴 중인 광석들의 최종 성분 분석 결과입니다. 예상대로 자원의 종류와 순도가 높네요. 작업시간이 짧은 것이 안타깝습니다."

"이런 보물덩어리를 그냥 슬쩍 맛만 보고 보내려던게 누구시더라?"

필호가 소행성으로부터 눈을 떼지 않은 채 빈정거리자, 람다가 머뭇거림 없이 되받아쳤다.

"어차피 작업 가능 시간이 짧아 채굴할 수 있는 자원의 양에는 한계가 있습니다."

"그래도 오늘 밤에는 작업을 좀 덜 해도 된다는 뜻이지. 안 그래?"

마치 람다가 함께 탑승이라도 한 듯, 필호는 여봐란듯이 한 표정으로 람다의 목소리가 흘러나오는 스피커 쪽을 바라보며 반문했다. 그러자 그의 말이 끝나기 무섭게 모니터의 표에 새로운 행과 열이 추가되며 글자로 채워졌다. 뭔가 싶어 모니터로 눈을 돌리는 필호에게 람다가 말했다.

"현재 창고에 누적된 자원의 양을 고려하여, 앞으로 남은 작업의 양과 그 소요 시간을 계산하였습니다. 이번 777UZ에서의 채굴로, 후속 소행성에서 작업해야 할 시간이 두 시간 정도 줄어들었습니다."

"두 시간밖에 안 줄어 든다고? 지금 저렇게 열 대가 한꺼번에 작업하고 있는데?"

필호가 의심하듯 눈을 가늘게 뜨고 되묻자, 람다가 고민할 거리도 되지 않는다는 듯 곧장 대답했다.

"소행성을 구성하는 물질의 경도가 높아 땅을 파는데 시간이 좀 더 걸립니다. 리포트를 자세히 읽어 보시면 알 수 있을 텐데요."

핀잔 비슷한 람다의 말투에 필호는 인상을 찌푸렸지만, 람다는 개의치 않는 양 말을 이었다.

"내용을 보시면서 이후의 작업 스케줄을 고민해 주시면 좋겠습니다. 생각하시는 동안 저는 로봇의 작업속도를 조금 더 올려보겠습니다. 큰 차이는 없겠지만요."

필호는 언짢은 얼굴로 모니터를 유심히 들여다보았다. 로봇을 열 대나 내보냈으니 대여섯 시간쯤은 벌 수 있으리라 생각했다. 무리해서 작업을 시작한 만큼 그에 견줄만한 수확을 내심 기대한 것이다. 하지만 바뀐 것은 없었고 오늘 그는 여전히 자다 말고 일어나 다시 컨테이너선을 타야 할 판국이었다. 길지 않은 소행성과의 조우 시간이나, 그 표면이 단단해서 굴착 작업이 오래 걸리거나 하는 일련의 상황들이 하나같이 모두 불만 거리였다. 하지만 그것들이 필호는 물론이거니와 람다 또한 예상할 수 없었던 일었고 누구를 탓할 계제 또한 없었다. 그저 누구에게도 분풀이할 수 없으니 필호는 부아가 돋을 뿐이었다. 그래서 람다가 계산을 잘못했을 리 없다는 것을 알면서도, 뭐라도 틀린 구석을 찾아 면박을 주고 싶은 마음에 표에 적힌 데이터를 한 줄 한 줄 자세히 읽어나갔다.

표는 아래로 꽤 길게 늘어져 있었고, 각각의 칸에는 목표치로부터 부족분이 많은 순서대로 광물들의 이름이 가지런히 적혀 있었다. 과연 람다의 말대로 이 소행성에는 다양한 자원들이 고루 묻혀 있는 모양이었다. 데이터를 읽으며 필호는 씁쓸하게 입맛을 다셨다. 777UZ는 이름 그대로 행운의 소행성이었다. 다만 그가 그 행운을 낚아챌 사람이 아니었을 뿐. 필호는 시간이 두어 시간만 더 주어졌다면, 하는 아쉬움과 함께 화면을 끝까지 읽어 내려갔다.

모니터에 표의 마지막 행이 표시된 그때였다. 모니터를 매만지던 필호의 손가락이 갑자기 멈추고, 그의 눈이 맨 아랫줄의 글자 사이를 머뭇거리다가 길게 머물렀다. 그리고 입이 스르르 벌어졌다. 그는 떨어진 입술을 한참 다물지 못했다. 그러는 동안 그의 눈동자가 왼쪽에서 오른쪽으로, 다시 오른쪽에서 왼쪽으로 천천히 움직였다. 마치 무결해야만 하는 데이터에서 큰 오류라도 찾은 것처럼, 필호는 심각한 표정인 채로 꽤 오랜 시간 모니터를 바라보았다. 그러다 무엇에 홀리기라도 한 듯한 말투로 람다를 찾았다.

"람다…… 람다, 람다!" 그는 다급하게 람다를 불렀다. "람다, 작업 즉시 중지."

필호의 갑작스러운 지시에 람다가 되물었다.

"필, 작업은 현재 순조롭게 진행 중이고, 중단해야 할 이유를 찾지 못했습니다."

그러나 필호는 람다의 의문에 개의치 않는다는 듯 연이어 지시를 내렸다.

"진행 중인 채굴 작업을 중지해. 그리고 로봇 일곱 대를 이 좌표로 이동시켜서 다시 채굴을 시작한다."

필호는 손가락으로 화면 속 표의 맨 아랫줄을 짚었다. 작은 동작이었으나 그의 표정이며 움직임은 단호했다. 조종석 안은 고요했다. 모니터를 손으로 짚은 필호는 미동도 없었고, 마치 람다에게 거부할 수 없는 지시를 내리겠다는 듯 람다의 목소리가 나오는 스피커를 부릅뜬 눈으로 노려보고 있었다. 그렇게 잠깐의 침묵 후 람다가 물었다.

"필, 호프늄을 캐라는 말인가요?"

호프늄이라는 말에 필호의 어깨가 잠깐 움찔했다. 람다의 말이 이어졌다.

"그 좌표엔 대량의 호프늄 광석이 매장되어 있는 것으로 추정됩니다. 하지만 호프늄은 채취 우선순위에서 가장 아래에 있는 자원입니다. 호프늄은 특정 의약품 제조 목적 외에는 용처가 없는 자원입니다. 지금 확보해야 할 하등의 이유가 없습니다."

람다의 말은 그의 지시를 애써 이해해 보고자 노력했지만, 결국엔 납득하지 못했다는 투였다. 필호는 잠깐 숨을 몰아쉬더니 자세를 고쳐 앉으며 대답했다.

"여기 데이터를 봐. 지금까지 인류가 발견한 모든 호프늄보다 백배, 천 배는 더 많은 양이 저 돌덩어리 하나에 묻혀있어. 람다, 그게 무슨 의미인 줄 알아?"

필호는 모니터를 짚었던 검지를 들어 소행성을 가리키며 말을 이었다.

"나는 저걸 캐낼 거야. 캐내서 팔아치우고, 그걸로 지구에 돌아갈 거야. 운항공사에 계약금을 다시 갚아버리고, 영원히 여길 뜰 거라고."

그는 말을 마치고는 손바닥으로 계기판을 두드렸다. 필호의 머릿속은 지금 오직 한 가지 계산으로 가득했다. 소행성이 품은 저 막대한 양의 고순도 호프늄을 제약사에 팔아, 그가 외우주 운항공사로부터 받았던 계약금을 되갚아버리는 것은 물론이거니와, 외우주로부터 지구로 돌아가는 항행선에 그가 탈 자리를 마련하고, 집에 돌아가서는 평생 흥청대도 괜찮을 만큼의 재산을 갖겠다는 계산. 물론 지구까지 돌아가는 데는 십 년이 더 걸리겠지만, 그래도 남은 인생보다는 짧은 시간이었다.

필호는 가슴이 뛰었다. 그의 머릿속에는, 조종석의 캐노피 건너 망설일 여지조차 없이 명확한 길이 소행성 쪽으로 뻗어 나가는 상상이 그려졌다. 소행성은 진작에 잃어버린 평범한 삶을 되찾을 기회가 되어 그의 앞을 지나가고 있었다. 채굴 작업에 나설 때마다 필호를 항상 저어하게 했던, 그와 소행성 사이에 가로놓인 검은 우주 공간조차 지금은 아무렇지 않게 느껴졌다. 돈, 가족, 시간, 인생, 그 모든 것이 그의 손아귀 지척에 있었다.

그러나 곧바로 람다가 날카로운 말투로 대척했다.

"기착지의 장비를 사적 용도로 유용하는 것은 금지되어 있습니다! 관리 책임자의 부적절한 행동을 막는 것은 저의 일입니다. 필의 지시를 거부하고 신체를 구속할 수도 있습니다!"

그러자 필호가 윽박질렀다.

"사적 용도라고? 작업 과정에서 나온 자원을 어떻게 이용할지 결정은 등대지기가 하게 되어 있잖아. 무슨 근거로 날 구속해! 그리고 호프늄을 채굴해서는 안 된다는 규정이라도 있어?"

얼굴이 벌겋게 달아오른 그는 말하는 도중 손바닥으로 계기판을 연달아 내리치며 으르렁거렸다. 그의 말이 쉴 새 없이 쏟아져 나왔다.

"게다가 이건 사적 용도가 아니야. 얼마나 많은 사람이 약이 없어서 슈퍼 박테리아로 고통받고 있는 줄 알아? 네 데이터베이스에 그런 내용은 안 들어가 있어? 저만큼의 호프늄이 있다면 슈퍼 박테리아를 지구상에서 영원히 박멸해 버릴 수도 있다고. 그 빌어먹을 병균을!"

그가 속사포처럼 한바탕 쏘아대고 난 뒤, 조종석에는 잠깐 침묵이 흘렀다. 필호는 거칠게 숨을 몰아쉬고 있었고 신기하게도 람다는 마치 그 자리에 실재하는 사람인 양 아무 말이 없었다. 잠시 후 필호가 씩씩대는 소리가 잦아들자, 람다가 예의 차분한 목소리로 말했다.

"필, 작업 규정에 관한 필의 주장에는 오류가 없습니다. 그러나 응급상황에 유연하게 대처하기 위해 열어둔 규정의 빈틈을 자의적으로 해석했다고도 볼 수 있습니다. 그리고 무엇보다도, 지금은 다른 자원을 채취할 시간이 부족합니다. 두 달 뒤면 항행선이 들어옵니다. 필의 최우선 업무는 항행선에 필요한 자원을 공급하는 것 아닌가요?"

어딘지 설득하는 듯한 람다의 말투에 필호는 얼굴의 굳은 표정을 풀었다. 그리고 조종석에 몸을 던지며 팔짱을 끼고는 툭 내뱉듯이 대답했다.

"내가 일 안 한다고 한 건 아니잖아. 다음 소행성이 오면 열 시간이고 스무 시간이고 컨테이너선을 탈게. 그리고 다음 등대지기가 언제 올지는 모르겠지만, 내가 여기를 떠나는 날까지는 정말 열심히 일할 테니 걱정하지 말고. 지금은 다른 것보다 호프늄 채굴에 집중해줘."

그의 지시에 람다는 별다른 대꾸가 없었다. 그 즉시 조종석의 스크린에서는 소행성 표면을 부산스럽게 파헤치던 로봇들의 움직임이 멈추었다. 그리고 람다가 말했다.

"지금부터 로봇 일곱 대로 호프늄을 채굴하겠습니다. 남은 작업 시간 오십 분."

　그렇게 로봇들이 호프늄을 채굴하기 시작한 지 삼십 분이 흘렀
다. 필호는 초조함이 넘치는 눈빛으로 스크린 속 로봇들의 움직임
을 주시하고 있었다. 로봇들은 바쁘게 머니퓰레이터를 놀려 굴착기
로 땅을 파고 드릴에 바스러진 작은 바위를 주워 담고 있었다. 그러
나 필호는 작업의 속도가 마음에 들지 않는 듯했다. 안절부절못하
고 조종석 좌우를 유영하던 그는 스크린에서 눈을 떼고 모니터를
들여다보았다. 모니터에는 작업 현황을 나타내는 데이터와 남은 작
업 시간을 나타내는 숫자가 점멸하고 있었다. 그 두 가지를 번갈아
쳐다보던 필호는 시계 속 숫자가 이십 분 이하로 내려가자 조급해
하는 목소리로 람다에게 말했다.

　"람다, 조금 더 빨리 할 수 없어? 이제야 겨우 삼분의 일 정도 캐
낸 거잖아."

　"이미 로봇의 드릴이 견딜 수 있는 최대 강도로 작업 중입니다. 복
귀 후에는 드릴부터 교체해야 다음 채굴 작업에 나갈 수 있겠어요."

　그의 달뜬 채근에 람다가 대답했다. 변함없이 차분한 목소리였지
만 미묘하게 그를 힐난하는 듯한 말투에 필호는 인상을 팍 긁었다.

　"전기만 들어오면 몇백 년, 몇천 년 사는 너한테야 그저 어쩌다
지나가는 돌덩어리일지 모르겠는데, 람다. 나한테는 이게 남은 오
십 년 인생에 찾아온 마지막 보물덩어리라고."

　불평을 쏟아낸 필호는 좁은 조종석 안을 어수선하게 돌아다녔다.

의자 등판을 툭툭 두드리기도 하고, 갑자기 큰 한숨을 내쉬기도 했다. 그렇게 한참을 부산스레 움직이던 그가 갑자기 무엇에 홀리기라도 한 듯 재빠르게 조종석에 자리를 잡고 앉았다. 그러고는 계기판 아래 붙은 자판을 끌어당기더니 바쁘게 손가락을 놀리기 시작했다. 시스템에 뭔가를 입력하는가 싶었는데, 잠시 후 돌연 람다가 필호를 가로막으려는 것처럼 다급하게 소리쳤다.

"필! 무슨 짓입니까! 작업 중인 로봇에 다른 명령어를 입력하지 마세요!"

그러자 필호는 골치 아프다는 듯 양손으로 얼굴을 비비더니 곧바로 다시 자판 위에서 손을 놀리며 말했다.

"세 대는 내가 직접 움직여서 채굴해야겠어. 넌 지금 하는 일에 집중하라고."

"제가 직접 제어하겠습니다! 변수를 증가시키지 마세요!"

람다는 갈급하듯 필호에게 말했다. 그러나 이미 스크린 속에서는, 다른 무리와 떨어져서 땅을 파던 남은 세 대의 로봇이 호프늄을 채집하던 일곱 대의 로봇 쪽으로 움직이기 위해 노즐에서 불을 내뿜기 시작했다. 필호가 입력한 명령으로 이동을 시작한 것이었었다. 세 대 중 먼저 한 대의 로봇이 바닥을 딛고 뛰어올랐다. 로봇의 커다란 동체가 마치 풍선처럼 소행성의 표면에서 둥실 떠올랐다.

그때였다. 일은 순식간에 벌어졌다. 급하게 솟아오른 로봇의 옆구리에는 여러 개의 머니퓰레이터가 작업 중인 채로 튀어나와 있었고, 그중 하나가 옆에서 함께 도약을 준비 중이던 다른 로봇의 몸통에 걸렸다. 마치 서로의 거미줄에 엮여버린 두 마리의 거미처럼, 두 대의 로봇은 삽시간에 서로의 팔에 뒤엉켜 균형을 잃고 말았다. 로봇들은 한데 엮인 채 제자리에서 빙글빙글 돌려는 참이었고, 이대로라면 그것들과 케이블로 연결된 컨테이너선이 소행성으로 끌려갈 처지였다. 람다는 필호에게 보고할 새도 없이 황급히 케이블을 끊어버렸다.

엉켜버린 두 대의 로봇은 고정된 지지선을 잃자 요동치기 시작했다. 두 대의 로봇은 늘어난 질량 탓에 소행성과의 상대 속도를 맞추지 못한 채 공중으로 떠올랐다. 그리고 한두 번 기우뚱거리는가 싶더니, 이내 표면에 튀어나온 바위들에 농구공 튀듯 몇 번 부딪치며 굴러가 호프늄을 채집하던 일곱 대의 로봇 한가운데로 날아갔다. 로봇 뭉텅이는 결국 그중 한 대와 충돌하며 폭발했다. 그에 이어 다른 로봇들도 비산하는 파편에 맞아 유폭을 일으켰다.

여러 차례 반짝이는 섬광이 소행성 주변을 잠깐 뒤덮었다가 대번에 사그라들었다. 호프늄을 채굴하던 일곱 대의 로봇 중 다섯 대가 한순간에 터져 나갔다. 그토록 커다란 로봇들이 폭발했음에도 공기가 없어 불티 하나 튀지 않고 고요한 침묵만 흐르는 모습은 괴이하기 짝이 없었다.

그러나 필호가 당황스러운 것은 따로 있었다. 소행성 777UZ가 점차 컨테이너선과 속도를 맞추기 시작한 것이다. 공전 속도가 빨라 등대를 지나쳐가며 레이더 화면을 오른쪽에서 왼쪽으로 천천히 가로지르고 있던 소행성은, 폭발이 일어난 직후 레이더에서 움직임을 거의 멈춰버렸다. 마치 경주에서 앞지르기하려다가 한 대 얻어 맞아 옆에서 절뚝이며 걸어가는 것처럼.

그 모든 일들이 스크린에서 벌어지는 것을 지켜보면서, 필호는 그저 양팔을 축 늘어뜨린 채 망연히 서 있을 뿐이었다.

필호는 등대의 상황실에서 멍하니 천정을 바라보고 있었다. 스피커에서 람다의 목소리가 흘러나왔다.

"필. 777UZ의 궤도는 크게 바뀌지 않았습니다."

"……"

람다는 대답 없는 필호가 대수롭지 않다는 듯, 여전히 차분한 목소리로 말을 이었다.

"다만 공전 속도가 약간 줄어들면서 OSC-1225호의 운항 경로와 777UZ의 궤도가 교차할 확률이 구십 퍼센트에서 팔십 퍼센트로 다소 줄어들었습니다."

상황실의 대형 모니터는 소행성 표면에서 작은 폭발이 이는 장면을 반복해서 보여주고 있었다. 필호는 모니터를 힐끗 쳐다보고 나서는 얼굴을 수그리며 양손으로 감쌌다. 손에 가려져 보이지 않는 그의 입에서는 깊고 깊은, 아주 긴 한숨이 흘러나왔다.

폭발 직후 필호는 일단 남은 로봇을 추려 등대로 돌아왔다. 비록 그의 갑작스러운 행동으로 다수의 로봇을 잃었지만, 등대 근처에서 공전하기 시작한 소행성에는 아직 상당량의 호프늄이 묻혀있는 채였다. 남은 로봇들로 어찌어찌 항행선에 공급할 자원의 채굴을 마무리하면 언제든 다시 호프늄을 캐러 갈 수 있다는 궁리가 서 있었다. 등대로 돌아온 후 람다가 소행성의 바뀐 궤도와 공전 속도를 계산해 내기 전까지만 해도, 그는 지금처럼 퍼렇게 질린 얼굴은 아니었다.

그러나 몇 시간 후 람다가 계산한 소행성의 궤도 예측을 보고 필호는 말문을 잃을 수밖에 없었다. 777UZ는 이번에 등대 구역을 지나가면 태양계 가장 바깥쪽을 크게 도는 경로를 타면서 몇백 년간 등대와 만나지 못할 터였다. 하물며 두 달 후 등대 구역에 도착할 외우주 항행선 OSC-1225호와는 영원히 만날 일이 없었다. 그러나 채굴 로봇은 소형 원자로를 엔진으로 탑재하고 있었고 그것의 폭발은 상당한 에너지를 가지고 있었다. 로봇들의 폭발 이후 소행성의 궤도는 안쪽으로 크게 휘어졌는데, 문제는 바뀐 소행성의 궤도가 항행선의 운항 경로를 지나치게 되었다는 점이었다. 이대로라면 소행성과 항행선은 두 달 후 충돌하게 될지도 몰랐다. 그것도 팔십 퍼센트라는 아주 높은 확률로.

여전히 아무 말이 없는 필호는 몸을 둥글게만 쥐며느리처럼 등을 움츠리고 있었다. 람다가 말을 이었다..

"필. 이번 시도가 실패한 것을 자책할 필요는 없습니다. 가능성이 작긴 했지만 남은 로봇들을 터뜨려 소행성을 멈춰보는 것 외에 우리에게 남은 방법은 없었습니다."

"……이제 남은 방법이 없어?"

확인하듯 되묻는 필호에게 람다가 대답했다.

"지금으로서는요. 앞으로 주변을 지나갈 천체 중에, 우연히라도 777UZ를 밀어내줄 가능성이 있는 것을 저는 아직 찾지 못했습니다."

필호는 고개를 들어 대형 모니터를 바라보았다. 남아있던 세 대의 로봇을 소행성 표면에서 폭발시켜 그 궤도를 조금이나마 틀어보려던 노력은 조금 전 실패로 돌아갔다. 이제는 세 대의 로봇이 등대로부터 출발하는 영상이 반복해서 돌아가고 있었다. 공허한 검은 공간을 가르고 날아가는 로봇들이 필호의 눈에는 마치 거센 풍랑이 몰아치는 바다에 무모하게, 하지만 떠밀리듯 어쩔 수 없이 뛰어든 새끼 바다거북처럼 보였다. 그의 실수가 벌인 사고 때와 마찬가지로, 소행성 표면에 달라붙은 세 대의 로봇은 순식간에 섬광에 파묻혔다가 작은 파편이 되어 산산이 흩어져버렸다. 파도에 휩쓸려 일순간에 사라져버리는 작고 초라한 어린 거북들처럼.

람다의 말대로였다. 언뜻 보기에도 영상 속 소행성에는 티끌만 한 변화조차 없었다. 자신을 멈출 방법 따위는 어디에도 없다는 양, 저 가공할 크기의 돌덩어리는 스스로의 무게로 자신을 밀어 붙여 우주공간을 가르고 있었다. 사람의 감각으로는 가늠하기 어려운 묵직함이 상황실 안을 가득 채운 듯했다. 저것이 두 달 후 이쪽으로 다가오는 중인 항행선에 충돌하는 것이었다. 항행선에는 수백 명의 승객이 동면상태로 탑승해 있었고, 두 달 후 그들은 잠든 상태에서 영문도 모른 채 죽음을 맞이하게 될 수도 있었다. 상상만으로도 버거운 그 일이 자신의 성급한 행동 탓에 눈앞에 벌어질지도 모른다, 그런 절망적인 생각에 필호는 관자놀이가 옥죄는 듯한 통증을 느꼈다.

그는 완전히 사면초가였다. 운항공사에 사실대로 보고하고 도움을 청해봐야, 그가 보낸 전문이 지구에 도달하는 것만으로도 팔 개월이 지나갈 터였다. OSC-1225호의 AI에게 이 상황을 직접 알리고 싶어도, 운항의 안전과 보안을 위해 항행선의 메시지 수신은 지구에서 보내는 것만 가능했다. 등대의 생산설비로 소행성에 들이받을 로봇을 다시 만드는 데는 아무리 짧게 잡아도 석 달은 걸릴 것이었다. 항행선의 속도를 늦추는 감속 그물을 멀찌감치 펼쳐놓아 항행선을 미리 붙잡으면 충돌을 막아볼 수 있을까 싶었지만, 등대의 컨테이너선으로 움직일 수 있는 거리에는 한계가 있었다. 모든 방향이 막혀있었다. 람다의 말대로, 그가 할 수 있는 일은 아무것도 없는 듯 여겨졌다.

갑자기 피로가 물밀듯 몰려왔다. 그는 눈을 질끈 감았다. 눈꺼풀 아래로 캄캄한 암흑이 깃들었다. 이상하게도, 언제나 저어했던 그 어둠이 도리어 지금은 반가웠다. 그는 그 속에 침잠해 다시는 올라오지 않기를 바랐다. 모든 감각의 말단이 까맣게 타버렸는지 아무 소리도 들리지 않고, 아무 감촉도 느껴지지 않았다. 그저 사방이 막힌 검은 방이라 숨을 수 있겠거니 생각했을 뿐이었다. 그런데 일순 밑바닥이 빠지는 듯하더니, 사위의 어둠 속으로 끝없이 가라앉고 또 가라앉았다. 한없이 가라앉는 와중에 필호는 그 어둠 속에서 등대와 소행성이 서성이고 있는 우주를 느꼈다. 그가 내내 두려워한

바로 그 우주였다. 그는 애초부터 발 디딜 곳 없는 이 우주를 견디기 힘들었다. 그때, 모든 것을 포기하고 떠나온 지구가 갑자기 그의 앞을 쏜살같이 스쳐 지나가, 어둠 저편에서 작디작은 푸른 구슬이 되어버렸다. 뒤이어 지구가 사라진 그 점으로부터 불쑥 OSC-1225호가 나타났다. 그의 곁을 맴돌던 소행성은 허둥대던 필호에게 어찌할 틈도 주지 않고 득달같이 그 항행선으로 달려들었다. 이내 충돌한 둘이 내뿜은 불꽃은 폭죽처럼 검은 장막 아래로 서서히 가라앉으며 사라져갔다. 어둠 건너편에는 그의 것이면서도 그의 것처럼 생각되지 않는 두 손이 있었는데, 손바닥을 적실 정도로 흥건히 흐르는 땀만이 분명히 느껴졌다. 필호는 그 모든 환상 속에서 숨을 곳이 없었다. 그런데도 그는 눈을 다시 뜰 엄두가 나지 않았다. 눈꺼풀 너머에서 벌어질 일들을 그는 눈뜬 채 감당해 낼 수 없을 성싶었다.

다음 날, 필호는 식당에 있었다. 몸이 제멋대로 떠다니지 않도록 의자에 몸을 고정한 채였다. 테이블에 놓인 부착식 식판에는 몇 가지 음식이 진공으로 포장되어 있었지만, 전혀 손대지 않은 듯했다. 꽤 긴 시간 동안 필호는 같은 자세로 앉아있었다. 마침내 람다가 그에게 말을 걸었다.

"필. 저는 당신이 이번 건에 대해서 운항공사에 사실대로 보고하기를 바랍니다."

람다는 줄곧 차분한 어조로 말을 이어 나갔다.

"호프늄을 채굴하려 한 것은 규정 해석의 맹점이 있으니 논외로

하더라도, 무리하게 작업 중에 끼어들어 채굴 로봇을 손실하고 그로 인해 OSC-1225호를 사고의 위기에 몰아넣은 일은 명백히 필에게 귀책이 있습니다."

귀책이라는 말에 필호의 어깨가 움찔거렸다. 람다는 다시 잠깐 말을 멈추었고, 식당 안에는 침묵이 흘렀다. 이윽고 필호가 말문을 떼었다.

"……내가 저지른 일을 모르는 게 아니야."

"그럼 과실을 자복하시겠습니까?"

람다의 물음에 필호는 고개를 저은 후, 잠깐 망설이다가 대답했다.

"자복을 하고 책임을 지고, 그런 문제가 아니라는 뜻이야."

"그럼 무슨 뜻입니까?"

람다는 심문하듯 연달아 질문을 던졌다. 람다의 물음을 받아내는 필호의 표정은 지친 기색이 역력했고 마치 어디 물에 빠졌다 올라온 양 연신 땀을 흘리고 있었다. 쉼 없이 이어지는 람다의 말귀를 따라잡기 힘들었는지, 그는 쉽사리 입을 열지 못하고 한 템포 느리게 대답했다.

"……그래. 있었던 일 그대로 보고한다고 치자. 등대지기 계약은 바로 파기될 테고 나는 과실치사죄로 고발당하겠지."

"필. 저는 지금 필이 받게 될 처분에 관해 이야기하는 것이 아닙니다."

"동면 상태로 얼어붙은 채 지구로 끌려가겠지. 다 좋아. 괜찮아. 그렇잖아. 어차피 여기서 평생 사나, 지구의 감옥에서 평생 사나 다를 것도 없어."

필호는 검지로 테이블을 두드리며 말을 계속했다.

"그런데 말이야. 그거면 되는건가? 그러면 뭐가 바뀌지? 내가 감옥에 들어가면, 문제가 해결되는 건가?"

"필, 그런 피상적인 주장은 당신의 잘못을 전혀 경감시키지 않습니다."

말꼬리를 물고 늘어지는 람다에게 필호가 다시 반문했다.

"저 돌덩어리를 멈출 수만 있다면, 나는 천 번 만 번이라도 끌려가도 좋아. 설사 그렇게 끌려가서 감옥에서 평생 썩다가 시체가 된 다음에 나와도 괜찮다고."

테이블을 두드리던 필호의 검지는 이제 덜덜 떨리고 있었다.

"……사실은 그러려던 게 아니었잖아. 그러고 싶어서 그런게 아니었잖아."

"저도 필이 어떤 의도를 가지고 소행성의 궤도를 바꿨다고 생각하지는 않습니다. 그렇다고 해서 저 일을 다른 누군가가 저지르지 않은 것 또한 명백하지 않습니까?".

"그래. 명백히 내가 저지른 일이지……. 안다고. 너무 잘 안다고."

그는 양손으로 머리카락을 쥐어뜯으며 중얼거렸다.

"어처구니 없는 실수로 이런 재미없는 농담 같은 상황을 만든게, 나라는 걸 너무 잘 안다고."

머리카락을 쥐어뜯던 손이 내려와 필호의 얼굴을 감쌌다. 그는 말없이 양손으로 얼굴을 가린 채 머리를 테이블 위에 처박고 있었다. 잠깐의 침묵이 흐른 후 람다가 에두르듯 말했다.

"필. 이 상황을 해결할 방법이 있다면 진작에 당신에게 제안했을 겁니다. 지금으로서는 소행성이 비켜 나갈 이십 퍼센트의 가능성에 희망을 걸어보는 수밖에 없습니다."

필호는 대답이 없었다. 람다의 말이 계속 이어졌다.

"어제 말씀드린 바와 같이, OSC-1225호에서 새로운 전문을 보내왔습니다. 승객들에 대한 자세한 데이터를 보내왔으니 확인하시기를 바랍니다."

람다의 말이 끝나자마자 테이블 위가 스크린으로 변하면서 보고서 하나가 표시되었다. 표지에는 '승객 프로파일'이라는 제목이 쓰여 있었다. 조금 전보다 약간 부드러워진 듯한 목소리로, 람다가 말을 맺었다.

"아직 일은 끝나지 않았습니다. 가능성이 남아있으니, 필이 마지막까지 포기하지 않았으면 합니다."

마치 다른 방으로 가버린 것처럼, 람다는 그다음부터 아무 말이 없었다. 말소리가 사라지고 고요함 만이 흘렀다. 필호는 천천히 고개를 들었다. 표정은 굳어있었고 안색은 누렇게 떠 있었다. 그는 조각상처럼 미동도 하지 않은 채 한참 동안 보고서 표지를 내려다보았다. 꽤 긴 시간이 지난 후, 필호는 천천한 손놀림으로 보고서를 한 페이지씩 넘기기 시작했다. 안에는 항행선에 탑승한 승객들의 건강 상태와 참고할 사항이 빼곡하게 적혀있었다. 외우주로 나가는 승객들은 노화와 질병을 막고 자원 소모를 최소화하기 위해 십수년 간 항해하는 대부분의 기간을 동면 상태로 보냈다. 본래 등대에서는 이 보고서를 참고하여 승객들이 잠들어 있는 동안 투여받을 영양물질이며 각종 보급물자를 준비해야 했다. 비록 지금에 와서는 무엇을 준비해야 할지, 아니, 준비하는 게 맞는 일인지조차 알 수 없게 되어 버렸지만, 필호는 꾸역꾸역 보고서를 읽어 내렸다.

그렇게 열 장이 넘어갔고 스무 장이 넘어갔다. 전자 스크린에 띄워진 영상이었음에도 그는 페이지를 넘기는 팔에 천근 같은 무게를 느꼈다. 승객들은 하나하나 다채로운 사람들이었고, 삶의 새로운 시간에 다다르기를 바라며 그저 조용히 잠들어 있을 따름이었다. 이 긴 항해는 그들에게 이전의 삶과 다음의 삶 사이를 연결하는 연속성의 시간임을, 필호는 보고서를 읽으며 깨달았다.

그래서 그는 항행선이 소행성과 충돌할 가능성이라는 '이십 퍼센트'라는 숫자가 현실적이지 않다는 생각이 들었다. 이십 퍼센트라는 말은 다섯 번 중에 한 번이라는 뜻이었기 때문이다. 항행선의 승객들에게 소행성의 접근과 충돌은 연속성이 없는 이진법의 세계였다. 소행성을 비껴가면 항행선이 품고 있는 모든 가능성은 일(1)이 되고, 만약 충돌하면 그 가능성은 영(0)이 되는 것이었다. 돌이킬 수 없는 실수가 자기 목덜미를 붙들고 옥죄어 오는 것을 느꼈다. 갈수록 페이지를 넘기기가 벅차고 어려웠다.

그렇게 보고서를 절반쯤 읽었을 무렵이었다. 어느 한 페이지에 필호의 눈이 돌연 멈추었다. 보고서에는 한 소녀의 프로파일이 올라와 있었다. 그는 눈을 휘둥그레 뜨고 내용을 읽어 내려갔다. 소녀는 지구를 떠날 무렵 열다섯 살이었다. 소녀는 이제 막 볼에 젖살이 빠져 갸름하고 예쁘장한 얼굴이었다. 소녀의 얼굴은 햇볕에 그을린 적이 없는 듯 약간 창백했고, 키가 조금 작았다. 소녀는 오랜 기간 병원에 머물러 있었다. 그리고 프로파일의 마지막 줄엔 필호에게 익숙한, 잊을 수 없는 그 말이 쓰여 있었다.

'슈퍼 박테리아 감염자'

필호는 손이 떨리는 것을 느꼈다. 그리고 페이지를 앞으로, 다시 뒤로 넘겼다. 그의 마음속에 그냥 지나칠 수 없는, 마음속에 짚이는 바가 있었다. 필호는 아직 성년이 되지 않은 소녀가 슈퍼 박테리아에 감염된 채 혼자 외우주 항행선에 탔을 리가 없다고 생각했다. 굳이 몇 광년이나 떨어진 행성에 외따로 보낼만한 나이며, 건강 상태가 아니었기 때문이다. 그리고 역시나 그의 예상대로, 프로파일의 뒷장에는 소녀의 아버지와 어머니가 함께 항행선에 탑승했음을 알리는 기록이 붙어 있었다.

필호는 전율했다. 지구를 떠나오기 전, 병원에서 아내 선희와 나누었던 대화가 그의 귓전을 생생히 두드렸다. 그를 혼자 보낼 수 없다며 가족 모두 함께 외우주 항행선을 타자는 선희의 청을 필호는 단칼에 끊어 냈었다. 그때의 그는 아내와 딸의 고통을 영(0)으로 만들기 위해, 일(1)의 고통을 홀로 감내할 각오로 우주에 올라왔다.

하지만 지구에서 가져온 기억을 끊어낼 수 없었고, 홀로 살아가야 하는 생의 고통이 그를 짓눌렀고, 결국 귀향에의 욕심으로 만회할 수 없는 실수를 범하고 말았다.

필호는 그가 외면한 길을 택한 소녀와 부모에 대한 프로파일을 읽고 또 읽었다. 만약 내가 이들처럼 3할 3푼의 고통을 함께 나누어 들고 왔다면, 홀씨처럼 미약한 희망이라도 함께 들고 왔다면. 이 생각에 다다르자 그는 지난 시간에 대한 피할 수 없는 후회로 몸서리를 쳤다. 그는 보고서에서 눈을 떼지 못하고 있었다. 하필이면 그곳에, 그가 놓치고 말았던 것들이 움트려 하고 있었다. 필호는 그들이 품은 씨앗에서 눈을 돌릴 수 없었다. 그리고 이제 그는, 더 이상 그 자신을 외면할 수 없었다.

그리고 한참 후, 필호는 람다를 불렀다.

필. 지시한 대로 지금부터 기착지의 추진 엔진을 가동합니다. 저는 기착지의 AI로서, 기착지를 파괴할 수 있는 어떤 행위도 스스로 행하는 것이 불가하게 설계되어 있습니다. 따라서 지금부터 조종의 모든 권한을 당신에게 맡깁니다.

필. 무인 작동 중인 컨테이너선으로부터 방금 전 전문이 들어왔습니다. 전문에 따르면, 감속 그물은 항상 치던 장소에 정상적으로 설치되었습니다. OSC-1225호는 예정대로 등대 구역에 도착할 것이고, 컨테이너선은 그 자리에서 대기하다가 탑재해 놓은 무인 셔틀을 통해 자원을 전달할 것입니다. 아울러 이곳의 상황을 담아 발송한 전문이 팔 개월 뒤 운항공사에 도착하면, 운항공사에서는 OSC-1225호의 운항을 일시 중단하고 생명 유지 모드로 전환할 수 있을 것입니다. 구난선이 이곳에 도착하려면 꽤 긴 시간이 걸리겠지만, 적어도 승객들의 안전은 무사할 테지요.

필. 당신은 왜 이 결정을 내렸나요? 이십 퍼센트의 가능성을 백 퍼센트로 만들고 싶다는 당신의 말을 이해하더라도, 이것으로 당신의 가능성은 영원히 영(0)이 되는 것이 아닌가요?

필. 충돌까지 육십 초가 남았습니다. 당신의 마음 깊은 곳에 불안이 고조되고 있습니다. 당신의 기저 의식에 후회가 느껴집니다. 당신의 눈에 눈물이 흐릅니다. 그런데도 당신은 조종장치를 되돌리지 않습니다. 한 손으로 다른 한 손이 움직이지 않도록 붙들고 있습니다.

필. 충돌까지 삼십 초가 남았습니다. 소행성이 눈앞에 있습니다. 당신의 감정에 극도의 공포심이 감지됩니다. 그런데도 조종장치를 쥔 당신의 손은 여전히 소행성을 향해 있습니다. 당신은 과거의 결정을 다시 마주했을 때 그것을 돌이킬 수 없음에 슬퍼했다고 말했습니다. 당신은 온 힘을 다해 그것을 돌이키려 하는 것인가요. 두려움을 이겨낼 만큼 그 의지가 강력한 것인가요. 그 의지가 지금 OSC-1225호의 승객들을 구원하고 있는 것인가요.

필. 충돌까지 십오 초가 남았습니다. 당신이 눈을 감는 것이 보입니다. 필. 충돌합니다. 필.

등대는 소행성 777UZ에 충돌하자 그 질량을 이기지 못하고 외벽이 점차 우그러들기 시작했다. 그와 동시에 등대 곳곳에 설치된 각종 모듈이 분리되며 소행성에 쏟아져 내렸다. 그것들이 표면과 충돌하자 작은 섬광이 일었다가 잦아들었다. 등대는 그때까지도 여전히 푸른 불꽃을 노즐에서 내뿜으며 소행성을 밀어내듯이 움직이고 있었다. 등대의 여러 부분이 뒤이어 소행성을 들이받았다. 크고 작은 폭발이 소행성 표면에서 일어났다.

이윽고 소행성의 불룩하게 튀어나온 능선에 등대의 한쪽 외벽이 완전히 무너져 내리자, 가장 안쪽에 있던 산소 탱크와 수소 탱크가 거대한 섬광과 함께 폭발했다. 그것이 마지막이었다. 수십차례 등대의 부품에 두들겨 맞으며 소행성은 가운데가 움푹 파이고 있었는데, 여기에 산소와 수소의 폭발 충격이 더해지자 결국 몇 개의 조각으로 쪼개지고 말았다. 아주 잠깐, 커다란 빛줄기가 주변의 어둠을 삼켰다가 이내 사그러 들었다. 부서진 소행성의 조각은 사방으로 흩어졌다. 등대는 이것으로 결국 완전히 파괴되었다. 등대의 몸체며 엔진은 폭발에 휘말려 셀 수 없이 작은 파편이 되어 주변으로 산개했다. 등대구역은 마치 커다란 암벽 주변에 자욱한 안개가 낀 듯한 모습이 되었다.

쪼개진 소행성의 파편 중 하나는 폭발의 충격 때문에 이내 다른 방향으로 움직이기 시작했다. 한 가지 특이한 점은, 소행성의 파편은 전반적으로 흙빛이었으나, 한 구석에 무지갯빛으로 아롱진 암석

덩어리가 파묻혀 언뜻 번뜻 광채를 내뿜고 있었다는 점이다.

　파편의 움직임은 고요했으나 방향성이 있었다. 우주의 검은 공간 한 구석에 작고 창백하게 빛나는 푸른 점 하나. 파편이 새롭게 올라 탄 궤도의 끝은, 분명히 그 푸른 점을 향해 있었다.

생명의 교차로에서

전성진

전성진 '직접 경험해 보지 않고 깨달을 수 있는 가치는 없다'를 좌우명으로 살고 있다. 대학시절 법학을 전공으로 택했지만 경영학, 전자공학 등 다양한 전공을 함께 공부했으며, 이후 마케터, 인사담당자 등 다양한 직업군을 경험하다 2022년 가을에는 작가의 꿈에 도전했다. 삶의 슬럼프와 극복을 다룬 단편소설 '메르시 보쿠(Merci beaucoup)'를 발표한 이후로 삶의 희망에 대한 생각을 이어오다 두 번째 단편 '생명의 교차로에서'를 발표한다.

나는 어릴 적부터 죽음에 대한 불안감을 느끼며 자랐다. 생명에게 삶은 영원하지 않고, 유한하다는 개념을 이해한 뒤로는 언제나 머릿속에는 삶이 언제 끝나는지, 어떻게 죽게 될 것인지에 대한 생각이 끊이지 않았다. 어린 나의 눈에는 죽음의 순간이 언제 자신에게 찾아올지 모르는데 그 사실을 망각한 채로 하루하루를 살아가며, 울고 웃는 다른 사람들이 멍청하게만 보였다. 나로서는 도무지 그들의 죽음에 대한 무념과 불감을 이해할 수 없었다.

　이런 내가 조금 더 자라 초등학교를 다닐 무렵, 학교에서 10년 후 내 모습에 대해 발표하라는 과제를 받았다. 과제에 대해 한참을 고민하다 이튿날 내 발표 차례에 작은 사건을 벌이게 되었다.

　"다음은 호진이가 생각한 '10년 후 미래의 나'에 대해 발표해 주세요."

"선생님 저희가 언제 어떻게 죽게 될지도 알 수 없는데, 10년 후의 미래를 얘기하는 건 바보 같아요. 당장 선생님도 1년 뒤에 죽게 될지 모르는데, 10년 후의 미래에 대해 이야기하는 게 무슨 소용이 있겠어요."

발표 이후의 상황에 대해서는 자세히 말하지 않아도 아마 충분히 짐작이 될 것이다. 음침한 아이라며 웅성거리는 아이들, 말문이 막힌 듯 당황한 표정의 선생님. 이 사건은 결국 보호자를 모셔오라는 선생님의 상담과 함께 종결되었다. 집에 돌아온 후 나는 할아버지에게 한참을 성을 내며 열변을 토했다.

"할아버지, 사람들은 다 바보야. 사람은 누구나 다 죽어. 근데 사람들은 그걸 잊은 채로 바보처럼 실실 웃으면서 하루하루를 살아가. 다 바보 멍청이들이야."

"호진이가 오늘 일로 화가 단단히 났나 보네. 네 말처럼 사람들은 다 바보일지도 모르겠구나. 그럼 이 할아비도 호진이 눈에는 바보처럼 보이냐?"

내 유일한 친구에게 바보라고 하고 싶지 않았던 나는 무언가 말을 하려다 입을 꾹 닫고, 잔뜩 화가 난 채로 볼을 부풀리며 눈물을 흘렸다.

"호진이 생각처럼 죽음은 우리 인생에서 매우 중요한 문제란다. 그전에 먼저 삶에 대해서 이야기해 보자면 누구나 놓치고 싶지 않은 선물 같은 것이라고 할 수 있겠구나. 그 선물은 행복, 성공, 사랑과 같은 다양한 것들로 이루어져 있지. 하지만 그 이면에는 실패, 상실, 슬픔과 같은 고통도 함께한단다. 그래서 더 재미난 선물인 게지. 상실과 슬픔을 느껴본 사람만이 진정으로 기쁨과 행복을 알 수 있으니 말이다. 그리고 죽음에 대해서 이야기해 보자면, 호진이 네 말처럼 그 누구도 피할 수 없는 것이란다."

"거봐 할아버지 내 말이 맞지? 내 말이 맞잖아."

"그렇지만 호진아 죽음은 어쩌면 끝이 아닐지도 모르겠구나. 죽음은 모든 것이 마무리되는 종착점이 아니라, 또 다른 시작점으로 이어질 수 있는 기회일지도 모르지. 삶과 죽음은 매우 다른 것 같지만 한편으로는 서로 연결되어 있단다."

"무슨 말인지 모르겠어 할아버지 너무 어려워."

할아버지는 빙긋 웃으며 말을 이어갔다. "그래 이 할아비도 할아비가 무슨 말을 하고 있는 건지 모르겠구나. 그러면 이것만 기억해주거라 우리 손주. 죽음은 언젠가 우리에게 다가올 미래이지만, 그 과정 속에는 오늘이라는 행복과 내일이라는 희망이 있다고."

"아직도 잘 모르겠어 할아버지. 난 10살짜리 꼬맹이라고." 할아버지는 대답을 이어가는 대신에 껄껄 웃으며 주머니에서 사탕을 하나 꺼내 내 입에 물려주었다. 그 당시의 나로서는 할아버지가 무슨 얘기를 하는 건지 도무지 이해할 수 없었지만, 할아버지와 이야기를 나누는 것만으로도 마음이 편안해졌었다.

시간은 소리 없이 흘러 내가 고등학교를 졸업할 정도로 자랐을 무렵 할아버지가 돌아가셨다. 사망의 원인은 폐암으로 할아버지는 2년이라는 시간에 걸쳐 천천히 하늘로 돌아갈 채비를 했다. 할아버지와 함께할 수 있는 시간이 영원하지 못할 것이라는 건 너무나도 잘 알고 있었지만, '그럴지도 모른다'라는 것이 '그렇게 되었다'라고 현실화되는 순간 그 간극은 너무나도 컸다.

할아버지가 돌아가신 뒤 장례식은 할아버지가 떠날 날짜를 모두가 미리 알고 준비해 왔다는 듯, 상실의 상념에 빠져들 시간도 없이 빠르게 준비되었다. 나는 아직 할아버지를 보낼 준비가 채 되지 않았는데 말이다. 내 소중한 친구이기도 했던 할아버지에게 영원한 안녕을 고하기에는 나는 너무나도 어렸다. 그런 내 마음을 알기나 하는 건지 영정사진 속 할아버지의 모습은 너무나도 편안해 보였다.

장례가 진행되며 조문객들이 잇달아 찾아왔다. 어느 이들은 할아버지의 죽음 앞에 목놓아 소리 내어 울었고, 아버지의 또래로 보이는 어떤 사람들은 아버지의 등을 토닥이며 위로를 건네기도 했다. 수많은 사람들이 다녀갔지만 내게 그 사실은 그다지 중요치 않았다. 그리고 장례식이 진행된 지 이틀째 한 조문객이 찾아와 인사말을 건네었다.

"고인의 명복을 빕니다. 그래도 할아버지는 호상이지 않겠습니까? 병환으로 세상 떠나셨으니 이렇게 가족들이랑 이별할 시간도 천천히 준비할 수 있었고."

그 이야기를 듣는 순간 머리끝까지 열이 뻗쳤다. 내 유일한 친구를 이제 다시는 볼 수 없는데 호상이라는 말이 가당찮겠는가.

"당장 나가 내 눈앞에서 꺼지라고! 말 같지도 않은 소리 지껄이지마!" 조용한 빈소에 내 분노에 사로잡힌 고함만이 울려 퍼졌고, 그런 나를 가족들은 이제 그만하라며 뜯어말렸고, 나는 되려 그럴수록 서글프게 흐느끼며 어수선한 분위기가 반복되는 과정 속에서 모든 장례절차는 마무리되었다.

*

시간은 흘러 할아버지를 떠나보낸 지 어느덧 3개월이 지났다. 할아버지가 없는 일상은 얼마 전까지만 해도 상상할 수 없는 일이었지만, 시간이 약이라는 말처럼 할아버지가 없는 일상에 차츰 적응하고 있었다. 그렇지만 여전히 이따금씩 할아버지의 빈자리가 느껴질 때에는 참을 수 없는 공허함이 밀려왔다. 그럴 때 마다 나는 죽음은 대체 무엇이길래 우리에게 거부할 수 없는 영원한 안식을 주는 것일지 그 의미를 이해하고자 골몰했다.

그러다 결국 나는 고심 끝에 죽음을 가장 가까이에서 목도하고 그 의미를 이해하고자 호스피스[1] 병원의 간호사가 되기로 결심했

1) 호스피스 : 죽음이 가까운 말기 환자를 입원시켜 위안과 안락을 얻을 수 있도록 하는 특수 병원

다. 그리고 결심을 굳히기 위해 가족들에게 일방적으로 나의 결정을 통보했다.

"엄마, 나 호스피스 간호사가 되고 싶어."

"갑자기 웬 호스피스 간호사야? 그냥 간호사도 아니고? 무슨 바람이 분 건지 모르겠지만 엄마는 모르겠다…" 엄마는 갑작스러운 나의 선언에 당혹스럽다는 표정을 감추지 못하고 말했다.

"이해하기 어려운 거 알아 엄마. 수능 앞두고 이 중요한 시점에 갑자기 뜬구름 잡는 소리처럼 들릴 수 있는 것 말이야. 근데 지금은 뭐라도 미친듯이 몰입해서 해보고 싶어."

"그래… 너한테도 나름대로 결단과 생각이 있겠지. 엄마는 네가 하고 싶은 대로 했으면 좋겠다. 그렇지만 혹시라도 너무 힘든 때에는 엄마한테도 꼭 얘기해 줬으면 좋겠네 우리 아들."

"알겠어, 걱정하지 마."

나의 갑작스러운 선언에 가족들은 역시나 당혹스러움을 표했다. 한편으로는 나 또한 나의 선택에 확신은 없었다. 더 많은 죽음의 순간을 함께한다고 어떤 깨달음을 얻을 수 있을까 싶었지만, 이것저것 따지고 생각하기보다는 나의 선택에 몸을 맡기고 실행에 옮기기로 했다. 그만큼 내게 있어서 할아버지의 공백은 채울 수 없는 큰 공허였고, 어딘가 몰입하여 나의 정신을 온전히 쏟을 곳이 필요했다.

호스피스 간호사가 되기로 결심한 이후 시간은 쏜살같이 지나갔다. 간호사가 되기 위한 학위를 취득하고, 간호사 면허시험과 호스피스 간호사가 되기 위한 추가적인 교육까지. 호스피스 간호사가 되고자 하는 동기는 어찌 보면 단순했지만, 목표를 달성하기 위한 문턱은 생각 이상으로 높았다. 그렇게 호스피스 간호사가 되기로 결심한 지 수년의 시간이 흘러서야 이윽고 나는 지방에 위치한 한 병원에서 호스피스 간호사로 일하게 되었다.

*

내가 일하게 된 병원은 대구에 위치한 호스피스 병원으로 주치의로부터 남은 기대 수명이 6개월 미만으로 남았다는 진단을 받은 사람들만이 전원 되어 올 수 있는 곳이었다. 목표했던 것처럼 호스피스 간호사로서 환자들을 돌보는 일을 시작하게 되었지만 환자들과의 심리적 거리감을 줄이기란 쉽지 않았다. 환자들은 자신들의 지친 삶에 나 따위는 끼어들 틈이 조금도 없다는 것처럼 좀처럼 내게 마음을 열어주지 않았고, 내 생각처럼 그들의 삶 속으로 스며들어 죽음에 대해 탐구하기란 쉽지 않았다. 하루는 그런 나를 지켜보던 수간호사님이 잠깐 이야기 좀 하자며 나를 불러내었다.

"호진 씨, 일은 좀 어때요 적응은 좀 했어요?"
"글쎄요. 일은 점점 적응되고 있는데 환자들 대하는 건 아직 영 어렵네요." 이런 나의 말에 수간호사님은 역시나 그럴 줄 알았다는 표정으로 빙긋 웃으며 말했다.

"호진 씨, 일반 병동과 호스피스 병동의 가장 큰 차이점이 무엇인지 알고 계세요?"

"호스피스 병동에 입원하는 사람들은 아무래도 더 이상은 건강상태의 호전을 기대할 수 없다는 점 아닐까요?"

"맞아요. 호진 씨 말처럼 호스피스 병동에 입원하는 사람은 더 이상 의학적 치료효과를 기대하기 어려운 환자라는 점이 가장 큰 차이점이에요. 그렇지만 우리가 늘 명심해야 하는 점은 호스피스 환자들은 적극적인 치료를 중단한 사람일 뿐, 삶에 대한 열망 그 자체를 놓은 사람들이 아니라는 걸 명심해 주세요. 이걸 잊는 순간 우리는 산송장을 간호하는 사람일 뿐입니다."

"네, 명심하겠습니다."

"명심만 하지 말고 환자들에게 웃어주고, 오늘 하루는 어떤지도 물어보고 그래요. 호진 씨는 다 좋은데 약간 기계적이야. 호스피스 간호사는 단순히 신체적인 증상만 조절하는 게 아니라, 환자 심리적 상태를 안정시키는 것도 중요하니까. 여기에 오는 사람들 마냥 환자로만 대하면 이 일 오래 못한다? 호진 씨 본인이 지쳐요."라는 말을 끝으로 수간호사님은 바쁠 텐데 얼른 돌아가서 일하라며 나를 돌려보내었다.

수간호사님과의 대화 이후 나는 한동안 머리가 복잡해졌다. 이곳은 호스피스 병원이기에 환자들이 곧 죽을 것이라는 건 명백한 사실인데, 그들에게 어떤 말을 해주어야 심리적 안정을 줄 수 있을지 당시의 나로서는 풀 수 없는 어려운 숙제였다.

그렇게 고민의 해답은 얻지 못한 채 시간이 흘러 봄이 찾아올 무렵, 나는 50대 여성 환자인 영자 씨를 만났다. 그녀는 나의 할아버지처럼 폐암 4기 환자였는데, 의무기록지를 확인해 보니 암세포가 이제는 폐를 넘어 뼈와 간을 포함한 다른 장기에까지 전이된 상태였다. 뼈 전이가 진행된 폐암 4기 환자의 생존율은 10%가 채 되지 않는데, 영자 씨는 이미 뼈뿐만 아니라 다른 장기까지도 전이가 상당히 진행되었기 때문에 이제는 그 일말의 가능성도 기대할 수 없는 상태였다.

"환자분 몸은 좀 어떠세요? 어디 불편하신 곳은 없으세요?"

"숨… 숨쉬기가 힘들어요…"

"호흡이 불편하세요? 의사 선생님께 말씀드려서 기존 약 투여량 좀 늘려볼게요. 혹시 다른 불편하신 곳은 더 없으신가요?"

"……"

영자 씨가 병동에 입원한 지 어느덧 2주가 지났지만 영자 씨는 언제나 침대 위에서 눈을 감은 채 묻는 질문에만 간신히 대꾸할 뿐 좀처럼 움직이지 않았다. 식사도 거의 하지 않았고, 이따금 물만 몇 모금 들이킬 뿐이었다. 하지만 그 몇 모금의 물조차도 몸에 받지 않는 것인지, 물을 마신 뒤에는 구토를 하고 숨을 쉴 때 답답하다며 호흡곤란을 호소했다. 그녀의 숨결은 날이 갈수록 약해지고 있었고, 언제 숨을 거둬도 이상하지 않을 것 같은 그런 날들이 하루하루 흘러갔다.

시간이 흘러 영자 씨가 입원한 지 한 달쯤 되었을 때, 볼 때마다 항상 눈을 감은 채로 침대에 누워있던 그녀가 몸을 이끌고 침대 끝자락에 앉아 창밖을 바라보고 있었다. 움푹 꺼진 눈과 살집 하나 없는 얼굴은 병색이 완연했지만, 창밖을 바라보고 있는 그녀의 눈은 어느 때보다 맑았다. 암 환자답지 않게 형형한 생명의 기운이 뿜어져 나오는 것 같은 안광에 한참이나 영자 씨를 바라봤다. 그런 그녀의 모습에서 할아버지가 겹쳐 보였던 탓일까 나도 모르게 그녀 곁으로 다가가 내 이야기를 시작했다. "영자 님, 저희 할아버지는 폐암이셨어요." 그 말을 시작으로 죽음에 대해 관심이 많았던 나의 유년시절 이야기, 할아버지를 잃었던 이야기, 어째서 내가 이 병원에서 호스피스 간호사로 일하고 있는지 등 한참을 이야기했다. 그리고 모든 이야기가 끝날 무렵 조용히 이야기를 듣고 있던 영자 씨가 입을 떼었다.

"호진 씨, 저는 작년 여름에 암 진단을 받았어요. 가끔 호흡이 불편하고, 식도염 증상이 있어서 병원을 방문했는데, 제 엑스레이를 본 의사가 CT를 찍어보자고 하더라고요."

"엑스레이에서 이상 소견이 발견됐군요…"

"네, 이상하면 이상한 것이지. 이상이 의심되는 소견이 있다나? 그때까지만 해도 별생각 없었어요. 의사도 확신하는 듯한 느낌은 아니었고, 의사가 해보자고 하니 그러자고 했죠. 그런데 CT 촬영 후 의사가 폐암 의심 소견이 있다고 하더라고요. 그때 느꼈어요. 내

삶이 어딘가 잘못 흘러가고 있구나…" 영자 씨는 쓴웃음을 지으며 허탈하다는 듯이 말했다.

"이후 조직검사를 해보니 역시나 폐암이었고... 그날 이후 이 병원, 저 병원 오가며 이래저래 수많은 항암치료를 받았지만, 병세는 날로 악화되기만 하더라고요. 그리고 이제는 제가 언제 죽을지도 모르는 채로 이곳에 와있네요." 말을 마친 그녀는 한 차례 한숨을 내쉬고는 내 눈길을 피해 다시 창밖을 바라보며 조용히 눈가의 눈물을 닦았다. 그리고 창밖을 보다 한참을 숨죽인 채 흐느낀 그녀는 소매로 눈가의 눈물을 닦으며 말했다. "호진 씨, 근데요. 이렇게 죽을 때쯤 되어서 생각해 보니까 뭐가 제일 억울한지 아세요?"

"글쎄요… 어떤 점이 제일 아쉬우신가요?"

"저조차도 제 자신을 모르는 채로 너무 오래도록 살았다는 거예요. 세상에 태어나 부모가 지어준 이름을 달고, 50여 년을 흘러가는 대로 살아왔어요. 조금 더 나은 내일을 기대하며 청춘을 허비했는데, 지금의 저에게 무엇이 남았는지 모르겠어요."

나는 그런 영자 씨의 말에 무언가 말을 덧붙이려다 그녀의 괴로운 표정을 보고 이내 말을 아꼈다. 그녀의 모든 감정을 내가 이루 헤아릴 수 없었겠지만, 적어도 그 황망함만큼은 내게 전이되어 납덩이가 가슴에 얹힌 마냥 마음을 무겁게 했다.

"호진 씨, 이제는 더 이상 저에게 내일이 찾아오지 않을 수도 있다고 생각하니 무서워요. 오늘 밤 눈을 감았다가 내일 아침에는 더 이상 눈을 뜨지 못하게 될까 봐 그게 너무 무서워요."

"영자 님, 이제부터라도…"까지 내뱉은 나는 그녀에게는 '이제부터'라는 말이 의미 없을 수도 있다는 생각에 말을 잇지 못했다. 그런 내 마음을 읽은 것인지 영자 씨는 애써 내게 웃어 보이며 말했다.

"호진 씨, 저 살고 싶어요. 저 조금 더 살 수 있나요? 병원 중환자실에서 기계호흡장치에 의지하며 고통스러운 죽음을 맞이하는 게 싫어 가족들의 반대를 무릅쓰고 호스피스 병원을 택한 건 나인데 이제 와서 너무 유난스러운가요?" 그녀의 이야기를 들으며 나도 모르게 두 손으로 그녀의 손을 감싸 쥐었다.

"아뇨, 아니에요. 유난이라니요…"어떻게 해야 환자가 임종을 앞두고 더 편안한 마음을 맞이할 수 있을지에 대해 함께 고민하고, 충분한 대화를 통해 환자가 죽음을 천천히 받아들일 수 있도록 안내하는 것이 호스피스 간호사인 나의 역할이지만 아직 이 모든 것이 내가 온전히 감당하기에는 어려웠다. 그저 영자 씨의 삶에 대한 미련과 그 절절한 감정에 함께 공감하고 슬퍼할 따름이었다.

국립 암센터의 통계자료에 의하면 말기 암 환자의 평균 여명은 3개월 내지 4개월 수준이라고 한다. 하지만 이번에는 그 평균값이 부디 틀렸기를 바랄 뿐이었다.

그 날 이후 나는 영자 씨와 조금 더 자주, 많은 이야기를 나누게 되었다. 이 즈음에는 코로나 바이러스라는 감염성 질환이 유행하게 되어, 병원 내 면회가 제한되며 우리는 더 많은 시간을 함께하게 되었다. 하지만 안타깝게도 영자 씨는 우리가 처음 제대로 이야기를 나누었을 때만큼 컨디션이 양호하지는 못했다. 그렇지만 육체적으로, 정식적으로도 위태로워 보이는 영자 씨를 가만히 두고 보기만 할 수는 없어 그녀에게 매일 한 마디 씩이라도 꼭 말을 붙이려고 노력했다. 그 사이에도 병동 내 병상은 비워지고, 또 다시 채워지기를 반복하며 시간은 흘러갔다.

*

그러던 어느 날 밤, 영자 씨는 평소보다 더 극심한 고통에 신음했다. 처음에는 하루 30mg로 시작했던 모르핀은 양이 점점 늘어, 어느새 60mg를 넘어가고 있었지만, 이제는 그 정도 양으로는 충분하지 않은 듯했다.

"영자 님, 괜찮으세요? 선생님께 말씀드려서 진통제 양 좀 더 늘려드릴게요."

"선생님… 저 너무 힘들어요."

"영자 님, 힘드실 텐데 너무 잘 견디고 계세요. 이번 주말이면 가족분들도 면회 오실텐데 우리 조금만 더 힘내봐요."

"선생님, 그냥 저 이대로 죽여주시면 안 되나요? 저 너무 힘들어요… 이렇게 부탁할게요. 실수라고 생각하고 차라리 치사량만큼 진통제 넣어주시고 저 이대로 보내주세요."

"영자 님! 그게 무슨…"까지 말하고 난 그녀의 모습을 다시 바라보고 말을 더 잇지 못했다. 이미 뼈까지 전이된 폐암이 점점 더 퍼지는 탓인지 가뜩이나 야윈 얼굴이 더 야위어 있었고, 통증에 몸부림치다 손톱으로 팔을 긁은 것인지 팔에는 생채기가 잔뜩 생겨 있었다. 하지만 그 어떤 것보다도 이전의 맑은 눈빛을 잃어버린 채로 눈물만이 맺혀있는 그녀의 두 눈이 그 고통을 짐작하게 했다. 이런 모습의 영자 씨를 보고 있자니 어쩜 영자 씨의 말처럼 차라리 의료 과실로 그녀를 이대로 보내주는 것이 진짜 그녀를 위한 길이지 않을까 생각했다. 물론 나도 이 모든 것이 법에 어긋나는 행위이고, 법을 떠나 간호사로서 절대로 고려해서는 안될 선택지라는 사실도 알고 있었다. 하지만 이토록 힘들어하는 그녀의 모습을 보면서 이렇게 살아가는 남은 여생이 영자 씨에게 무슨 의미가 있을까를 생각 해봤을 때, 마냥 안된다고 하기가 쉽지 않았다. 하지만 지금의 내가 할 수 있는 일은 주치의에게 요청해 진통제 투여량을 조금 더 높여 조금이라도 그녀의 고통을 덜어주는 것, 그것 외에는 할 수 있는 일이 없었다.

"영자 님, 이제 진통제 들어갔으니 괜찮으실 거예요. 진통제 양이 좀 많아서 조금 더 멍하고 어지러우실 수도 있어요. 너무 힘들면 언제든 말씀 주세요."

"……" 아무 말도 하지 못하고 초점 없는 눈으로 날 바라보던 영자 씨는 추가로 투여한 진통제가 몸에 돌기 시작하자 쓰러지듯 잠에 들었다.

*

그날 밤, 숙소로 돌아가 침대에 지친 몸을 뉘었지만 도무지 잠이 오지 않았다. 눈을 감으면 자꾸만 오늘 보았던 영자 씨의 야윈 얼굴과 고통으로 가득 찬 두 눈이 떠올랐다. 과연 내가 내린 판단이 맞는 선택인가를 고민하며 한참을 뒤척이던 나는 문득 돌아가신 할아버지가 떠올라 몸을 일으켜 책상 앞에 앉았다. 그리고 할아버지에게 닿지 못할 편지를 한 통 썼다.

할아버지 그곳에서는 잘 지내고 계신가요? 제가 호스피스 간호사로 일한 지도 제법 시간이 흘렀네요. 그 사이 패 많은 환자들을 만났어요. 그런데 그중에서도 영자라는 환자는 유독 마음에 걸리네요. 할아버지와 같은 폐암을 앓는 환자라 그런 걸까요?

이상하게도 영자 씨를 간호할 때면 자꾸만 할아버지가 제가 어렸을 적 말씀해 주셨던 이야기가 떠올라요. 슬픔이 있기에 행복이 있고, 상실의 아픔이 있기에 만남의 기쁨이 있다는 삶과 죽음에 대한 이야기요. 그런데요 할아버지... 그러면 대체 영자 씨에게는 앞으로 얼마나 큰 희망이 기다리고 있길래 이토록 절망스러운 고통 속에 힘들어야 하는 것일까요. 그것이 대체 무슨 의미가 있는 것일까요.

아직은 죽음의 의미를 온전히 이해하기에는 저의 경험과 지혜가 부족한 탓인지, 전 여전히 언젠가 다가올 죽음이 너무나도 두렵고 무서워요 할아버지. 지금의 제가 바라는 단 하나의 소원이 있다면, 언젠가 다가올 무정한 죽음 앞에 미련과 후회를 남기지 않기를 바라는 것뿐이에요. 그리고 그 소원은 저뿐만이 아니라 지금 저와 함께하는 환자들, 그리고 앞으로 함께할 환자들에게도 똑같이 그 소원이 이루어지길 바랄 뿐이에요. 보고 싶어요.

*

우여곡절 끝에 찾아온 주말, 영자 씨의 가족들은 실로 오랜만에 그녀를 만나기 위해 면회실로 찾아왔다. 그러자 며칠 전까지만 해도 고통에 신음하며 죽음을 논하던 영자 씨의 모습은 어디 갔는지 모를 정도로 영자 씨는 환한 미소를 띠고 있었다. 전과 비교할 수 없을 정도로 앙상해진 모습의 영자 씨였지만, 그녀는 자신을 찾아온 가족들에게 애써 기운 넘치는 모습을 보이려는 것인지 한껏 웃어 보였다. 그런 그녀의 노력을 아는지 가족들은 눈물을 감추지 못했다. 코로나 바이러스라는 안타까운 상황 속에서 면회는 모두의 안전을 위해 굉장히 제한적으로 이뤄졌지만, 그런 것쯤은 그들에게는 아무런 방해도 되지 않는다는 것처럼 굉장히 애틋한 시간을 보냈다. 언뜻 영자 씨는 이제 미래에 대한 희망과 행복을 다시 찾은 것처럼 보였다.

면회가 종료된 후 그녀는 가족들과 조만간 또 만나기로 약속했다고 말하며 덧붙였다. "호진 씨, 이렇게 오랜만에 모두가 함께 모이니 참 좋아요. 가족들이랑 이렇게 함께 보낼 수 있는 시간이 저에게 남아있다는 점에 정말 감사해요."라고 말하는 그녀의 눈빛은 이전과 같이 다시 빛나고 있었다.

"저에게 대체 무엇이 남았는가 했는데 이런 저를 지켜봐 주는 가족들과 내일에 대한 희망이 남아 있었네요." 그런 영자 씨의 말에 의지에 찬 그녀의 두 눈을 바라보며, 말도 안 되지만 어쩌면 그녀가 병환을 떨어내고 일어날 수도 있지 않을까 하는 기대마저 품었다.

하지만 이런 내 기대와는 다르게 이튿날 밤 영자 씨는 갑작스러운 쇼크로 의식을 잃었다. 당직 중 급히 달려온 나는 빠르게 영자 씨의 컨디션을 체크했지만, 혈압과 맥박이 정상이 아니었고, 산소 줄을 통해 끊임없이 산소를 투여하는 중에도 산소포화도가 많이 오르지 않았다. 이대로는 안 되겠다 싶어 급히 당직의에게 전화를 했다.

"선생님, 영자 환자 분 많이 안 좋은 것 같습니다. 산소포화도도 거의 오르지 않고, RR[2]도 3~40회에 매우 안 좋습니다."

"제가 직접 가서 볼게요. 잠시만 기다려 주세요."

영자 씨는 이미 의식도 제 상태가 아닌지 눈조차도 제대로 감지 못했고, 당직의가 도착해서 이래저래 영자 씨를 체크했지만, 고개를 내저으며 말했다.

"호진 씨, 보호자분께 연락드려서 환자 상태 말씀드리고 영자 환자분 임종방으로 모실 수 있게 준비해 주세요." 임종방이라는 당직의의 말이 내게 비수처럼 날아와 꽂힌다. 이제는 더 이상 회생의 희

---

2) RR : Repiratory Rate, 1분간의 호흡횟수

망을 기대할 수 없다. 그저 영자 씨에게 남은 마지막 순간을 잘 마무리할 수 있도록 준비할 뿐이었다.

오후 11시 39분, 간병인인 그녀의 남편에게 전화해 영자 씨의 상태를 알렸다.

"하영자 환자 분 배우자분 되실까요? 안녕하세요 임마누엘 호스피스 병원 간호사 현호진입니다. 보호자분 지금 잠시 통화 괜찮으실까요?"

"네… 괜찮습니다. 무슨 일이시죠?"

"하영자 환자 분 상태에 대해서 제가 급히 전해드려야 할 일이 있어서 연락드렸습니다."

"혹시 지금인가요? 우리 영자 많이 안 좋은가요?" 수화기 너머로 들려오는 그의 목소리는 의외로 침착했다.

"주치의 분께 환자 분의 예후에 대해 들으셨을지 모르겠지만. 환자 분의 상태가 매우 좋지 않습니다. 혈압을 올리는 승압제를 계속 쓰고는 있지만, 혈압도 계속 떨어지고 있고, 산소포화도도 좋지 못한 상황입니다."

"어제 면회 갔을 때까지만 해도 괜찮았던 것 같은데 그럼 이제 어떡해야 하죠…"라는 말을 끝으로 그는 더 이상 말을 잇지 못했다. 담담하다 생각했던 그의 목소리가 무너져내려 슬픔에 잠긴다.

"의료진들이 최선을 다하고 있습니다만, 보통 이런 증상이 나타날 때 최악의 상황으로 빠르게는 수 시간 내지 수 일 내로 임종을

염두에 두고 있습니다. 당황스러우시겠지만 영자 환자 분의 마지막 순간을 함께 해주시길 바라겠습니다."

"네, 갈게요 선생님. 잠시만… 잠시만 내 사람 그 사이에 떠나지 않게 붙들어 주세요.

임종방으로 영자 씨를 모시고, 가족들이 오기를 기다리며 '할 수 있는 게 없다'는 무력감 속에서 나는 호스피스 간호와 죽음의 본질에 대해 다시 한번 고민하게 되었다. 임종방은 벽을 하얗게 칠한 일반 병실과는 달리 따뜻한 색의 벽지가 발려 있었다. 침대의 머리맡에는 성모상과 십자가가 놓여 있고, 임종자의 심리적 안정을 최대한 도우려는 것인지 천상병 시인의 귀천을 담은 액자도 벽에 걸려 있었다.

이후 얼마 지나지 않아 영자 씨의 남편과 딸이 도착했다. 혹여 마지막 순간을 함께하지 못할까 봐 부리나케 달려온 것인지 병원으로 들어온 이후에도 한참이나 가쁜 숨을 내쉬었다.

가족들은 말없이 의식이 없는 채로 멍하니 누워있는 영자 씨를 바라본다. 그 누구도 선뜻 입을 떼지 못한다. 이런 그들에게 영자 씨의 상태를 전하기란 너무나도 가슴 아팠지만, 마지막 인사를 전할 시간이 다가왔음을 알려야 했기에 가까스로 입을 뗐다.

"환자 분의 혈압과 맥박, 호흡양상 모두 매우 좋지 않습니다. 이제까지 잘 버텨 주셨지만 마음의 준비를 해야 할 것 같습니다."

곁에서 내 말을 애써 침착하게 듣고 있던 남편의 표정은 이내 무너지고 어깨가 들썩인다.

"환자 분께서 상태가 많이 좋지 않으니 마지막 인사를 건네주세요." 나의 말에 그녀의 가족들은 그녀의 손을 붙잡고 저마다 인사를 했다.

"엄마 나 왔어." 그녀의 딸이 애타게 불러보지만 영자 씨는 아무런 반응이 없다. "엄마 그동안 너무 고생 많았어. 내가 속 썩여서 미안해. 다음에는 엄마 말고 내 딸로 태어나자. 내가 사랑받은 만큼 다음번에는 내가 예뻐해 줄게." 말은 마친 영자 씨의 딸은 영자 씨의 손을 붙잡고 고개를 들지 못했다.

"여보. 고생 많았어… 우리 다음 생에 또 만나자. 또 만나면 우리 아프지 말고 행복하자." 그녀의 남편이 애써 터져 나오는 울음을 참으며 말했다.

"여보 있잖아, 너무 아팠을 텐데 이렇게 하루라도 더 버텨줘서 고마워. 당신이 암에 걸렸다는 얘기를 들었을 때 온 세상이 무너지는 것 같았어. 그래서 처음에는 하루하루가 너무 암담하고, 불행하고, 한 줌의 희망도 없는 것 같았어. 근데 지금 보니 당신이 그렇게라도 세상에 우리랑 함께했던 오늘이 행복이었고, 혹시나 떠나갈까 불안한 내일조차도 내게는 희망이었어. 너무 고마워." 영자 씨의 남편이 눈가의 눈물을 닦고 애써 웃어 보이며 그녀를 바라보고 말했다. 이 말을 들은 나는 덜컥 가슴이 내려앉았다. 다가오는 죽음에 기약할 수 없는 내일 조차도 이들에게 있어서는 희망이었다니, 그 말을 들은 나는 지금껏 무엇을 두려워하고, 무엇을 좇고 있었나 싶었다. 그리고 그제야 '기약할 수 없는 죽음에 두 눈이 가려 정작 오늘의 삶을 보고 있지 못한 건 바로 나였구나'라고 깨닫게 되었다.

새벽 어스름, 모니터링에 흔들리던 영자 씨의 심장 박동은 이내 멈추었고, 곁에서 대기하던 의사는 조용히 영자 씨의 동공을 확인했다.

"하영자 님, 오전 4시 53분 운명하셨습니다." 그녀의 동공은 이미 넓게 열려 있었고, 마지막 숨을 내뱉으며 죽음의 문턱을 넘어선 영자 씨는 그렇게 조용히 세상을 떠났다.

임종실 벽 귀퉁이에 걸려있는 천상병 시인의 '귀천'만이 임종방을 조용히 메웠다.

나 하늘로 돌아가리라
새벽빛 와 닿으면 스러지는
이슬 더불어 손에 손 잡고

나 하늘로 돌아가리라
노을빛 함께 단 둘이서
기슭에서 놀다가 구름 손짓하면은
나 하늘로 돌아가리라

아름다운 이 세상 소풍 끝내는 날
가서, 아름다웠다고 말하리라

*

영자 씨가 떠난 이후 몇 번의 계절이 지났다. 여름은 가을이 되었고, 가을은 겨울이 되었다. 그리고 또다시 완연한 봄이 찾아왔다. 그 사이에 나는 또 다른 이의 죽음의 순간을 몇 번이나 함께했고, 몇 번이나 빈 병상을 마주하게 되었는지 모르겠다. 어떤 이는 마지막 순간 웃고 있었고, 어떤 이는 마지막 순간까지도 눈물과 고통 속에 영면에 들었다. 이토록 많은 죽음을 경험했음에도 불구하고, 여전히 나의 죽음에 대한 불안감은 마냥 쉽게 극복되지 않았다. 죽음은 여전히 내게 거절하거나 통제할 수 없는 대상이고, 그 무정함 앞에 속절없이 순응할 수밖에 없는 대상이라는 것 또한 알고 있다.

그러나 이제는 알고 있다. 삶과 죽음은 멀리 떨어져 있지 않으며, 죽음을 앞둔 그 과정마저도 누군가에는 희망이 될 수 있다는 사실을 말이다. 그리고 이 모든 과정이 또 다른 누군가에게는 하나의 울림이 될 수 있다는 사실을 알고 있다.

나는 노트북을 열고 이제껏 내가 경험하고, 생각해 본 죽음에 대한 모든 것을 적어냈다. 나의 머릿속에는 이제까지 적어내지 못한 아이디어들이 넘쳐났다. 한참을 고민한 끝에 나는 나의 생각을 책으로 담기로 결심했다. 이 책은 단순히 죽음에 대한 자조를 담은 이야기가 아니다. 우리는 흙에서 태어나 흙으로 돌아간다는 원론적인 이야기를 하고 싶은 것도 아니다. 다만, 죽음에 대한 수용과 통찰이 도리어 희망을 빚는 과정이 될 수 있다는 것. 또 언제 다가올지 모르는 불안 속에 오늘의 행복과 내일의 희망을 놓치지 않았으면 좋겠다는 이야기를 전하고 싶을 뿐이다.

소설의 도입부는 이렇게 시작된다. "그는 어릴 적부터 죽음에 대한 불안감을 느끼며 자랐다. 생명에게 삶은 영원하지 않고, 유한하다는 개념을 이해한 뒤로는 언제나 머릿속에는 삶이 언제 끝나는지, 어떻게 죽게 될 것인지에 대한 생각이 끊이지 않았다. 이 이야기는 그런 그가 목도한 타인의 삶과 죽음의 과정에서 죽음에 대한 불안을 내려놓고, 희망의 발견을 통해 어떻게 변화하고 나아가는지에 대한 서사다. 이제 그의 이야기를 들어보자."

노란 꽃들

해운

해운   희망만큼 철없이 빛나는 감정이 있을까요. 항상 밝을 수만은 없는 시간 속에서 자연스
        레 피어난 감정인데도 여전히 내뱉기에는 부끄럽고 어렵습니다. 하지만 그런 감정들이
        마치 사랑 같게도 느껴져 용기를 내 글로 남기게 되었습니다. 딱지와 선화의 기다림이
        여러분들의 희망 옆에 노랗게 피어나기를 바랍니다.

올제촌 바닷가는 해안선이 손가락 모양으로 굽이져 바닷물이 쉽게 빠져나가지 못하는 곳이었다. 옛날에는 새벽 햇살에 해안선이 하얗게 빛나는 모습을 두고 '산호촌'이라고도 불렸다던데, 지금은 나가지 못하고 갇혀버린 쓰레기들에 구겨진 햇빛만이 덩그러니 남아있었다. 올제촌 토박이인 '딱지'는 쓰레기장이 된 이곳을 아직 떠나지 않은 몇 안 되는 사람 중 하나였다. 남아있는 사람의 대다수가 거동이 불편하거나 갈 곳 없었던 것을 생각하면 스물한 살의 딱지가 마을을 떠나지 않은 것은 매우 이례적인 일이었다.

아직 올제촌이 복작거리던 시절에 딱지는 마을의 소일거리들을 도맡아 하며 삯을 받아 생활했었다. 가끔 바다에 배가 들어오는 날이면 하역 일을 도왔고 그런 날은 평소보다 몇 배는 많은 수당을 받을 수 있었다. 그래서 사람들은 이제 아무도 오가지 않는 마을에 딱지가 남아있는 이유를 이해할 수가 없었다. 하지만 그런 의구심을 비웃기라도 하듯이 딱지는 해안가에 쌓인 쓰레기 중 쓸 만한 것들을 모아 차로 한 시간 거리에 있는 시내에 팔아 생계를 유지했다. 처음에는 자전거로 다녔었기 때문에 일주일에 만 원 한 장도 벌지 못하는 날이 부지기수였다. 그러다 다행히 이 년 전, 운전면허를 따낸 딱지는 창고에 처박힌 아버지의 트럭을 꺼내 몰기 시작했고 이후로는 조금이지만 매일 돈을 벌 수 있었다. 그날도 어김없이 물건들을 팔고 집으로 돌아온 딱지는 주방 벽에 기대어 차를 달이기 시작했다. 올제촌 해변에 피는 노란 꽃잎으로 내린 차를 마시며 하루를 마무리하는 것은 삭막한 그녀의 삶 속에 정착한 오래된 습관이었다. 노르무레 달여진 찻물을 한 모금씩 마시니 하루 내 찡그리고 있던 딱지의 미간이 천천히 내려왔다. 하지만 그녀의 눈길이 바닷가로 향하는 순간 무엇인가 다시 눈살을 찌푸리게 했다. '선화'였다.

'쟤는 오늘도 또 저러고 있네.'

선화는 딱지네 집에 얹혀살고 있는 동갑내기 여자아이였다. 피한 방울 섞이지 않았지만 십이 년 전 인근 바다에 버려진 것을 딱지네 아버지가 데려온 이후로 같이 살았으니 사실상 가족이나 다름없는 사이였다. 아버지가 먼바다로 떠나 곁에 없는 지금 딱지에게 선화는 이 올제촌에 남아있는 유일한 친구이자 버팀목이었다. 딱지는 창틀에 기대어 근심 어린 표정으로 해안가에 앉아있는 선화를 바라보았다.

'곧 해가 다 질 텐데. 언제쯤 집으로 들어오려나.'

그런 딱지의 눈빛이 느껴졌는지 모래사장을 뒤적이던 선화가 고개를 들어 집 쪽을 쳐다보았다. 불 켜진 창문을 본 선화는 뒤집어쓴 모래를 털고 일어나 집으로 터벅터벅 걸어왔다. 추운 바닷바람에 새빨개진 선화의 손을 보자 딱지의 입꼬리가 눈물처럼 흘러내렸다.

"손 줘 봐. 까진 곳에 계속 모래가 들어가니까 상처가 아물지를 않잖아. 붙여놓은 밴드도 다 떨어졌고. 이거 나을 때까지만이라도 좀 쉬면 안 돼?"

"안돼! 엄마랑 아빠가 날 언제 보러 올지도 모르는데 안 돼. 빨리 저것들을 다 치워야지. 내가 쉬는 사이에 여기가 더러워서 그냥 지나가 버리면 어떡해. 그럼 영영 다신 만날 수 없을 거야."

너무 어린 시절이어서일까, 아니면 사고의 충격 때문일까. 딱지의 아버지에게 구출되고 삼 일이 지나고서야 눈을 뜬 그녀는 바다에 빠지기 이전을 정확히 기억하지 못했다. '선화'라는 이름도 그녀가 차고 있던 팔찌에 새겨진 문구를 이름처럼 부르는 것이지, 진짜 이름인지는 알 수 없었다. 드물게나마 남아있는 기억들이라고는 가족들과 함께 살던 집의 풍경이나 어머니가 해주던 요리들이었고 그것들은 그녀의 고향을 추측하는 데에는 큰 도움이 되지 않았다. 이름도 고향도 알 수 없는 데다 그 시기에 신고된 실종 접수도 없다 보니 딱지의 아버지도 더 이상 선화에 대한 정보를 찾을 수가 없었다.

"미안하다. 선화야. 여기저기 수소문해보고 있지만 최근에 사고가 난 배도 없다고 하니 쉽지 않구나. 빨리 집에 가고 싶을 텐데 아저씨가 좀 더 찾아보마. 그때까진 편하게 이 집에 있어. 딱지가 좀 챙겨주고."

막연히 흘러가는 시간 속에 점점 초조해지는 딱지의 아버지와 다르게 선화의 표정은 오히려 차분했다.

"제가 바다에 빠진 걸 엄마가 분명 봤어요. 절 보고 손도 주고 소리도 질렀어요. 금방 찾으러 올 거예요."

유람선에서 미끄러지던 순간의 기억 하나가 머리에 어찌나 깊이 박혔는지 선화는 가족들이 언젠가 저 바다를 건너 자신을 찾으러 올 거라 굳게 믿고 있었다. 그때부터 선화는 배들이 오가는 해안가에 앉아 하루를 보내기 시작했다. 몇 날 며칠이 흘러도 지평선에 비치는 것은 붉은 햇빛뿐이었지만 선화의 눈은 항상 바다 끝을 응시하고 있었다. 딱지는 연일 바다를 보며 앉아있는 선화의 뒷모습이 뱃일 나간 아버지를 기다리던 어머니 같아 그녀를 그냥 지나칠 수가 없었다.

"추운데 이거라도 덮어. 바닷바람 맞으면 감기 걸리는 거 금방이야."

"배고프지? 아버지 도시락 만들면서 몇 개 더 해봤어. 이거라도 먹으면서 기다려."

딱지는 간단한 먹을 것부터 담요까지 이것저것 선화를 챙겨주었다. 처음에는 낯설어하던 선화도 딱지가 건네는 다정함에 조금씩 마음을 열기 시작했다. 아버지가 출항하거나 시내에 일을 보러 나가면 딱지는 자연스럽게 선화의 옆에 자리를 잡았고, 둘은 함께 바닷가에 앉아 산호 모양으로 피어나는 윤슬을 바라보았다.

그렇게 기약 없는 기다림이 네 번째 겨울을 넘길 즈음 올제촌 해변으로 쓰레기들이 들이닥치기 시작했다. 처음에는 누군가 버렸겠

거니 웃어넘길 정도였는데 어느새 쓰레기들은 산호촌을 잠식하고 있었다.

"이를 어쩐다. 이래서는 배들이 들어올 수가 없어. 원래 우리 쪽으로 오던 배들도 냄새나고 더러운 이곳을 피해 항로를 바꾼다는구나."

더 이상 올제촌 해안가에 배가 정박하지 못하게 될 거라는 아버지의 말에 선화의 표정이 얼어붙었다. 선화는 그때부터 매일 같이 해변으로 나가 쌓여가는 쓰레기들을 치우기 시작했다. 떠내려오는 쓰레기들은 작은 페트병부터 부서진 철제 조각까지 다양했다. 가끔은 부러진 자전거나 찌그러진 냉장고가 떠밀려오기도 했다. 커다란 철골들을 피해 몸을 숙이고 밀물에 잠긴 쓰레기들을 줍다 보면 선화의 손바닥은 어느새 퉁퉁 불어 있었다. 그 와중에 날카로운 것에 찔렸는지 창백해진 손가락 사이로는 붉은 피가 흘러내렸지만, 선화는 신경도 쓰지 않았다. 이제는 성한 곳이 없는 그녀의 손을 보고 아픈 것은 그것을 지켜보던 딱지의 마음뿐이었다.

"그럼 대신 이거라도 끼고 해. 저번에 가져다준 것도 벌써 다 찢어져 버렸더라. 대체 뭘 건드리고 다니는 거야."

딱지는 문지방에 벗어놓은 외투에서 검은 장갑을 꺼내 건네었다. 장갑 바닥에는 두꺼운 고무가 덧대어 있어서 웬만해서는 찢기지 않을 것처럼 질겨 보였다. 장갑을 받아 든 선화는 코를 씰룩거리며 희희 하고 웃었다.

"몰라. 큰 유리 조각이나 쇠꼬챙이 같은 것들이 쓰레기들 틈에 숨어있단 말이야. 나쁜 녀석들."

선화는 입고 있던 원피스를 후다닥 벗어 던지고는 장갑을 품에 꼭 껴안고 화장실로 들어갔다. 이내 물소리가 들리자 딱지는 바닥에 떨어진 원피스를 들고 방으로 들어가 나달나달해진 소매 끝에 매달린 실밥들을 끊어냈다. 그러고는 옷장에서 잿빛 남자 셔츠 하나를 꺼내 가위로 잘라 자투리 천을 만들어 해어진 옷에 덧대었다. 선화의 원피스는 덕지덕지 붙은 자투리 천들 때문에 이젠 원래 무슨 색이었는지 짐작할 수조차 없었다.

'멀쩡한 옷이라도 입어야 그나마 덜 다칠 텐데. 천으로 길이를 덧대는 것도 이젠 한계야.'

딱지는 아랫입술을 내민 채 혼잣말을 중얼거렸다. 당장이라도 새 옷을 사다 입히고 싶다 투덜대던 그녀였지만 선화의 고집을 꺾지 못하고 오늘도 이 옷을 다시 꿰매고 있었다. 바느질이 끝나고 남은 실들을 후후 불어 날리려 고개를 든 딱지 앞에 다 씻고 나온 선화가 마주 앉았다.

"역시 딱지! 고마워! 아까 못에 걸려 찢어지는 바람에 내일은 못 입을 줄 알고 얼마나 슬펐는지 몰라. 이 옷을 입어야 엄마가 날 빨리 찾을 수 있을 거야."

선화는 들고 있던 장갑과 얼룩덜룩한 원피스를 챙겨 이불 속으로 파고 들어갔다. 딱지는 그런 선화를 보고 옅은 웃음을 지으며 불을 끄고 선화 옆에 누웠다.

"내일은 엄마가 날 찾으러 오실까? 아저씨랑 같이 오실지도 몰라."

"응. 곧 돌아오실 거야. 우리 아빠는 바다 위에서 못 하는 게 없으니깐."

딱지와 선화는 이마를 맞대고 눈을 감았다. 사부작거리는 이불 소리가 파도에 묻히고 나자 올제촌에는 다시 적막만이 흘렀다.

* * *

새벽 동이 채 트기 전에 딱지는 해변으로 나가 선화가 모아놓은 것 중에서 내다 팔 만한 것들을 골라 트럭으로 옮겼다. 그러고는 해안을 매서운 눈빛으로 훑어보며 쓸만한 것들을 찾아서 주워 담았다. 운전석에 올라탄 딱지는 도로에 가득한 물안개를 향해 액셀을 힘껏 밟았다. 시내 고물상 사장님은 이른 새벽에 방문하면 가끔 술이 덜 깬 상태로 딱지를 반겨주었는데 그럴 때면 술김에 고물값을 더 쳐줄 때가 있기 때문이었다.

"어우 딱지야. 새벽부터 오느라 고생했을 텐데 어서 가게 안에 들어가 있어라."

고물상 사장님이 술 냄새를 풍기며 짐을 내리는 사이 딱지는 가게 안을 천천히 두리번거렸다. 올제촌을 포함한 인근 마을 사람들이 모두 오는 곳이다 보니 이 고물상에는 별의별 물건들이 다 모여 있었다. 고장 난 세탁기, 철 지난 영화 포스터, 안장 빠진 자전거까지 정말 멀쩡한 것 빼고는 다 있다고 해도 과언이 아니었다. 하지만 이 모자란 보물창고를 구경하던 딱지의 발걸음이 멈춰 선 곳은 다름 아닌 적갈색의 조타륜 앞이었다. 지금껏 고물상을 드나들며 오늘 처음 본 것은 아니었지만 어제 선화와 자기 전 나눈 대화가 생각났는지 딱지는 조타륜의 부러진 다리를 만지작거리며 나직하게 우물거렸다.

'아빠는 바다 위에 있을까…….'

딱지의 아버지는 원래 바다 건너에 있는 도시에 살았었다고 한다. 밀물을 뚫고 반나절을 내리 가면 올제촌보다 열 배는 큰 도시가 있는데, 그는 그곳에서 가장 많은 물고기를 잡아 오는 배의 부선장이었다. 그러다 도시에 놀러 온 딱지의 어머니에게 한눈에 반해 청혼했고, 그간 모아 놓은 돈으로 작은 배 하나를 사 아내의 고향인 올제촌으로 따라 내려온 이야기는 이십 년이 지난 지금도 올제촌에서 손꼽히는 안줏거리였다. 유약했던 아내를 먼저 떠나보낸 후에도 그는 뱃일을 하며 홀로 딱지를 키워왔다. 서툰 살림살이였지만 어머니의 빈자리가 느껴지지 않을 만큼 딱지에게 사랑을 듬뿍 건네 키웠고, 그건 선화를 데려온 다음에도 마찬가지였다. 그런 아버지를 보고 자랐으니 딱지의 꿈이 뱃사람인 것은 놀랄 일도 아니었다. 성인이 되면 딱지를 배에 태워주겠다던 아버지는 배의 이름을 '딱지호'로 바꿔주었고, 둘이 함께 만든 명판을 뱃머리에 달아주기까지 했다. 매일 손을 흔들며 딱지호와 함께 출항하는 아버지는 딱지의 자랑이자 꿈이었다.

하지만 그런 딱지호를 본 것도 육 년 전이 마지막이었다. 몇 년간 그칠 새를 모르고 점점 심해지는 쓰레기들에 인근 해안에서는 더 이상 물고기가 잡히지 않았기 때문이었다. 함께 고기를 잡던 동료들은 하나둘 배를 팔고 마을을 떠났지만, 아버지는 딱지의 꿈을 포기할 수 없었다. 결국 아버지는 아직 쓰레기에 물들지 않은 먼바다를 향해 나갔고, 그 뒤로 딱지는 아버지를 볼 수 없었다.

"딱지야, 다 됐어. 오늘은 많이 가져왔네. 거기 바닷가가 아주 보물창고야, 보물창고."

고물상 사장님이 부르는 소리에 멍하게 서 있던 딱지의 어깨가 놀라 들썩였다. 서둘러 인사를 하고 고물상을 나온 딱지는 빈 트럭을 끌고 시내를 돌아다니며 일손이 필요한 곳을 찾아다녔다. 두 눈으로는 주변을 샅샅이 살피면서도 딱지는 이따금 조타륜을 만지던 것처럼 손가락을 움켜쥐었다. 해가 뉘엿거릴 때까지 시내를 돌아다니며 일을 하고 품삯을 챙겨 받은 딱지의 얼굴은 평소보다 조금 더 지쳐 보였다. 일을 끝마치고 트럭에 올라탄 딱지는 저릿한 손마디를 주무르며 눈을 감았다.

"오늘은 좀 빨리 들어가야겠어. 보물창고……로 돌아가야지."

익숙한 밤공기를 헤치고 올제촌에 도착한 딱지는 웃옷도 벗지 않은 채 찻주전자 앞으로 향했다. 두둑한 돈 봉투를 탁자 위에 던져두고 식탁 가장자리에 기댄 딱지는 가만히 서 있는 것도 힘들어 보였다. 주전자에 물을 끓이고 찻잎을 넣으려 통을 열었는데 꽃잎이 동나 바닥이 드러나 있었다. 옅은 한숨과 함께 딱지는 끓는 물을 잠시 멈추고 노란 꽃이 피는 해안으로 향했다. 우중충한 것들로 가득한 동네 덕에 노란 꽃밭이 더욱 선명하게 보였다. 꽃밭에 도착한 딱지는 능숙한 손길로 꽃잎들을 따내기 시작했고, 이십 분이 채 지나지 않아 소쿠리를 가득 채우고는 커다란 바위 앞에 털썩 주저앉았다. 딱지는 눈을 감고 바람에 은은히 퍼져 있는 꽃향기를 깊이 들이마셨다. 올제촌을 가득 메운 쓰레기 냄새 속에서도 이 이름 모를 꽃은 매번 다시 피어났다. 어디에서 날아와 언제부터 자리 잡았는지는 알 수 없지만 아마도 딱지가 태어나기도 훨씬 전부터였을 것이다. 딱지가 이 꽃을 알게 된 것은 올제촌 출신인 어머니 덕분이었다. 딱지의 어머니는 남편이 뱃길에서 돌아오는 날이면 어린 딱지의 손을 잡고 이 노란 꽃밭으로 향했다. 꽃밭 가운데 솟은 큰 바위에 올라서서 보면 멀리서 들어오는 배가 가장 먼저 보이기 때문이었다. 날씨라도 우중충해 귀항이 늦어지는 날이면 딱지와 어머니는 꽃을 따면서 아버지를 기다렸다.

"딱지야, 이렇게 손바닥으로 가려봐. 이 꽃은 어두울수록 더 노랗게 빛나거든."

"우와! 정말이에요! 그러면 저기 바다에서도 이 꽃이 보일까요, 엄마?"

초롱초롱한 눈빛으로 건넨 딱지의 질문에 어머니는 방싯 눈웃음을 머금는 것으로 대답을 대신했다. 그러다 아버지의 배가 보이기 시작하면 어머니는 집으로 가 뜨거운 차를 달여 남편을 맞이할 준비를 했다. 소금 냄새 나는 아버지와 빨개진 어머니의 두 뺨. 딱지에게 유일하게 남아있는 온전한 세 가족의 모습이었다. 철썩 부딪히는 파도 소리에, 겉잠에서 깬 딱지는 몸을 순간 움츠렸다. 하지만 곧 남아있던 잠기운을 달아나게 만드는 거센 맞바람을 가르며 집으로 내달았다.

"으아아. 추워. 미쳤어. 저런 데서 잠들다니. 후우."

입안에 가득했던 찬 공기들이 짧은 숨과 함께 집안으로 퍼져나갔다. 몸이 늘어지기 전에 딱지는 주섬주섬 짐들을 정리하고 소쿠리에 담긴 꽃잎들을 말리기 위해 탁자 위에 펼쳐놓았다. 뒷정리를 모두 끝마칠 때쯤 딱지는 순간 집안 어디에도 인기척이 느껴지지 않는다는 것을 깨달았다. 순간 눈이 향한 시계는 어느새 열한 시를 가리키고 있었다. 잠깐의 적막이 흐르고 빨라지는 딱지의 심장 소리가 집안을 가득 채웠다. 온 집안을 뒤지며 이름을 불렀지만, 선화는 대답하지 않았다.

"돌아올 시간이 한참 지났는데……."

딱지는 상기된 표정으로 점퍼와 손전등을 꺼내 들고 해안가로 향했다. 밤바다에 잠겨가는 해안선은 생각보다 더 검게 물들어 있어한 걸음을 내딛기조차 어려웠다. 다행히 선화가 쓰레기를 치워놓은 곳에는 듬성듬성 노란 꽃이 피어있어 딱지는 그녀가 주로 있던 곳을 알아볼 수 있었다. 하지만 꽃잎이 빛나는 곳들을 뒤적여도, 철골 사이사이를 손전등으로 비춰보아도 선화의 모습은 보이지 않았다. 그렇게 수십 분을 둘러보던 중 낯선 주황색 꽃잎이 딱지의 눈에 들어왔다. 노란 꽃잎 사이로 물감처럼 퍼져 있는 주황빛에 딱지의 손끝이 떨리기 시작했다. 불안한 표정으로 한 걸음씩 내디디며 손전등을 비추자 피를 흘린 채 쓰러져 있는 선화가 보였다. 놀라 굳은 것도 잠시 그녀는 의식을 잃은 선화를 등에 업고 트럭으로 내뛰었다. 딱지가 운전하는 내내 선화의 이름을 애타게 외쳐보았지만, 그녀는 아무 대답 없이 옅은 숨만 쌔액쌔액 내쉬고 있었다. 시내 병원에 도착해 간호사들 손에 선화가 응급실로 실려 들어가는 것을 보고 나서야 딱지는 피 묻은 점퍼 사이로 고개를 파묻었다.

* * *

새벽의 사늘함에 응급실 구석 침대에 누워있던 선화가 눈을 떴다. 낯선 소독약 냄새와 어색한 백색 풍경에 선화는 이불로 눈 밑까지 가리고는 응급실을 두리번거렸다. 길게 늘어선 침대들 끝에 서 있던 딱지가 일어난 그녀를 보고 헐레벌떡 달려왔고, 그제야 선화는 침대 밑으로 내려왔다. 오래 누워있어 부스스해진 머리를 가지런하게 쓰다듬으며 딱지가 그녀를 껴안았다.

"괜찮아? 어지럽거나 그러지는 않고?"

딱지와 함께 온 간호사는 선화의 머리와 오른쪽 어깨가 무엇인가 둔탁한 것에 맞아 찢어졌다고 말했다. 다행히 빠르게 치료받아 후유증은 없다는 말에 딱지의 표정이 한결 가벼워졌다. 대신 한동안 무리게 움직임은 안된다며 간호사는 선화의 오른팔에 석고 붕대를 꽁꽁 감았다. 간호사가 돌아가자 선화는 지난밤 본인을 때린 무엇인가에 대해 입을 열었다.

"엄마를 기다리고 있었는데 갑자기 해안가에서 커다란 게 날아왔어. 엄청나게 크고 긴 거."

이따금 올제촌에는 기다란 나무판자나 얇은 철골들이 떠밀려오곤 했는데 파도에 밀려온 그것들에 선화가 맞은 것 같았다. 둔탁한 것이라는 간호사의 말로 어느 정도 짐작하고 있던 딱지는 고개를 끄덕였다. 하지만 선화는 멈추지 않고 먼 기억 하나를 더 끄집어냈다.

"제비호였어. 내가 탔던 유람선."

선화의 말을 들은 딱지의 눈이 고양이처럼 번쩍 뜨였다. 제비호는 아버지의 고향인 바다 건너 도시에서 출발하는 유람선으로 삼십 년 동안 여러 나라를 오간 유서 깊은 배였다. 딱지도 이따금 아버지에게 제비호가 얼마나 크고 멋있는지 들었던 기억이 있어 그 이름을 알고 있었다.

"그러면 선화, 네 고향은 바다 건너인가 봐! 옛날에 아빠가 거기랑 올제촌은 배로도 삼 일은 걸리는 거리라고 했어. 너무 멀어서 아직 여길 찾지 못하셨나 봐! 이제 어디 계시는지 알았으니 찾을 수 있을 거야."

오래 헤맨 미로의 끝을 마주한 듯 신나 떠드는 딱지의 이야기에 선화의 눈시울이 붉어졌다. 환자복 사이로 보이는 오래된 흉터들과 손가락 마디마디 짓이겨진 진물들이 그녀가 이 순간을 얼마나 기다렸는지 말해주는 것 같았다. 응급실에 울려 퍼지는 선화의 울음소리가 사그라질 때까지 딱지는 그 옆에 앉아 왼손을 어루만져주었다.

"돌아가자. 올제촌으로."

* * *

딱지는 그간 모아놓은 돈들을 털어 작은 나룻배 하나를 샀다. 더 크고 빠른 배를 구하고 싶었지만 애초에 하루 벌어 하루 먹고살기 바빴던 데다 선화의 병원비까지 나갔으니 배를 구한 것만 해도 기적이었다. 선화의 기대를 꺾고 싶지 않았던 딱지가 옆 마을과 시내를 돌아다니며 품삯을 벌어온 덕이었다. 딱지는 해안가 앞 커다란 디딤돌에 나룻배를 걸쳐두고 팔을 다친 선화를 대신해 해안가를 정리하기 시작했다. 나룻배가 힘이 없으니 바닷물이 빠르게 빠져나가는 때에 맞춰 나가려면 한 달 뒤까지 배가 출발할 곳을 치워 놓아야만 했다. 시기를 맞추기 위해서라도 딱지는 쉴 수가 없었다. 주워 담을 수 있는 쓰레기들을 치워 내고 커다란 판자들과 철판들은 밧줄로 감아 트럭으로 끌어냈다. 오랫동안 올제촌에 박혀 있던 녹슨 기둥들이 뽑혀 나가자 엉겨들어 갇혀있던 쓰레기들이 쏟아져 바닷물에 쓸려갔다. 시원하게 무너져 내리는 고물들에, 나룻배에 앉아 구경하던 선화가 발을 동동거리며 환호했다.

"길이 보여! 바다로 나갈 길이 보여 딱지야! 엄마를 볼 수 있어!"

열 밤이 지나고부터는 선화도 해안가 청소를 거들었다. 어느새 선화의 손이 그랬던 것처럼 딱지의 손끝도 물러터져 가고 있었다. 하지만 둘은 서로의 웃음을 바라보며 청소를 멈추지 않았다. 그렇게 껌껌했던 올제촌 해변은 구석이나마 옛날 산호촌의 모습을 되찾아가고 있었다. 나룻배가 떠날 뱃길이 얼추 만들어지자 딱지는 선화와 함께 바다로 나설 본격적인 준비를 하기 시작했다. 물과 먹을 것들을 싣고 추운 밤을 버틸 겹이불을 챙겼다. 빈약했지만 짧은 시간 안에 딱지가 해낼 수 있는 최선이었다. 집에 돌아온 딱지는 여행

잡지 하나를 꺼내 딱지 앞에 펴냈다. 잡지에는 제비호가 오가는 도시들이 표시되어 있었다.

"이 배로 아줌마가 계시는 도시까지 가는 건 무리야. 반도 못 가서 파도에 휩쓸리고 말 거야. 여기 하늬촌으로 가자. 우리 배로도 삼사일이면 도착할 수 있어."

하늬촌은 유람선 경로 중 올제촌과 가장 가까운 마을이었다. 잡지에 실린 사진을 보니 이름만 같은 마을이지 올제촌이 번창했던 시절보다 훨씬 커다란 곳이었다. 하늬촌에만 도착한다면 유람선을 탈 수 있었고, 그렇게만 된다면 제비호가 출발하는 바다 건너 도시로 가는 것은 문제도 아니었다. 목적지에 도착할 구체적인 계획이 세워지자 둘은 출항 준비에 더욱 박차를 가했다.

올제촌을 떠나기로 계획한 날로부터 오 일 전. 준비를 모두 마친 딱지는 해안가 암초에 걸려있는 나뭇가지를 정리하고 있었다. 뒤엉킨 줄기들을 뽑아내자 으그러진 나무판자 하나가 튀어나와 툭 하고 딱지의 무릎에 부딪혔다. 『딱지호』

해안가에 펴져있는 노란 꽃들이 무색하게 딱지호의 명판은 새까맣게 변해 있었다. 바닷물에 절여지고 파도에 바스러지며 이리 상하기까지 얼마나 오랜 시간을 바다에 묻혀 있었을까. 딱지는 날이 저물 때까지 그 자리에 서서 명판을 바라보았다. 깊은 생각에 잠겨 보였지만 눈물은 흘리지 않았다. 평소답지 않은 무거운 분위기에 선화도 섣불리 말을 걸지 못하고 주변을 맴돌기만 했다. 냉랭한 밤바람에 거세진 파도가 딱지가 선 자리를 덮치고 나서야 선화가 딱지의 손을 끌고 집으로 돌아왔다.

"딱지야, 이거 마시자. 이러다 감기 걸려."

파도에 몸이 젖은 딱지 앞에 선화가 차를 달여 내놓았다. 눈동냥으로 배운 것이라 어설펐지만 떨고 있는 딱지에게 선화는 뭐라도 해주어야만 할 것 같았다. 하지만 딱지는 찻잔 위 노란 꽃잎을 바라보고만 있었다. 피어오르던 찻잔의 김이 사라지자 딱지가 입을 열었다.

"선화야, 우리 떠나지 말자."

예상하지 못한 딱지의 폭탄 발언에 놀란 선화의 허리가 곧게 펴졌다.

"왜? 이제 며칠 안 남았어. 우리 준비도 다 끝냈잖아. 나 엄마 보러 가야 해."

"이거 내가 아빠랑 같이 아빠 배 앞에 달았던 이름표야. 이게 부서진 채로 바다에 쓸려왔어. 이게 무슨 말인지 모르겠어? 아빤 죽은 거야. 바다는 그런 곳이라고."

명판을 붙잡고 있던 딱지의 손끝이 부르르 떨렸다. 당황한 선화는 절레절레 고개를 흔들며 딱지의 손을 붙잡았다.

"아냐. 그거 하나로는 아직 알 수 없어. 그냥 파도에 이름판이 부서졌을 수도 있고. 배만 고장 났을 수도 있잖아. 맞네. 배가 고장 난 바람에 아저씨가 아직 못 오신 거겠다. 그치? 아저씨는 바다에서 못 하는 게 없으시잖아!"

"말도 안 되는 소리 하지 마. 넌 이 썩어가는 이름판을 보고도 그런 생각이 들어?"

딱지가 벌떡 일어나며 명판을 집 밖으로 던졌다. 이미 망가질 대로 망가져 있던 딱지호의 명판은 빠직하는 소리와 함께 조각나 마당에 나뒹굴었다.

"처음에는 나도 그렇게 생각했어. 너무 멀리 가서 시간이 걸리는 거라고. 어디 살아는 있을 거라고. 근데 자그마치 육 년이야. 연락 한 통은 줄 수 있는 거잖아."

"그거야 아저씨한테도 무슨 사정이 있는 거겠지. 바다 건너 도시는 여기보다 훨씬 넓다고 했잖아. 가면 분명 아저씨 소식을 들을 수 있을 거야."

"어떻게 그렇게 넌 머릿속이 꽃밭이야? 난 너처럼 생각 못 해. 이제 나한테는 아빠가 돌아올 내일 같은 건 없어."

"그래도 아직은 모르잖아. 일단 바다로 가자. 여기 남아있으면 알 수 있는 게 없잖아."

"그러다 너까지 잃으면? 바다에서 평생을 산 우리 아빠도 저렇게 감감무소식인데 너까지 잃어버리면? 나한텐 이제 너밖에 없어. 난 절대 바다에 너 안 보낼 거야."

"그건……."

선화의 말이 채 끝나기도 전에 딱지는 화장실로 들어가 문을 쾅 닫았다. 떨리는 찻잔과 함께 선화의 동공이 흔들렸다. 샤워기에서 쏟아지는 물소리 사이로 딱지의 울음소리가 섞여 나왔다. 선화가 연신 화장실 문을 두드려도 굳게 닫힌 문은 열릴 기미가 보이지 않았다. 선화는 침실로 들어와 딱지의 눈물이 그치기를 기다렸지만 결국 딱지는 밤새 들어오지 않았다.

* * *

딱지는 더 이상 해안가의 쓰레기를 치우지 않았다. 하지만 집에만 틀어박혀 있지도 않았다. 선화가 쓰레기들을 줍고 배를 띄울 공간을 만드는 동안 딱지는 나룻배 위에 앉아 그런 선화를 바라보고만 있었다. 바다에 나가지 말라는 무언의 항의임이 틀림없었다. 식사 때마다 샌드위치를 가져다주며 선화가 말을 걸었지만, 딱지는 아무런 대답도 하지 않았다.

시간이 흘러 마지막 밤이 다가오자 선화는 결연한 표정으로 지하실로 향했다. 지하실은 딱지의 아버지가 잡아 온 물고기들을 보관해두던 곳이었다. 오랫동안 열리지 않아 뻑뻑해진 문을 힘껏 밀고 내려가자 전등불이 흐릿하게 켜졌다. 지하실 한쪽에는 딱지의 아버지가 담가놓은 꽃술들이 놓인 선반이 있었다.

"옛날에 아저씨가 여기에 보관하셨던 것 같은데……."

오래된 기억을 더듬어 선반에 달린 서랍장 몇 개를 열자 딱지 아버지의 옛날 사진과 편지들이 놓여 있었다. 사진 속 딱지 아버지의 모습은 꽤 옛날인 것이 딱지 어머니와 결혼하기 전인 것 같았다. 갑작스레 올제촌으로 떠나오면서 딱지 아버지를 걱정했던 가족들을 안심시키기 위해 한동안 주고받았던 편지들도 함께 있었다. 주방으로 다시 올라온 선화는 꽃술을 물컵에 따라 벌컥벌컥 마시고는 침실로 들어가 딱지를 불렀다.

"딱지야. 일어나봐. 할 얘기가 있어."

"이게 무슨 냄새야. 너 술 마셨어?"

"아저씨가 가족들이랑 주고받던 편지들이야. 많지는 않지만 거기 너희 친척들 주소가 적혀져 있어. 거기로 가서 아저씨 소식을 물어보자. 어른들이고 큰 도시에 사는데 우리보다야 많이 알고 있을 거야."

"그건 어디서 찾은 거야? 네 말대로 친척들을 찾았다고 치자. 가서 물어봤는데 아빠가 죽었으면? 죽은 걸 확인한 거밖에 더 돼?"

울컥하는 딱지의 목소리에 선화가 그녀의 손을 잡았다.

"나 고백할 게 있어. 사실 그때 병원에 다녀온 뒤로 기억나는 게 하나 더 있어."

"기억? 제비호 말하는 거야?"

"응. 생각만 하면 머리가 깨질 거 같고 기억도 흐릿해서 너한테 말하진 않았어."

입술을 깨물고 잠시 망설이던 선화가 말을 이어갔다.

"확실하진 않지만, 우리 엄마는 날 실수로 잃어버리신 게 아닐지도 몰라."

"그게 무슨 소리야? 그럼 너네 부모님이 널 일부러 버렸다는 거야?"

"몰라. 나도 그렇게 생각하기 싫어. 분명 엄마가 내 손을 실수로 놓쳤단 말이야. 근데 그날 이후로 날 향해 손을 뻗던 엄마 표정이 계속 떠올라. 나도 가족이잖아. 그럼 날 놓쳤을 때 지금 딱지 너랑 같은 표정을 지어야 하는 거 아냐? 우리 엄마는 아니었어."

"그건 말도 안 돼. 그때 너무 심하게 다쳐서 기억이 잘못된 걸 거야. 말이 안 되잖아."

"나도 그렇게 생각하고 싶어. 하지만 난 이제 여기서 마냥 엄마 아빠를 기다릴 순 없어. 왠지 나를 데리러 오지 않으실 거 같단 말이야. 직접 가서 물어보고 싶어."

"하지만 만약에……정말로 그런 거라면 부모님은 선화 너를……."

"끔찍해. 생각하기도 싫어. 그래도 찾아가서 물어볼래. 내 기억이 틀린 걸 수도 있잖아. 나를 여전히 찾고 계실 수도 있고. 그러니까 가자, 딱지야. 아저씨 소식도 우리 부모님도 직접 보기 전엔 모르는 거잖아."

홍분한 탓에 술기운이 올라왔는지 선화의 얼굴이 빨개졌다. 딱지는 어질해하는 선화를 데리고 집 밖으로 나왔다. 시원한 바닷바람을 맞으며 둘은 해안가를 따라 천천히 걸었다.

"선화야. 지난번에 했던 말은 미안해. 진심이 아니었어. 네가 이렇게 고민하는 줄도 모르고."

"괜찮아. 난 정말로 그렇게 생각해. 아저씨는 도시에 계실 수도 있고 어디 외딴 왕국에 계실지도 몰라. 아니면 보물섬을 발견하고 근사한 복장으로 돌아오고 계실지도 모르지."

"만약에 아빠가 이미 죽었으면?"

"그래도 내가 네 곁에 있을게. 아저씨만큼 든든하진 않지만, 난 너랑 함께 있을 거야. 우리 엄마 아빠도 사실은 바보 같은 날 바다에 버렸을지도 몰라. 아니면 전 세계를 돌며 날 찾고 계실지도 모르지. 어차피 직접 보기 전엔 확실히 모르는 거잖아?"

딱지에게 팔짱을 끼고 폭 안긴 선화가 술 냄새를 풍기며 배시시 웃었다. 딱지도 선화를 따라 옅은 웃음을 지어 보였다. 쓰레기들이 치워진 해안가에 핀 꽃들을 따라 걷다 보니 둘은 어느새 노란 꽃밭에 도착했다. 꽃내음이 바다 쪽으로 향하는 걸 보니 나룻배를 밀어 낼 커다란 바람이 오고 있는 듯했다. 거세지는 바람에 날아가는 꽃잎이 달빛에 비춰 주황빛으로 보였다. 예쁜 꽃보라에 신이 난 선화는 커다란 바위 위에 올라 소리쳤다.

"딱지야, 우리 내일 같이 떠나자! 난 너 없으면 안 갈래."

철없는 선화의 외침에 딱지도 포기한 듯이 대답했다.

"알겠어. 지긋지긋한 올제촌. 내일 떠나자. 가서 뭐가 됐든 우리가 직접 확인하는 거야."

"좋아! 내일도 난 딱지 너만 내 옆에 있다면 다 견뎌낼 수 있어!"

"나도 그래. 선화 네가 내 가족이야."

바위 위에 올라서 보는 바다 저편에서 첫새벽의 여명이 하얗게 밝아왔다.

이별에 관하여

최단비

최단비 반짝거리지 않아 찾지 못하더라도, 밤하늘의 별처럼 보이지 않아도 희망은 그곳에
있다. 어린 왕자처럼 상자를 들여다본다면, 희망은 언제나 우리가 바라는 모양으
로 있을 것이다. 그 상자를 들여다볼지 외면할지는 오로지 자신의 선택이다.

낡은 서랍을 여니, 문득 서러워졌다. 나에게 이별은 이렇다. 너를 떠나보내지 못하고, 매번 너를 발견한다. 너의 8년은 곳곳에 스며들어 닿는 시선마다 네가 있으니 어쩔 수 없는 일이다. 그렇지만 어디에도 너는 없다.

네가 잠을 자던 침대 왼쪽 자리는 비었다. 등을 맞대고 자던 체온도, 팔을 뻗으면 닿았던 팔목도 사라졌다. 그러다 무심결에 뻗은 손에 너의 온기가 느껴져 반가움에 등을 돌리면, 꿈에서 깨어나 빈자리를 바라본다. 그렇게 네가 없음을 또다시 깨닫는다.

휴대폰을 확인하니 6시 1분이다. 나는 변함없이 이 시간에 일어난다. 아침은 꼭 같이 먹자던 너와의 약속을 지키기 위한 기상 시간이었다. 다만 바뀐 것이 있다면, 네가 먹던 토스트를 내가 차려 먹게 되었다는 것이다. 네가 내 아침밥을 준비하는 사이, 네가 먹을 토스트를 굽던 나의 순간순간이 모여 버릇이 되어 버렸다. 이제는 네가 없는데도, 그런데도 나는 습관적으로 식빵을 토스터기에 넣어

버려서 밥 대신 토스트를 먹을 수밖에 없다.

아침을 먹고 설거지할 때면, 너는 저녁에 보자면서 현관으로 걸어가 언제나 신던 하얀색 운동화를 신고 출근을 했다. 너는 항상 운동화를 신었다. 오래 서 있어 굽이 있는 신발은 발이 아프다면서. 설거지를 마치고 거실로 향하다 말고 현관을 물끄러미 바라보았다. 현관 한편에 놓인 낡은 운동화가 희끄무레해졌다.

8시 15분. 읽던 책을 내려놓고 소파 옆에 둔 서류 가방을 들었다. 현관에는 검은 구두뿐이다. 구두를 신고 현관문을 나섰다. 그리고 엘리베이터 앞으로 걸어가 내려가는 버튼을 눌렀다. 엘리베이터가 내려오고 있었는지, 10초도 안 되어 문이 열렸다. 그 안에는 얼마 전 8층에 이사 온 아이 엄마와 4살 남자아이가 있었다. 아이 엄마는 거의 반사적으로 안녕하세요 인사했고, 나는 말없이 살짝 고개를 숙였다. 구석에 선 나는 엄마 손을 붙잡은 남자아이를 내려다보았다. 아이 엄마는 아이에게 아저씨한테 인사해야지 했다. 아이는 쑥스러운지 쭈뼛쭈뼛하다가 빠르게 고개를 숙였다 들고는 자기 엄마에게 몸을 밀착했다.

1층에서 내려 그 모자와 같은 방향으로 걸었다. 아이는 아파트 안에 있는 어린이집으로 향하는 길이고, 나는 그 어린이집을 지나 후문으로 나가서 버스를 타야 했다. 어린이집 앞에는 아이들로 복작거렸다. 아이들은 차례차례 엄마와 인사를 하고는 어린이집 안으로 들어갔다. 보육교사는 줄 서 있다 들어오는 아이들을 챙겼다. 신발은 신발장에, 가방은 가방걸이에. 교실로 들어가기 전에 아이들의 손에 손소독제를 짜주었다. 너도 저렇게 아이들을 챙겼겠지. 한 명 한 명의 이름을 부르고, 눈을 마주치고, 미소 지으며.

-우리도 이제 아기 가질까?

스물여덟의 봄, 네가 결심한 듯 말했다. 나는 네가 좋다면 좋다고 했다. 처음 몇 달은 그저 배란일에 맞춰 관계를 가졌다. 별 소득은 없었다. 그러다 대체 교사를 구했다며, 처음으로 장기 연차를 낸 너는, 나를 끌고 보건소, 산부인과, 비뇨기과를 돌아다녔다. 모든 검사에서 우리는 이상이 없다는 결과를 들었다.

-남의 아이도 예쁜데, 내 아이는 얼마나 예쁘겠어?

우리는 젊고 건강하니 금방 아이가 들어설 거라며 너는 잔뜩 기대했지만, 그해도 다음 해도 임신 소식은 없었다. 그때의 너는 조금 우울해 보였다.

서행하던 버스가 정류장에 정차했다. 초등학교 1, 2학년으로 보이는 자그마한 여자애가 높은 버스 계단을 힘겹게 올라 카드를 찍었다. 나는 아이에게 자리를 양보하고 버스 손잡이를 잡았다. 여자아이는 의자에 폭 기대어 가방을 안은 채 손을 꼼지락댔다. 아직 짧은 다리는 바닥에 닿을 만큼 길지 못해 버스를 따라 흔들거렸다.

사실 나는 아이라는 존재에 대해 별생각이 없었다. 아이를 봐도 사랑스럽다거나 귀엽다는 생각은 하지 않았다. 네가 임신을 원할 때도 그랬다. 그런데 네가 떠나고 나서는 자꾸만 아이들이 눈에 들어온다. 아이가 있었다면 어땠을까? 널 닮은 아이가 있었다면, 지금과는 달랐을까? 이겨내기 편했을까? 아니면 더 고통스러웠을까?

어느 쪽이었는지는 영원히 알 수 없겠지.

　모니터를 멍하니 바라보았다. 거래처와 통화하는 소리, 빠르게
키보드를 두드리는 소리, 복사기가 돌아가는 소리. 온갖 소리가 귓
속으로 메아리친다. 나는 모니터에서 시선을 떼고 서랍을 열었다.
서랍 안에는 차곡차곡 쌓인 서류철 위에 사직서가 놓여있다. 작년
이맘때쯤 써 두었는데, 아직도 갈팡질팡해 제출하지 못했다.
　"대리님."
　파티션[1] 위로 나타난 얼굴을 마주하며 재빨리 서랍을 닫았다.
　"과장님이 서베이[2] 분석 물어보시는데요?"
　"그래요."
　알았다며 고개를 끄덕이자, 그는 짧게 네 대답하고는 파티션 너
머로 사라졌다. 나는 작게 한숨을 쉬며 모니터를 바라보았다. 어제
까지가 설문조사 기간이었고 데이터를 넘겨받은 지 30분도 되지
않았다. 나는 타성적으로 마우스를 움직였다. 눈에 들어오지 않는
숫자들을 대충 훑어보니 아무래도 매출 자료와 비교가 필요했다.
　상품 판매는 온갖 홈페이지에서 이뤄진다. 그래서 보통 같으면
하루로는 어림도 없지만, 신규 브랜드로 론칭[3]한 첫 상품이라 데이
터가 적어 오후까지는 끝낼 수 있어 보였다. 모니터 오른쪽 하단을
보았다. 오전 11시 6분이다. 숨겨진 아이콘을 표시해 사내 메신저

---

1) 파티션: 칸막이
2) 서베이: 설문조사
3) 론칭: 발매

를 클릭하고, 수많은 이름 중에 하나를 다시 눌렀다.

[과장님, 서베이 분석 필요하시다고 전달받았습니다. 많이 급하시면 오후 4시 전까지 정리해서 올리겠습니다. 설문조사 기간이 어제까지여서 데이터 분석을 시작한 지 얼마 되지 않아 더 빠르게는 어렵습니다.]

답장이 바로 오지 않았다. 메신저를 오른쪽 모니터 화면으로 옮기고 왼쪽 모니터에 띄워진 데이터를 보았다. 집중되질 않아 도무지 숫자가 눈에 들어오지 않는다. 그렇게 마우스만 습관적으로 움직이다, 메신저 알림 소리에 정신을 차렸다. 내일 아침 회의가 일찍 잡혀 최대한 빨리 제출 바란다는 과장의 메시지에 최대한 맞춰보겠다고 답장을 보내고 메신저를 닫았다. 매출을 분석하기 위해 판매처마다 엑셀 파일을 받고 수식을 걸어 데이터를 하나의 시트에 모으는데 휴대폰이 진동했다.

[수혁아 시간 괜찮니?]

시간을 확인했다. 1분만 있으면 점심시간이다. 파일을 저장한 뒤 모니터를 끄고 휴대폰을 챙겨 사무실 밖으로 나갔다.

회사 근처의 쉼터 벤치에 앉아 어머니에게 보낼 문자를 썼다가 지웠다. 그리고 다시 쓰다가 또 지웠다. 간단한 답장인데 망설여지는 건 왜일까. 16년 전, 너의 부탁으로 할머니의 장례를 도와주러 온 어머니와 처음 만났을 때도 이렇게 서먹하진 않았는데, 네가 떠나고 어색한 거리감이 생겼다.

안다. 이 거리감은 내가 만들었다. 네가 떠나고 나서는, 단 한 번도 어머니에게 먼저 전화를 한 적이 없고, 작년 어머니, 아버지 생신과 올해 아버지 생신에도 가지 않았다. 그저 축하 카드와 선물만 보냈다. 어머니는 그런 내게 맞춰주려는 듯이, 작년 내 생일 늦은 오후에 생일 축하한다는 카톡을 보냈다. 퀵서비스로 좋은 한우 갈비를 보내니 잊지 말고 받아서 잘 챙겨 먹으라는 내용도 함께였다.

여전히 갈피를 잡지 못하고 망설이는 동안 시간만 속절없이 흐른다. 어머니를 더 기다리게 할 수 없어 문자를 보내려, 이내 통화 버튼을 눌렀다.

'어, 그래. 수혁아.'

반쯤은 당황하고 반쯤은 들뜬 목소리였다.

"어머니. 무슨 일 있으세요?"

'아니, 일은 무슨. 너 내일 생일이잖아. 밥 같이 먹었으면 해서.'

"아……."

'많이 바쁘니? 내일 저녁에 시간 안 될까? 네 얼굴 본 지 오래돼서 내일 봤으면 좋겠는데 나는.'

대답이 바로 나오지 않았다. 휴대폰 너머에 가만히 기다리던 숨소리가 낮은 한숨으로 변한 순간, 왼손으로 허벅지를 꽉 움켜쥐었다.

"어머니."

'어, 그래.'

"……같이 밥 먹어요."

'어? 어, 그래, 그러자.'

어머니는 금방 상기된 목소리로 말했다.

'내가 식당 예약해 놨어. 주소 보내줄게.'

"네."

'그래. 내일 보자. 일 잘하고.'

"네, 들어가세요."

통화를 종료하고 시간을 확인했다. 점심시간이 끝나기 20분 전이다. 식당에 가긴 이미 늦었고, 근처 편의점에서 삼각김밥이라도 사서 들어가야겠다.

어머니가 예약한 식당은 하얀 건물에 동그란 간판이 달린 곳이었다. 하얀 벽돌로 꾸며진 외벽과 달리 내부는 차분한 갈색 통나무 톤이었고, 꽃향기가 은은하게 퍼져 있었다.

"어서 오세요."

매니저가 밝게 인사하며 미소 지었다.

"예약자님 성함 말씀 부탁드립니다."

"오명숙 씨로 예약되어 있을 겁니다."

"아, 네."

매니저는 예약을 확인하는 대신, 단상에서 내려와 안내했다.

"이쪽입니다."

매니저를 따라 복도를 지나자, 식당 내부가 훤히 보였다. 높다란 투명 칸막이 덕분에 시야가 막히지 않아 여러 테이블이 고스란히 드러났다. 은은한 향초의 향이 아벨리아 꽃향기와 합쳐서 기분 좋은 향을 만들었다. 덕분에 조금이나마 긴장이 풀렸다.

어머니가 예약한 테이블은 제일 구석에 있는 자리였다. 먼저 도착해 있던 어머니는 나를 발견하고 손을 흔들었다. 나는 고개를 숙여 인사를 하고는 매니저가 빼준 의자에 앉았다.

"식사 바로 준비해 드릴까요?"

어머니는 네 하며 고개를 끄덕였고, 곧바로 날 바라보며 웃었다. 나는 마스크를 벗으며 어머니를 따라 살짝 미소 지었다. 그러다 어머니 옆에 빈자리가 신경 쓰여 슬쩍 보았다.

"아, 아버지는 오늘 못 와. 병원에 있거든."

"네? 어디 편찮으세요?"

"아니, 심각한 건 아니고. 엄지발가락에 금이 갔다나 뭐라나."

"네?"

"아이, 낚시 갔다가. 벵에돔 잡는다고 제주 어디 섬인지 가서는. 못 걷는다고 못 올라왔어."

"다행이에요. 크게 다치지 않으셔서."

"그놈의 낚시는, 정말. 오랜만에 밥 같이 먹었으면 얼마나 좋아. 네 얼굴도 보고."

물을 반 모금 마시고 잔을 내려놓자마자 어머니가 팔을 뻗어 내 손을 붙잡았다.

"왜 이렇게 말랐어. 이럴 줄 알았으면 내가 들여다보는 건데……."

어머니의 말꼬리가 흐려졌다. 이어지지 못한 말을 안다.

"어머니, 그동안 제가……."

내 손을 잡은 어머니의 손아귀에 힘이 들어갔다.

"다 알아. 현주 생각나서 그런 거잖아."

어머니는 걱정할 것 없다는 얼굴로 웃었다.

"나도 널 꽤 오래 봤잖니."

아무 말 하지 못하고 고개만 숙이고 있을 때, 서버가 케이크를 들고 들어왔다. 먹음직스러운 딸기로 장식된 생크림 케이크였다. 잘 익은 딸기를 썼는지, 달콤한 냄새가 진동했다. 서버는 양수리에서 수급한 딸기와 네덜란드산 생크림을 사용했다고 설명했다. 그러고는 큰 초 3개와 작은 초 4개에 불을 붙이고는 자리를 비켜주었다.

"생일 축하해, 수혁아."

"감사합니다."

"노래 불러 줘야 하는데."

어머니는 입을 가리며 멋쩍게 웃었고 나는 손사래 치며 괜찮다고 했다. 그렇게 잠시 타오르는 촛불을 바라보다, 서버[4]가 옆에 두고 간 스너퍼[5]로 촛불을 껐다. 서로 겸연쩍어하며 대화가 없자, 서버가 다시 와서 디저트로 제공하겠다는 말을 남기고 케이크를 가져갔다. 뒤이어 다른 서버가 들어와 전채 요리인 샐러드와 무알코올 식전주를 서빙했다. 나는 조심스럽게 샐러드를 입에 넣는 어머니를 지켜보았다.

"맛 괜찮으세요?"

---

4) 서버 : 웨이터
5) 스너퍼 : 촛불끄개

"응. 괜찮아. 발사믹이라 걱정했는데, 이건 맛있다. 이탈리아산이라더니 그래서 그런가."

"……어머니, 왜 여길 예약하셨어요? 어머닌 한정식 좋아하시잖아요."

"네가 양식 좋아하잖아. 네 생일인데, 네가 좋아하는 걸 먹여야지."

양식을 좋아한 건 내가 아니라 너였다. 한 달에 한 번씩 가족끼리 모여 외식할 때도 대부분 너의 입맛을 따라갔다. 나와 아버지는 아무거나 잘 먹어서 상관이 없었고, 어머니는 양식을 싫어하면서도 매일 한식을 먹으니 가끔씩 별미를 먹어야 한다는 너의 무논리에 져서 넘어가 주었다.

"……현주가 진짜 양식 잘 먹었죠."

"그래. 그랬지."

그렇게 대답한 어머니는 갑자기 샐러드 칭찬을 늘어놓았다. 항상 서양 요리는 별로였는데 여기는 샐러드부터 맛있다며, 샐러드에 쓰인 채소의 종류부터 신선도, 소스에 이런 게 들어갔을 거라는 추측까지 속사포처럼 쏟아내었다. 나는 그런 어머니의 말을 세세하게 듣지 않고 다른 생각을 했다. 어머니는 평소 양식을 탐탁지 않아 하는데, 이 레스토랑을 어떻게 알게 되었을까 하는 그런 생각들. 게다가 이 레스토랑은 오로지 홈페이지로만 예약받는다. 어머니와 아버지는 컴맹이라 회원가입도 어려워하는데 예약은 어떻게 한 걸까? 그런 궁금증을 떠올리는 동안 접시가 바뀌었다. 식욕을 돋아주는 새콤한 맛이 나는 맑은 수프였는데, 한입 맛을 본 어머니의 말이 또 한참 이어졌다.

"어머니."

"어? 왜?"

내가 말을 끊자, 어머니는 높은 톤의 목소리로 대답했다.

"여기는 어떻게 알게 되셨어요?"

"어어. 같이 성당 다니는 지인이 알려줬어."

"그럼 예약도 그분이……."

"으응. 응. 그렇지. 내가 양식 식당을 어떻게 알겠어."

"그렇군요."

"어. 너랑 나이대가 비슷해서 내가 좀 물어봤더니, 엄청 친절하게 알려주고 예약도 금방 해주더라. 나는 몰랐는데, 여기가 원래 예약이 힘들대. 미리 물어보길 잘했지 뭐."

"언제 예약해두셨던 거예요?"

"작년에. 작년 네 생일날."

질문을 하면 할수록 대답하는 어머니의 목소리가 차분해졌다. 그런데 이상하게도 어머니가 내 눈을 마주치지 못했다. 처음 보는 어머니의 모습이었다. 소소한 담소가 이어지는 동안에도 어머니는 계속 내 눈을 피했다. 이유를 알 수 없어 답답해할 때, 스테이크와 레드 와인이 나왔다.

채끝 스테이크를 써는 동안 대화가 사라졌다. 어머니는 슬쩍슬쩍 나를 바라보았고, 그런 어머니가 신경 쓰여 차마 고기를 입에 넣지 못했다.

"어머니. 저한테 하실 말씀, 있으세요?"

조심스레 묻자, 어머니는 무언가 결심한 듯이 고개를 들고 나와 시선을 맞췄다.

"너 재혼 안 하니?"

조용히 고기나 먹을 것을 하고 후회했지만, 이미 늦었다.

"너 이제 겨우 서른넷인데, 계속 혼자 살 거야?"

순식간에 입 안이 바싹 말라 얼른 물을 마셨다.

"네 나이면 요즘에 늦은 것도 아니야. 삼십구, 사십에도 결혼 잘만 하더라."

"어머니. 저는, 아직 준비가……."

"그 준비, 언제 될 거 같아?"

어머니는 나이프와 포트를 내려놓았다.

"수혁아. 내가 살아보니까 준비된 때라는 건 안 와. 인생이란 게, 그렇지 않니? 생각대로 흘러가질 않아."

어머니는 와인잔에 담긴 샤토 몽로즈를 벌컥벌컥 마시더니, 크게 숨을 들이쉬었다.

"너 현주 말 잊은 거 아니지?"

술의 힘을 빌린 어머니는 나의 폐부를 깊숙이 찔렀다.

-1년 안에 재혼해.

조혈모세포[6] 공여자가 마음을 바꿨다는 연락을 받은 다음 날, 너는 내게 전화해 재혼하라고 했다. 무조건 1년 안에 재혼하라고. 내

---

6) 조혈모세포: 혈액 세포를 만들어 내는 능력을 지닌 줄기세포

유언이니, 꼭 지키라고. 너는 금방이라도 훌쩍 떠날 것처럼 나에게 약속을 받아내려 했고, 나는 다른 공여자가 나타날 거니 내일 떠날 사람처럼 말하지 말라고 화를 냈다.

지금 생각해보면, 어머니와 아버지는 그때부터 마음의 준비를 했던 거 같다. 하지만 나는 받아들이지 못했다. 의사에게 몇 번이고 설명 들어, 새로운 공여자가 나타날 확률이 낮은 걸 알면서도 희망을 놓지 않았다. 결국엔 다 부질없는 짓이었다.

"수혁아, 나는 너라도 행복했으면 좋겠어. 내가 널 아들처럼……."

어머니는 말을 하다 말고 헛헛한 웃음을 지었다.

"아들처럼 말고 아들."

나에게 말하는 건지 혼잣말인지 모를 말과 함께 어머니는 와인잔에 남은 와인을 한 번에 벌컥벌컥 들이켰다.

"현주가 그랬어. 아들처럼 말고 아들로 생각하라고 그러더라."

네가 내게 약속을 받아내려고 한 것처럼, 너는 어머니에게도 그랬다고 했다. 어머니는 네가 혼자 남은 나를 가장 많이 걱정했다고 알려 주었다. 외로움을 많이 타니 재혼을 일찍 했으면 좋겠고, 여자쪽 부모가 고아라고 뭐라고 하지 못하게 혼주석에 앉아달라고 했다고, 그렇게 말하는 어머니의 눈시울이 붉어졌다. 코로나 때문에 너와 어머니는 몇 달 동안 병실에 갇혀 있었으니 나보다 더 많은 이야기를 나눴을 거라는 건 예상했었지만, 네가 그런 약속을 어머니와 했을 거라고는 생각하지 못했다.

"나는 그 약속 지킬 거야, 수혁아."

어머니는 눈물이 흐르기 전에 냅킨으로 닦았다.

"주책이다, 나이 먹고."

자조 섞인 말에 뭐라고 해야 할지 몰라 그저 가만히 있었다. 어머니는 작은 한숨을 쉬며 냅킨을 가만히 접시 옆에 내려놓았다.

"그러니까 선봐."

"네?"

"선보라고. 내가 아주 참한 아가씨를 찾아놨으니까 군말 말고 봐."

예상치 못한 맞선 세례를 받고 정신이 혼미해졌다. 뒤이어 나온 음식은 무슨 맛인지 모른 채 먹었고, 기대했던 딸기 케이크도 풍미를 느끼지 못했다. 그저 내게 남은 건, 하얀 케이크 상자와 어머니가 건넨 맞선녀의 명함이었다.

소파에 앉아 테이블에 올려놓은 명함을 내려다보았다. 어머니의 성화에 맞선을 보겠다고 하긴 했지만, 연락할 마음이 전혀 들지 않았다. 그렇다고 어머니와의 약속을 어길 수도 없는데.

"하아."

이러지도 저러지도 못하고 명함만 보고 있을 때 카톡 알람이 울렸다.

[안녕하세요 정하늬예요 마리아 자매님한테 얘기 들었어요

어차피 만날 거 내일은 어때요?]

11시가 넘은 늦은 밤에 보낸 카톡치고는 굉장히 당당했다. 팝업

알림을 통해 봤으니 읽었다는 표시는 나지 않을 거라 지금 답장을 보내야 하나 말아야 하나 다시 고민하는 사이, 카톡 알람이 또 울렸다. 슬쩍 팝업 알림을 확인하니 약속 장소의 주소와 만날 시간이 있었다. 대체 뭘까? 이 사람은.

여름이라 그런지 오후 7시가 넘었는데도, 아직 하늘이 밝다. 그런데 거리는 한산했다. 신축 아파트는 입주를 시작한 지 얼마 되지 않은 것 같았고, 근처 상가 거리엔 임대 구함 안내문들이 즐비한 걸 보니, 아파트도 상가도 대부분 텅텅 비어 유동 인구가 적은 모양이었다. 그래서 영업 중인 상점들이 유독 눈에 띄었다. 맞선녀가 알려준 가게도 그랬다.

시원한 통유리 너머 한가한 분위기의 실내가 보였다. 작고 하얀 원형 테이블 3개가 놓인 아담한 규모의 카페였다. 커피를 내리는지, 입구를 지나기도 전에 진한 원두향이 났다. 창을 등지고 앉은 맞선녀는 풍경이 울리자 힐끔 현관 쪽을 바라보았다. 덕분에 나와 눈이 마주쳤다. 맞선녀는 휙 고개를 돌리더니 급하게 입가에 묻은 마카롱 부스러기를 털어냈다.

"어서 오세요."

사장으로 보이는 여성에게 가볍게 목인사를 하고 맞선녀의 맞은편에 앉았다. 빈 포장지가 3개였고, 서너 개의 마카롱이 금장 접시 위에 더 놓여있었다. 방금 눈이 마주쳤을 때 급하게 내려놓은 반쯤 먹은 마카롱도 함께였다.

"일찍 오셨네요."

맞선녀는 입을 살며시 가리며 명랑한 목소리로 말했다. 나는 인사를 하려다가, 어느새 다가온 카페 사장을 보고는 입을 다물었다. 카페 사장은 고소한 향이 풍기는 따뜻한 아메리카노를 테이블 위에 조심히 올려두었다.

"더 필요하신 거 있으면 불러주세요."

알겠다는 뜻으로 눈인사를 하니, 사장은 테이블 위에 놓인 빈 포장지를 작은 트레이에 올리고는 자리를 비켜주었다. 그제야 나는 마스크를 벗었다.

"안녕하세요."

"안녕하세요."

내가 정식으로 인사하자, 맞선녀도 웃으며 화답했다. 하지만 여전히 입가에 부스러기가 남아 있는지 없는지 신경이 쓰이는 모양새였다.

"편하게 드세요."

"아, 네."

맞선녀는 정말로 편안하게 입을 벌려 먹다 만 마카롱을 한입에 넣고는 몇 번 씹지도 않은 채 꿀꺽 삼켰다.

"퇴근 후엔 항상 당이 떨어져서요."

"네. 그렇죠."

그녀는 접시를 내 쪽으로 밀었다.

"드세요."

"괜찮습니다."

"그러면 다른 거라도 드세요. 여기 샌드위치도 팔아요."

"아, 그럼."

메뉴가 카운터 뒤쪽 칠판에 써진 것을 가게에 들어올 때 보았다. 메뉴판을 보려 자리에서 일어나는데, 그녀가 내 손가락을 잡았다. 급하게 잡았는지, 약지와 새끼손가락만 잡힌 채였다.

"제 자리에서 보여요."

도로 의자에 앉으며 잡힌 손을 빼려 슬쩍 당기자 그녀가 손을 거두며 샌드위치 종류를 말해주었다. 샌드위치는 세 가지였는데, 딱히 입맛을 당기는 종류가 없어 가장 무난한 기본 샌드위치를 주문했다. 내가 샌드위치 한 쪽을 먹는 동안, 그녀는 남은 마카롱을 다 먹고 약간 미지근해진 커피를 스트로[7]로 홀짝였다.

"어제 늦게 연락 주셔서 놀랐습니다."

"아, 당장 할 수 있는 걸 미루는 걸 싫어해서요. 제가 먼저 연락하지 않으면, 수혁 씬 저한테 한참 뒤에나 연락했겠죠?"

그녀는 아주 당연하게 말했다. 그 말이 맞는 말이었기에 아무 반박도 할 수 없었다. 내가 먼저 연락하기를 그녀가 기다리기만 했다면, 오늘이 아니라 몇 달 뒤, 혹은 내년에 만났을지도 모른다. 아니, 왜 이제야 연락하냐며 만나기도 전에 차였을지도 모르겠다.

"마리아 자매님이 수혁 씬 아주 진중하고 신중한 사람이라고 그랬거든요."

---

7) 스트로 : 빨대

그녀는 또 커피를 마셨다.

"수혁 씬 절 어제 처음 알았겠지만, 저는 꽤 오랫동안 수혁 씨에 대해 들었어요. 마리아 자매님을 통해서요."

"네. 짐작은 했습니다. 레스토랑 예약해주신 분이 하늬 씨 맞죠?"

"맞아요."

그녀는 또 커피를 마시더니, 내 왼손 근처를 바라보았다.

"그거 안 드실 거면, 제가 먹어도 돼요?"

나는 접시를 밀어 그녀의 앞에 두었다. 그녀는 두 손으로 샌드위치를 들었다. 양손의 엄지, 검지, 중지만으로 샌드위치를 고정하고는 먹는 모습이 꼭 다람쥐 같았다. 빠른 속도로 샌드위치를 먹어 치운 그녀는 냅킨으로 입가를 닦더니 또 커피를 쪼록 마셨다.

"이번 주말에 약속 있어요?"

"아니요."

훅 물어온 질문에 반사적으로 대답이 튀어나왔다.

"그럼 나랑 잠실 갈래요?"

"네?"

"속이 답답할 때는 소리를 지르는 게 최고거든요."

그녀가 보는 나는 답답해 보이나? 다른 사람들도 나를 그렇게 보려나?

"요즘엔 소리 지를 곳이 없어요. 집에서 그러면 민원 들어오겠고, 산에서 그러면 야생동물들이 놀랄 거고, 노래방에서 혼자 마이크 붙잡고 소리 지르고 있으면 미친년 같고."

갑작스러운 비속어에 살짝 움찔했다.

"아, 죄송해요."

그녀는 손가락으로 입을 반쯤 가리고는 싱긋 웃었다.

"아무튼, 맘 편히 소리 지를 수 있는 곳이 야구장뿐이거든요. 다른 사람들도 다 소리 지르니까요."

그녀는 다시 커피를 한 모금 마셨다.

"토요일에 나랑 야구 보러 가요."

내가 대답하지 못하고 망설이자, 그녀는 갑갑했는지 상체를 앞으로 들이밀며 나와 시선을 가까이했다.

"나 지금 애프터 신청하는 거예요."

노골적인 압박이었다.

"가, 가죠. 네."

내 대답이 만족스러웠는지, 그녀가 활짝 웃었다. 미소 짓는 그녀의 뒤로 붉은 기운이 완전히 사라졌다. 그녀도 날이 어두워진 걸 느꼈는지 휴대폰으로 시간을 확인하고는 오늘은 이만 헤어지자고 했다. 내가 돈을 내겠다고 했지만, 그녀는 나와 준 것만으로 고마우니 그걸로 됐다며 자신이 결제하겠다고 한사코 고집을 부렸다. 결국 계산은 그녀가 했다. 대신 집까지 데려다준다고 했는데 그녀는 그것도 거절하더니, 미안하면 토요일에 꼭 나와서 2차를 사라고 했다. 알겠다는 내 말에 그녀는 흐뭇하게 웃고는 먼저 가버렸다.

버스를 타고 집으로 돌아가는 길에 그녀에 대해 곰곰이 생각해보았다. 그녀는 너와 닮았다. 여름에도 뜨거운 아메리카노를 마시고,

단 걸 좋아하고, 스스럼없이 다른 사람을 대하는 모습이. 심지어 식사 속도가 빠른 점까지. 왜 그녀가 어머니의 눈에 들었는지 그런 모습들을 보며 이해할 수 있었다. 다만 알 수 없는 건, 그녀가 왜 나를 만나려고 하는지, 그것뿐이다.

코시국[8]이 맞는지 의심될 정도로 야구장엔 사람이 많았다. 코로나가 창궐한 지 3년이나 되어 경각심이 무뎌진 지 오래라지만, 이런 공공장소에서 마스크를 벗고 돌아다니고 맥주를 마시는 건 도무지 이해할 수가 없다. 하지만 그것보다 더 충격적인 건, 다들 그 모습을 당연하다는 듯 받아들인다는 것이었다. 스포츠는 월드컵 축구만 보는지라 야구 문화는 문외한이라서, 원래 이런가 싶기도 했다. 그래서인지 야구에 대한 첫인상은 최악이었다.

그녀가 그런 나를 이끌고 도착한 곳은 401블록 외야 그린석이었다. 둘러보니 다른 좌석들보다 훨씬 사람이 적어서 다행이었다. 내 불안을 눈치챈 그녀는 자기도 스트레스를 풀려고 야구장에 다니긴 하지만, 솔직히 여기서 코로나에 걸릴까 걱정돼 사람이 제일 적은 외야 그린석을 예매한다고 말했다.

야구팬이 아니라던 그녀는 경기가 시작되자마자 굉장히 열성적으로 LG 트윈스를 응원했다. 그녀는 프리미엄석에서 응원 구호를 외치는 걸 한 번 듣자마자 따라 외쳤다. 내 귀에는 그저 웅성거리기만 하고 무슨 말을 하는 건지 모르겠는데, 철썩 알아듣는 그녀가 대

---

8) 코시국 : 코로나 시국

단했다. 응원가를 부를 때도 나는 가사가 뭔지 하나도 알아듣지 못했는데, 그녀는 곧잘 따라 불렀다. 매번 응원하는 팀을 바꾼다고 했는데, 내가 보기엔 10년은 된 골수팬 같았다.

어느 순간부터 그녀는 서서 응원했고, 나도 그녀를 따라 자리에서 일어나 경기를 관람했다. 5회 초 2대2 상황에서 LG 트윈스가 1점을 득점해 역전하자 그녀는 나를 부둥켜안고 펄쩍펄쩍 뛰었다. 이어진 경기에서 두산 베어스에 역전당했는데, 그녀는 실망하지 않고 힘내라, 이겨라 고래고래 소리를 질렀다. 그러다 한 번에 2득점이 터졌다. 동점으로 끝날 수 있던 상황에서 순식간에 슬라이딩해 홈에 들어온 박해민 선수로 인해 LG 트윈스가 5대4로 두산 베어스를 역전했다. 그녀는 또 나를 붙잡고 방방 뛰며 미친 듯이 환호성을 질렀고, 그런 그녀 덕분에 나도 열기가 올라 그 순간에는 같이 소리를 질렀다. 나는 어느새 다른 팬들처럼 경기에 집중해 선수들 움직임 하나하나에 환호하고 실망했다.

LG 트윈스는 8대6으로 승리했고, 하늬 씨와 나는 가라앉지 않는 흥분을 안은 채 같이 택시를 타고 인천으로 돌아갔다. 여기 근처에서 술을 마시는 것보다는 동네에서 한잔하고 헤어지자는 하늬 씨의 말 때문이었다. 하늬 씨의 단골 술집으로 향하는 동안 하늬 씨와 나는 경기에 대해 끊임없이 얘기했다. 하늬 씨는 오늘 경기가 올해 본 경기 중에 제일 재밌었다고 했다. 특히 그 슬라이딩은 지금 생각해도 짜릿하다며 소리 내어 웃었다.

하늬 씨의 단골집은 소박한 주막 분위기의 술집이었다. 테이블

손님은 별로 없었고, 배달이 많이 들어오는지 오토바이 헬멧을 쓴 남자들만 계속 들락날락했다. 하늬 씨와 나는 칸막이로 둘러싸인 제일 구석 자리에 앉았다. 하늬 씨는 막걸리가 당긴다며, 막걸리와 해물파전이 어떠냐 물었고 나는 좋다고 했다. 막걸리가 먼저 나왔지만, 안주가 없는지라 서로 잔에만 따라놓고 마시지 않았다. 그저 택시 안에서 다하지 못한 야구 이야기만 무궁무진하게 이어졌다.

"진짜 다행이에요. 싫어하는 거 같아서 걱정했는데, 푹 빠지셨네요."

"그러게요. 저도 신기해요."

나는 먹는 건 아무거나 잘 먹지만, 노는 것에 있어서는 까다로웠다. 학창 시절에 왕따를 당해 혼자 놀던 경험 때문이었는지도 모르겠지만, 나는 스포츠보다 스타[9]를 더 좋아했다. 그랬던 내가 야구에 대해 쉴 없이 떠들어댈 줄 꿈에도 상상하지 못했다.

"사실, 소리 지르면 스트레스가 풀려서 가는 것도 있는데."

하늬 씨는 목이 말랐는지 말을 멈추고 막걸리를 한 모금 마셨다.

"그냥 날 응원하려고 가는 거예요."

"어떻게요?"

"힘내라, 이겨라, 파이팅. 그런 말들이요. 그거 나한테 하는 말이기도 해요."

하늬 씨는 그렇게 말하며 살짝 미소 지었다.

"요즘엔 아무도 나한테 응원을 안 해주더라구요. 그래서 나라도

---

9) 스타 : 게임 이름

날 응원하자 했죠."

하늬 씨의 말을 곰곰이 생각하는 동안 해물파전이 나왔다. 김이 모락모락 나면서 맛있는 냄새를 풍겼다.

"그게 도움이 돼요?"

"네. 그럼요. 그렇게 에너지 받고 오는 거죠."

하늬 씨는 해물파전을 젓가락으로 찢었다.

"처음엔 거울 보고 말했는데, 왠지 처량한 거예요. 눈물 나려 하고. 근데 야구장에서 그러면 막 신나요. 기분 좋고."

나는 하늬 씨가 잘라놓은 파전을 입에 넣었고, 하늬 씨는 잔에 든 막걸리를 한 번에 반을 비웠다.

"분위기라는 게 있잖아요. 수혁 씨도 오늘 가봤으니까 무슨 말인지 알죠?"

대답 대신 고개를 끄덕였다. 직접 가보지 않았다면 이해하지 못했겠지만, 한 번 경험해보니 단박에 공감이 갔다.

"현장감이라는 거 좋았어요. 그래서 가능하면 월드컵 직관하고 싶어요."

"올해요?"

"아, 2026년에요. 지금은 아직 코로나 때문에……."

"개최국이 어딘데요?"

"세 나라에서 열려요. 캐나다, 미국, 멕시코 이렇게요."

"셋 중에 어느 나라를 제일 가고 싶어요?"

"방금 생각한 거라 정하진 않았는데, 가게 되면 캐나다로 가고 싶어요."

"캐나다에 가고 싶은 이유가 있나 봐요."

"앨버타에 로키산맥이 있어요. 예전부터 한번 가보고 싶던 곳이에요."

하늬 씨와 술잔을 나누며 이런저런 얘기를 했다. 하늬 씨는 맞장구를 치며 줄곧 질문했고 나는 내리 대답했기에, 대부분 내 이야기였다. 누군가 이렇게 오랫동안 내 말을 들어주는 건 참 오랜만이었다.

즐거웠다. 네가 떠난 후로, 처음이었다. 이래도 되는 걸까 싶은 생각이 떠오르자, 잊고 있던 죄책감이 뒤늦게 밀려왔다.

―피곤해서 그래.

베어 먹은 토스트에 피가 묻었다. 저번에도 잇몸에서 피가 났었다고 한 게 기억나 걱정되었다. 병원에 좀 가라고 하니 너는 피곤해서 그렇다며 괜찮다고 했다. 저번에도 금방 멈췄다면서. 그래도 혹시 모르니 병원에 가라고 다시 말하니, 자꾸 괜찮다고만 했다. 코로나 때문에 일이 많이 늘어나 잠을 잘 못 자서 그런 거라고, 너는 별거 아닌 것처럼 말하며 웃었다.

별거 아니라기에는 자꾸 멍이 들고, 코피가 나고, 현기증이 나는지 종종 비틀거렸다. 수액이라도 맞았으면 해서 병원에 가라고 했지만, 너는 코로나 검사도 음성이고, 그냥 요즘 격무에 시달려 피곤해서 그런 거니 걱정하지 말라고 할 뿐이었다. 큰일도 아닌데 갑자기 빠지면 다른 교사들한테 미안하다면서. 네가 그렇게 말하니 그런가 보다 했는데, 너는 계속 좋아지다가 나빠지기를 반복했다. 그러다 어머니가 아버지가 잡은 도미로 조림을 했다며 가져다준다길래 널 데리고 병원에 가 달라고 했는데, 어머니도 네 고집을 꺾지 못했다.

이미 쓰러져 병원에 갔을 땐 한꺼번에 무너져 내린 면역체계를 되살릴 수단이 거의 없었다. 조금만 일찍 병원에 데리고 갔었더라면.

"수혁 씨?"

하늬 씨의 목소리에 퍼뜩 정신을 차렸다. 우울한 모습을 보여줄 필요는 없다는 생각에 최대한 감정을 숨겼다. 그렇게 하늬 씨와 소소하게 대화를 이어가다, 2주 뒤 잠실구장에서 만나기로 약속을 하고 헤어졌다.

새벽이라 버스가 끊겨 택시를 타려고 했는데, 포털에 길 찾기를 해보니 생각보다 집에서 그리 멀지 않아 걸어가기로 했다. 도보로 1시간 22분이 걸린다고 나왔는데, 내 걸음으로는 한 시간이면 도착할 거 같았다. 늦은 밤거리를 걷는 동안 막걸리 기운이 사라지며 정신이 점점 맑아졌다. 순전히 충동이었지만, 이렇게 밤거리를 산책하는 것도 나쁘지 않았다.

어느새 아파트 입구에 도착했다. 차마 들어가지 못하고 아파트 주변을 배회했다. 그러다 결국 편의점에 들어가 맥주 두 캔을 샀다. 아파트 산책로 벤치에 앉아 맥주를 마시며 취기가 오르기를 기다렸다. 그러면 너의 공허가 덜 느껴질 테니.

지난 경기가 너무 강렬했었는지, 이번 경기는 좀처럼 집중하지 못했다. 그래도 하늬 씨를 따라 열심히 응원했다. 하늬 씨의 저번 말처럼, 내 외침이 그대로 내게 돌아오길 바라면서. 하지만 여전히 지루함을 떨치진 못했다. 그러던 중에 홈런포가 터지면서 경기장 가득 괴성이 울렸다. 나도 따라 크게 소리를 질렀다. 고함을 지를수록 명치를 누르는 응어리가 쏟아져 나가는 듯했다.

경기는 SSG 랜더스가 두산 베어스를 5대4로 누르며 끝났다. SSG 랜더스 팬들은 잔뜩 신이 나 보였다. 경기장을 빠져나가는 사람들의 얼굴엔 기쁨이 묻어 나왔다. 그 중엔 커플도 있었고, 동성 친구들끼리 온 사람들, 아이를 데리고 온 부부, 부자로 보이는 남성과 남자아이도 있었다. 모두가 가까운 이와 행복을 나누고 있다. 저게 우리일 수도 있었는데…….

비워냈다고 생각했던 가슴 속이 도로 무거워졌다. 나도 모든 걸 너와 함께하고 싶었다. 눈시울이 뜨거워져 모자를 푹 눌러쓰고 오른손으로 눈을 가렸다. 축제 분위기 속에서 혼자 청승을 떠는 게 부끄러웠다.

"수혁 씨 뭐해요?"

잠시 화장실에 다녀온 하늬 씨가 돌아와 말을 걸었지만, 대답이 나오지 않았다.

"괜찮아요?"

"괜찮……."

말이 이어지지 못했다. 하늬 씨는 울먹이는 내 어깨를 조용히 감싸 안아주었다. 그 따스함에 누르고 눌렀던 서러움이 터졌다.

"……현주가, 죽었어요."

내 숨을 눌렀던 응어리는 결국 너였다. 나는 너를 삼키지 말고 토해내야 했다. 지금에서야 그걸 알게 되었다.

하늬 씨는 조용한 곳으로 가는 게 좋겠다며 눈물을 그치지 못하는 날 데리고 택시를 잡아탔다. 가만히 택시 안에 앉아 있으니 조금 진정되어 울음이 잦아들었다. 내가 이런 추태를 부려 당황했을 하늬 씨에게 사과하고 싶었지만, 차마 얼굴을 볼 수 없어 계속 창밖만 보았다.

택시에서 내린 곳은 하늬 씨와 내가 처음 만났던 카페였다. 주말인데도 카페는 텅텅 비어 손님이라고는 하늬 씨와 나뿐이었다. 나는 카페에 들어가지 않고 곧장 상가 화장실로 가, 모자와 마스크를 벗어 세면대 옆에 올려놓고 찬물을 틀었다. 열이 올라 얼얼한 눈을 식히려 여러 번 찬물로 씻었다. 한참을 세수하고 나서야 퉁퉁 부어 뻑뻑했던 눈이 약간 가라앉았다.

카페에 들어가니 하늬 씨가 커피를 마시고 있었고, 그 맞은 편에는 하얀 도자기 잔이 놓여있었다. 하늬 씨 맞은편에 앉으니, 잔 안에서 캐모마일 향이 올라온다.

"이제 좀 괜찮아요?"

"네."

낯부끄러워 고개를 들 수 없다.

"죄송합니다. 못 볼 꼴을 보였습니다."

숙인 고개 때문에 하늬 씨 얼굴은 보이지 않았지만, 낮게 웃는 소리가 들렸다.

"배고픈데 뭐라도 먹어요, 우리."

하늬 씨는 샌드위치를 먹겠다고 했다. 나는 입맛이 없어 음식이 넘어갈 거 같지 않았지만, 그래도 하늬 씨를 따라 샌드위치를 골랐다.

이번에도 하늬 씨는 빠른 속도로 샌드위치 한 쪽을 먹었고, 나는 한두 입 겨우 먹고는 접시에 샌드위치를 내려놓았다. 입이 말라서 그런 건지 샌드위치가 목에 걸린 느낌이 들어 캐모마일 티를 마셨는데, 너무 맛이 없어 한 모금만 삼키고 말았다. 그러자 내 마음을 읽기라도 한 건지 하늬 씨가 또 낮게 웃었다.

"수혁 씨."

그제야 나는 고개를 들고 하늬 씨를 쳐다보았다. 하늬 씨는 살짝 미소 짓더니 커피를 마시고는 다시 나와 눈을 맞췄다.

"현주 씨는 어떤 사람이었어요?"

생각지도 못한 질문에 잠시 멍해졌다. 하늬 씨는 재촉하지 않고 잠자코 기다려주었다.

"……현주는 봄날 같았어요."

너는 봄의 포근함처럼, 모든 걸 포용하는 사람이었다. 한 번은 원아의 거짓말에 학부모에게 모욕당한 적이 있었다. 경찰 조사 끝에 무혐의로 종결되었지만, 그들은 사과조차 없었다. 그때 너는 화는 커녕 오히려 그 아이를 안타까워했다. 너는 그랬다. 최악에서도 일말의 선을 보는 사람이었다. 그리고…….

"진짜 나를 기억해주는 마지막 사람이었어요."

"진짜 수혁 씨요?"

"네. 현주가 유일했어요. 내 열일곱을 기억해주는 사람은."

아홉 살 때 부모님이 교통사고로 돌아가셨다. 그 차 안에는 나도 함께였다. 하지만 내가 기억하는 거라고는 할머니 생신을 맞아 부모님과 함께 시골로 가던 길이었는데, 깨어나니 병원이었다는 것뿐이다. 그렇게 난 할머니와 살게 되었다.

할머니의 고향으로 전학을 갔던 나는 부모가 없다는 이유로 왕따를 당했다. 중학교에 올라가서도 마찬가지였다. 시골은 그렇다. 초등학교, 중학교, 고등학교 모두 같은 애들이 다닌다. 그렇기에 한 번 왕따는 영원히 왕따였다. 전학 가고 싶은 마음이야 굴뚝 같았지만, 할머니가 속상해할까 봐 내색하진 않았다. 그러다가 고모들과 삼촌이 툭하면 내려와 돈을 요구하는 걸 더 견디지 못한 할머니는 결국 나를 데리고 인천으로 이사했다.

고등학교 땐 공부만 하며 투명 인간처럼 지냈다. 남들 다 받는 과외도 못 받고, 남들 다 다니는 학원을 못 다녀서 그런지 그렇게 공부를 해도 중위권을 벗어나지 못했다. 게다가 수업은 늘 상위권 애들 위주로 돌아갔다. 수업 시간에 질문을 하면 진도가 느려진다고 눈총을 주어서 어느 순간 질문도 하지 않게 되었다. 그래서 난생처음 할머니에게 졸라 수학 단과 학원에 다녔는데, 그곳에서 너를 만났다.

너는 그 나이답지 않게 온화한 기운을 풍기는 아이였다. 그래서인지 반 아이들에게 인기가 많았다. 인기인이었던 네가 굳이 나와 친해질 이유가 없었는데도, 너는 꼭 내 옆자리에 앉았다. 뭔가 계기가 있었던 듯한데 지금은 기억나지 않아 모르겠다.

"고3 때 할머니가 돌아가시고 나서 깨달았어요. 내가 누구인지 어디서 왔는지, 나도 모르는 내 과거를 아는 사람이 전부 사라졌다는 걸요. 현주뿐이었어요. 그나마 내 어린 시절을 아는 사람은."

두려웠다. 그런 네가 나를 떠날까 봐.

"그래서 바보 같은 짓을 했죠."

"무슨 짓을 했는데요?"

"헤어지자고 했어요."

"왜요?"

"현주가 날 떠날 수도 있다는 두려움을 안고 사는 것보다, 차라리 혼자가 나을 것 같았어요."

-너 군대 가니까 헤어지자는 거야 지금? 맞아?

너는 이해할 수 없다고 했고, 나는 널 설득하려 온갖 말을 쏟아냈다. 거의 2년 동안 옆에 없으니 너도 외로울 거고, 그러다 다른 애가 좋아질 수도 있다고. 군대에서 헤어진 CC[10]만 한 트럭이니 미리 헤어지는 게 낫다고.

-나 너랑 안 헤어져!

그걸 어떻게 장담하냐는 내 말에 너는 머리끝까지 화난 얼굴이었다.

-나 지금 욕 나오려니까 그냥 간다.

---

10) CC : 같은 학교 안에서 맺어진 커플

간다던 너는 언제 되돌아왔는지 내 뒤통수를 후려쳤고, 나는 깜짝 놀라 너를 돌아보았다.

-야! 너 내일 여기서 딱 기다려!

너에게 헤어지자고 말했던 용기는 어디로 갔는지, 나는 처음 보는 화난 네 모습이 너무 무서워서 항상 만나던 곳에서 우두커니 널 기다렸다. 그날 너는 어머니와 아버지가 증인으로 기록된 혼인신고서를 들고 와 의기양양하게 들이밀었다.

"막연히 그렇게 생각했어요. 현주는, 현주만은 영원히 내 곁에 있을 거라고. 그런데, 현주가 떠났어요. 이제는 내 모든 게 사라진 거 같아요."

"사라지지 않아요."

하늬 씨는 그렇게 말하며 옅게 미소 지었다.

"수혁 씨가 기억하지 못해도, 이미 그 모든 것은 수혁 씨를 이루고 있어요. 그러니까 사라질 수 없어요."

하늬 씨의 말에 멈췄던 눈물이 쏟아졌다. 하늬 씨는 가방에서 휴대용 티슈를 꺼내 내게 건네고는 조용히 커피를 마셨다. 담담한 하늬 씨와 캐모마일 향 덕분인지, 이번에는 금방 감정을 추슬렀다. 하늬 씨는 그제야 남은 샌드위치 한 쪽을 다람쥐처럼 들고 먹었다. 왜인지 모르겠지만, 그 모습을 보고 있자니 마음이 차분해졌다. 그리고 깨달았다. 내가 널 보내지 못하는 이유는 진짜 나를 기억해주던 사람이 이 세상에 없다는 사실을 견딜 수 없는 나 자신이라는 걸.

그 뒤로 하늬 씨를 만나는 일은 없었다. 서로 일이 바빠진 것도 있지만, 항상 먼저 약속을 잡던 하늬 씨가 더는 약속을 제안하지 않았다. 다만 이따금 사소한 것들을 카톡으로 주고받았다. 하늬 씨가 맛점하세요 라며 구내식당 식판 사진을 올리면, 나도 점심으로 먹은 걸 찍어 보냈다. 퇴근 중이라고 그러면, 저는 오늘 야근이에요 답장이 오기도 했고, 한 번은 하늬 씨가 출장 중이라면서 호텔 뷰[11] 실화인가요? 하며 커다란 광고 간판에 걸린 오뚜기 컵밥이 창밖의 반을 가리고 있는 사진을 보내기도 했다. 그렇게 서로의 일상을 간간이 공유했지만, 그 공백이 점점 길어졌고 마지막 대화는 보름 전이었다. 이대로 둔다면 자연스럽게 서로에게서 잊힐 터였다. 그렇게 된다면, 나는 또 후회할 일을 만드는 게 아닐까 하는 생각이 들었다.

오전 6시. 알림이 울리기 전인데도 나는 여전히 이 시간에 일어난다. 다만 바뀐 것이 있다면, 예전처럼 아침밥을 차려 먹는다는 것이다. 네가 대학교 때부터 쓰던 토스터기는 코드를 뽑아 싱크대 하부장 구석에 두었다. 이제는 무심코 산 식빵을 토스터기에 넣는 일은 없다. 그저 밥을 안치고 냉장고를 열어 마트에서 산 반찬들과 며칠 전에 어머니 댁에서 받아온 김치를 꺼내 식탁에 놓는다.

8시 15분. 읽던 책을 내려놓고 현관을 나섰다. 엘리베이터 앞으로 걸어가 버튼을 누르려고 했는데, 엘리베이터 문이 먼저 열렸다.

"안녕하세요!"

---

11) 뷰 : 경치

매번 마주치는 803호 아이는 이제 익숙해졌는지 큰 소리로 인사했다. 그러더니 내가 6층을 눌러 놨다고 신난 목소리로 말했다. 나는 아이에게 고맙다고 했다. 그러자 아이는 기고만장해져서 내일도 눌러 놓을 거라며 까르륵 웃었다. 천진난만한 그 모습에 아이 엄마도 기분이 좋아졌는지 따라 웃음을 터트렸다.

엘리베이터에서 내려 모자와 반대 방향으로 걸었다. 나는 이제 어린이집을 지나지 않는다. 조금 돌아가게 되더라도 다른 정류장에서 버스를 탄다.

8시 56분. 회사에 도착해 서랍을 열어 사직서를 꺼내 펼쳤다. 사직서에 날짜를 쓰고 사인을 한 뒤 다시 봉투에 넣어 손에 들었다. 1년 넘게 해 온 고민을 이제는 끝내야 한다.

9시가 되자마자 과장님에게 사직서를 제출하고 도로 자리에 앉았다. 나는 모니터 대신 꺼진 휴대폰 화면을 바라보다, 이내 휴대폰을 들어 올렸다.

[이번 주말에 만날 수 있을까요?]

카톡을 보며 가만히 기다렸다. 그렇게 15분이 지났을 때 1이 사라졌다.

[저 출근이요

근데 점심시간이라면 괜찮아요]

왠지 그럴 거 같아 미리 검색해둔 하늬 씨 회사 근처의 카페 주소를 보냈다. 하늬 씨는 그 카페 마카롱이 맛있다면서 토요일에 보자고 했다.

11시 40분. 카페에 도착해 뜨거운 아메리카노와 카페라테를 주문했다. 마카롱 종류가 많아서 제일 인기가 많은 여섯 가지를 달라고 부탁했다. 그렇게 마카롱을 받아 들고 햇빛이 잘 드는 자리에 앉아 잠시 통유리 밖을 보며 지나가는 사람들을 구경했다. 연인인지 팔짱을 끼고 도란도란 얘기하며 걸어가는 모습, 하늬 씨처럼 주말에도 출근해 일하다 점심을 먹으러 가는지 정장을 입은 남자들도 몇 있었다. 그렇게 5분쯤 지났을까 진동벨이 울렸다.

"오늘도 일찍 오셨네요."

음료수를 받아 들고 자리로 가려는데, 언제 왔는지 하늬 씨가 웃으며 말을 걸었다.

"하늬 씨도요."

아직 12시가 되지 않았기에 그렇게 말하고는 같이 테이블에 가 앉았다. 서로 안부를 물으며 담소를 주고받다가, 지금 내 생각을 하늬 씨에게 솔직하게 말했다. 하늬 씨는 좋은 사람이라서 나중에 다른 사람을 만나게 되더라도 하늬 씨가 생각나 후회되는 순간이 올 거 같았다고.

나는 더 이상 내 두려움으로 인한 후회를 만들고 싶지 않았다. 지금 내가 하늬 씨에게 사귀자고 하는 건 예의가 아니라는 것을 알지만, 그래도 하늬 씨를 계속 만나 보고 싶었다.

"친구부터 시작할 수 있을까요?"

잠시 나를 빤히 쳐다보던 하늬 씨는 이내 활짝 미소 지었다.

"좋아요."

그 말에 긴장이 풀려 컵을 꽉 쥐고 있던 손이 풀렸다. 하늬 씨는 여전히 입가에 미소를 띤 채, 아메리카노를 후 불며 한 모금 마시고는 창밖을 올려다보았다.

"오늘 날씨가 참 좋네요."

"네. 그러네요."

하늘이 유달리 쾌청하고 높아 보였다. 온난화로 가을이 다 사라진 줄 알았는데, 늦가을이 오고 있었다.

도망

Alice K

Alice K   100세 시대란 말에 홀라당 넘어가 인생에 1~2년은 쉬어도 되겠지라는 마음에 낯선
          타국에 지내다가 타국 바닷가 시골마을에 정착해 살고 있습니다. 활자 중독마냥 책
          을 좋아합니다. 쓰는것보다 읽는 것이 더 맞는거 같은데 또 다시 글을 써버렸습니다.

"아. 씨발 진짜 어이가 없네."

수십 아니 수만번은 눌렀던 빌라 현관번호 순서가 백지장처럼 하나도 기억이 안 났다. 마치 번호의 존재가 지구상에 없던 것처럼.

초반 20분쯤은 헛웃음을 지으며 요즘 피로했나 싶었다. 그 시간이 넘어가자 점차 심각해지기 시작했다. 치매인가? 진짜? 아직 20대 후반인데? 치매면 누나 날 돌봐주지? 무남독녀 외동딸 늦둥이 이게 우리 친척들이 나를 부르는 애칭이었다. 듣기로는 귀한 딸이지만 막상 살아온 삶은 고단하기만 했다. 늦둥이라는 말처럼 아빠는 50에 엄마는 40에 나를 낳았다. 월남전 참전용사 교과서로만 봐왔던 인물이 아빠였다. 전쟁 PTSD는 알코올중독으로 이어졌고 집은 조용할 날이 없었다. 돈 벌면 족족이 술 먹는 데에 쓰고 밖에서는 인심 좋고 착한 사람처럼 남에게 베풀기 좋아하던 아빠 덕에 엄마는 돈을 벌기 위해 나갔고 그 아빠를 감당하는 것은 나의 몫이었다. 환기시킨다고 겨울이고 여름이고 문은 활짝 열려 있고 밤만 되면 눈에 광기가 돌아 집청소 한다며 초등학생인 나를 붙잡고 온갖 집안을 뒤집고 가구를 옮겼다. 애기 때는 귀하다며 땅에 발도 못 대게 했다 라더니 좀 커서 인간처럼 보이니 밤에 청소한다 깨워서 2~3시까지 잠도 안 재우고 나이가 들어가며 점차 폭력의 강도도 강해져 갔다. 지옥의 나날이었다. 망나니처럼 술 먹고 칼춤 추고 부침개 뒤집기처럼 밥상은 항상 엎어져 있었다. 결국 그 생활을 견디다 못해 초등학교 6학년 때 엄마는 가출을 했다. 그래도 딸이 눈에 밟혀 몰래 몰래 연락을 했고 겨우 이혼하고 다른 사람을 만났다. 그때 나는 이혼에 대찬성이었다. 가정폭력에 시달리느니 미혼모가정이 나에게는 100배 아니 1000배는 나았다. 하루하루가 살얼음판이었다. 언제는 집안 모든 칼을 다 버리기도 하고 소주병에 물을 타기도 하고 살기 위해 별 짓을 다 했던 거 같았다. 그런 것도 모르는 친척들은 불쌍한 노인네 이혼하면 어떻게 살라고 말이 많았다. 그전에 우리가 죽을 거 같은데 말이다. 이혼하고 나서 나는 엄마에게 갔다. 그리 벗어났으면 남들처럼 평범하게 살든가. 그리 벗어났으면 남들처럼 평범하게 살든가. 이제 사람처럼 살만했던 엄마는 이미 곪을 대로 속이 곪아버렸는지 2년도 되지 않아 갑자기 병이 생겨 병원에 입원한 지 보름도 되지 않아 돌아가셨다. 허망했다. 그동안 힘들었으니 죽기 전에라도 행복해서 다행이라고 해야 할지. 이제 좀 행복하다는 듯 웃던 엄마는 욕심도 없는지 그 짧은 시간만 보냈다. 이제 중학교 2학년이었다. 안녕이란 인사도 어색한 나이였다. 다시금 아빠와 살게 되었다. 시발.

아빠는 사실 좀 소름 돋는 사람이었다. 귀신은 뭐 하나 안 잡아가고 생각도 여러 번 했는데 안 잡아가고 옆에서 지켜주는 듯했다. 전쟁 나가 10년 동안 연락이 없어 눈에 밟히는 아들이어서 그런지 할머니가 도와주는 듯했다. 한 번은 자는 나를 깨워서 할머니가 꿈에 나와 조심하라 했다고 이야기를 했다. 그러고 몇 시간 뒤 교통사고가 났다. 심지어 복권도 당첨되었다. 큰돈은 아니지만. 아무튼 촉이 기가 막히고 꿈을 자주 꿨다. 얼굴만 봐도 임신한 지를 알 정도로 그건 아무리 생각해 봐도 이상했다.

2년 동안 떨어져 있었다 해도 사람은 바뀌지 않았다. 삶은 더 가난해지고 힘들었다. 단지 내가 바뀌었다. 조금 더 크고 독기가 서려졌을 뿐. 어느 날 술을 먹고 어디서 가져왔는지 나무 몽둥이를 나에게 휘둘렀을 때 그 몽둥이를 빼앗아 내가 아빠를 때렸다. 그때를 생각해 보면 나는 미쳤고 발악한 것이었다. 여러 번의 자살시도도 겁쟁이라 성공하지 못했고 이렇게 살다가는 엄마처럼 화병이 쌓여 단명할 거 같았다. 발악하고 덤벼야 했다. 반대 맞은 아빠의 눈은 아직도 입혀지지 않았다. 충격과 혼돈으로 감싸져 있는 눈빛. 약자라고 생각했던 자가 자기를 이겼다는 눈빛 하지만 그 안에 자신이 한일들이 옳지 않다는 것들도 깨닫게 된 눈빛이었다. 물론이건 나의 생각이다. 그 뒤 아빠는 시름시름 앓아갔다. 나 때문보단 전쟁에 쓴 고엽제, 부상, 알코올중독이 큰 원인이었다. 암을 얻고 2년 동안 투병하다가 돌아가셨다. 그게 고등학교 2학년이었다. 가족이 뭐라고 혼자 남겨지는 것이 무서웠다. 그런 아빠라도 살게 하기 위해 옆에서 지

켰고 돌보아 왔다. 하지만 혼자가 되어버렸고 나는 나를 지키기 위해 집에 숨어버렸다. 그래도 죽으란 법은 없는지 소년소녀가장으로 소액의 돈이 나왔고 임대주택에 들어가게 되었다. 나에게 남은 건 아버지의 빚 500만 원이었다. 고등학교는 나를 심히 불쌍히 여겨주신 교사 선생님들 덕분에 졸업은 할 수 있었다. 웃기게도 집에 틀어 박혀있던 동안 틀어놨던 일본드라마 덕분에 일본어를 하게 되었다. 20살이 되자마자 끊긴 보조금 덕에 굶어 죽을 수 없어 히키코모리 생활은 끝내야 했다. 빚도 갚아야 했으니까. 나의 10대는 우울했고 참혹했고 처절했다. 그럴 수밖에 없었고 성격 또한 좋지 못했다. 그나마 다행인 것은 내가 나쁜 길로 들어서지 않은 것일까. 첫 직장은 일본어 덕에 운 좋게 면세점에 취직할 수 있었다. 모난 성격 고치기엔 서비스직은 맞춤이었다. 울컥울컥 올라오는 욕지기도 굶어 죽지 않기 위해 참아야 했고 삐뚤어진 성격 역시 직장선배의 꾸지람에 갈려나가고 있었다. 10대에 배워야 할 것들을 20대가 되어 배우기 시작한 것이다. 빚을 갚기 위해 일했고 생활비를 벌기 위해 일했다. 일해보니 고졸이 싫어서 빚을 갚자마자 야간대학을 다녔고 학교를 통해 일본어학연수도 다녀오게 되었다. 하루가 24시간이 아닌 48시간으로 살아왔다. 하고 싶은 것들을 가능한 수준에서 다하고 살았다. 하지만 10대의 힘든 삶은 나에게 우울증, 불면증, 공황장애를 주었다. 혼자 있는 시간이 길어지면 깊숙이 숨어있는 그저 덮어두었던 상처들이 올라오듯 아파했다. 그래서 더 치열하게 일하고 놀았다. 그리고 웃기지도 않게 아빠의 귀신이 붙은 거 마냥 나 역시 예지몽같이 꾸게 되었다. 사실 부모님이 돌아가기 하루전날 꿈을 꾸었다. 엄마는 엘리베이터 안에 검은 형상의 무언가와 뒤에 여러 사람들과 함께 있었고 나에게 작별인사를 했다. 아버지는 이미 장례식장에 사람을 맞이하는 내가 보였었다. 큰일 혹은 태몽 등 꿈을 꾸었고 그런 꿈은 대체적으로 맞았다. 특히나 요 근래는 본인이 나타나 임신했다고 직접적으로 말하던가 친구랑 재미 삼아 점 보러 가봤을 땐 전날에 무당할머니가 미리 꿈에 나타나 점사를 봐준 꿈을 꿨었다. 신병인가.... 3년에 한 번씩은 가까운 사람의 죽음 혹은 큰 병이 있었고 남들은 평탄히 잘 사는데 말도 안 되는 일들만 계속 일어났다. 점을 보러 다니면 안 될 것 같아서 피하다가 친구의 부탁으로 따라간 점집에서는 당장 신내림을 받으라고 꼬시고 있었다. 안 그래도 힘들게 살아왔는데 무당까지 하면 내가 바라던 평범과는 멀리 떨어질 판이었다.

마른 손으로 얼굴을 비비고 정신을 차렸다. 지금 중요한 건 현관 비밀번호였다.

초조한 마음 탓에 주머니 속 담배는 계속 줄어갔다. 4층짜리 빌라다. 8 가구가 살고 있는데 누군가는 집에 들어가거나 나올 것이다. 추운 겨울 초조하게 빌라 주변을 서성거리자. 저 먼 곳에서 누군가 올라오는 사람이 보였다. 인사는 안 하지만 몇 번 마주쳤던 아줌마였다. 급하게 담배를 끄고 꽁초를 들고 아줌마가 들어가기 위해 비밀번호를 누르려고 하길래 따라가 유심히 지켜봤다.

-경비, *3456#-

한숨이 나왔다. 마치 머릿속에 폭죽이 터지듯 번호가 기억이 났다. 기운이 급격히 빠져나갔지만 힘겹게 다리를 끌고 집으로 향했다. 그나마 다행이랄까 집비밀번호는 잊어버리지 않았다. 집에 들어가자마자 눈물이 쏟아져 내렸다. 비밀번호를 잊어도 전화로 물어볼 가족조차 없고 혹시나 내가 아프더라도 이 몸하나 부탁할 사람이 없었다. 이미 혼자산지 12년도 넘었는데 익숙해졌다 생각했지만 서러움과 외로움은 더욱더 커져갔다. 하루하루 어떠한 끈이 목을 조여가는 기분이었다. 분명 지금의 나는 자유롭고 하고 싶은 것도 하고 소중한 친척과 친구들이 있는데 남아있는 상처들이 계속 아물지 않고 곪아가고 있었다. 그것이 슬슬 몸에 나오기 시작한 것이리라. 한국에서 도망치고 싶었다. 그리고 이러다간 정말 무당말처럼 그쪽으로 갈 것 같았다. 무서웠다. 나는 그저 아무것도 보지 않고 평범하게 살고 편하게 잠들고 싶었다. 잠시 생각을 했다. 내가 편하게 잠들었던 적이 있었는지. 있었다. 교회에서 해외 선교사활동으로 유럽국가를 다녀온 그때 기절하듯 편하게 잠들었었다. 아무 꿈도 꾸지 않고 아주 편하게. 내 나이 만 29살 아직은 워킹홀리데이라는 게 가능했었다. 일본어를 할 줄 아니 일본을 갈까? 생각했지만 아니었다. 일본어학연수를 갔었을 때 일본에서는 더욱더 많은 꿈을 꾸었다. 다른 곳을 찾아야 했다. 너무 충동적인가? 곰곰이 생각해 봤다. 내 나이 29이다. 어린 나이에 부모를 잃고 24살 전부터 친척들은 결혼이야기를 꺼내기 시작했다. 열심히 사는 건 알겠지만 누군가 의지할 사람이 있길 원했던 것 같았다. 하지만 요즘도 부모가 없어서 안 좋은 시선으로 보는 것보다. 결혼은 가족과 가족이 한다고들 한다. 막상 결혼하기엔 생활비와 대학교등록금을 내기 바빠 모아둔 돈이 없었고 숨길일도 아니어서 가족에 대해 말하면 처음엔 가족이 되겠다고 하다가도 결혼을 생각할 때쯤 현실적인 부분에서 아쉬움과 더 좋은 조건의 여자도 있지 않은가 라는 분위기에 기분이 상해 헤어진 경우도 있었다. 나 스스로에 자부심을 느끼지만 가족에 관해선 움크려들고 있었다. 내가 죽였나 가족을 골라서 태어날 수 있나 태어나고 보니 그런 것을. 가족을 이루고 싶지만 그렇다고 행복하지 않을 것 같은 생활을 멱살 잡고 끌고 갈 생각은 없었다. 안 맞는다면 이혼은 대찬성인 마인드였다. 스쳐가는 사람들을 만나면서 결혼은 슬슬 포기하고 있었다. 있으면 하지만 없어도 그만으로 해외를 떠나고 언젠가 한국으로 돌아온다면 제일 걱정되는 것은 사실 경력단절이었다. 막상 살아보고 아니어서 돌아온다 해도 2~3년일 것이다. 지금은 해외무역회사에 일하고 있지만 만약 34살일 때 단절된 경력에 누가 날 써줄까 이미 치고 올라오는 어린아이들과 경기가 안 좋아 사라지는 무역회사가 하나둘이 아니었다. 곰곰이 생각을 해보니 첫 직장인 면세점을 그만두고 병원에서 간호조무사로 일을 했었다. 대학교를 가기 위해선 교대근무는 맞지 않았고 일정한 시간에 야근이 없는 직장으로는 개인병원이 알맞았다. 2년 동안 병간호로 병원시스템도 익숙하기도 했고 일하면서 결혼 후 애들을 키우고 파트타임으로 일하는 선생님들도 많았다. 월급은 크지 않겠지만 생활비는 나오리라. 욕심만 버린다면 어떻게든 살 수 있을 것이다.

어느 나라를 갈지 고민하고 있었다. 왜 이렇게 극단적인가 싶기도 하지만 계속되는 꿈들과 반무당처럼 맞추는 것들도 남들보다 괴이하게 일어나는 사건들과 3년에 한 번씩은 주변사람들이 크게 아프거나 죽는 것들 그리고 작은 무역회사에 다니면서 잦은 야근과 피로로 온몸이 망가져가는 것이 느껴졌었다. 작년엔 몸에 염증이 심해 신장에 혈관이 터져 대학병원에서 신장 하나를 땔뻔했었다. 친구가 이야기한 게 생각이 났다. 할머니가 무당이셔서 무당이 대물림 될까 봐 10대 때 부모님이 해외로 학교 보냈었다고 물 건너면 피할 수 있다고 그 말이 머릿속을 맴돌았다. 가자 이렇게 살다 간 온몸이 망가지고 그 길로 들어설 것 같았다. 일본어학연수로 일본 워킹홀리데이를 썼고 유럽 선교활동으로 독일워킹 홀리데이를 사용했다. 다른 나라를 생각해 보니 호주와 캐나다였다. 캐나다는 인원제한이 있고 추첨방식 같았다. 그러면 호주였다. 다행히 주변에 호주를 다녀온 사람들도 있었고 많은 정보를 얻을 수 있을 것 같았다. 결정은 금방이지만 이것저것 처리할 것들이 많았다. 다니던 직장은 양말 무역회사였다. 주로 일본이 주 고객이었고 한국에서 양말을 만들어 팔았는데 요즘은 중국과 인도네시아가 인건비와 금액으로 밀어붙였고 한국에서 하나둘 공장이 사라져 가는 추세였다. 퀄리티도 갈수록 좋아져 가면서 우리나라 양말공장은 사라져 갔다. 내가 없어도 그다지 큰 문제는 없을 것이다. 인수인계도 할 필요도 없고 마침 출고하는 주였기에 이번 출고가 끝나면 그만두기로 했다. 작은 회사라 공장에 일손이 부족하면 (대부분 출고하기 일주일 전) 직원들이 공장에 가서 부족한 인력을 대체했고 무역회사를 다니는 것인지 양말공장회사를 다니는 것인지 싶은 것도 있었다. 덕분에 하나에서 열 가지 일하는 것을 배웠다. 명절마다 양말 산타라고 불리며 친척들에게 뿌렸었는데 그래도 5년 동안은 신을 양말은 가지고 있겠지. 3년 동안의 퇴직금은 호주에 가서 쓸 돈으로 남겨두었다. 3개월 만에 모든 준비를 마쳤었다. 호주에 가서 지낼 곳은 시드니에서 7시간 떨어진 더보라는 시골 마을이었다. 지인이 호주분과 결혼하셨는데 마침 그곳에 방도 셰어할 수 있었고 근방에 양공장이 있어서 거기에서 세컨드비자라고 1년을 더 연장할 수 있는 비자를 딸 수 있는 곳이라 하였다. 가기 전까지 3개월이란 시간이 남았고 모든 것들을 정리하고 친구들도 만나고 틈틈이 아르바이트를 하고 있었다. 그 와중 친구모임 중 고소장 패밀리라는 명칭으로 불리는 친구 한 명이 나에게 부탁을 했었다.

"혜민아. 진짜 부탁이 있는데. 엄마가 유명한 무당분 알게 되었는데. 혼자 가긴 그렇고 너랑 나랑 민현이랑 같이 3명이서 가면 안 될까? 너 몇 번가 봤잖아. 점사 안 보고 그냥 옆에만 있어주라!"

순간 고민했었다. 피하고 싶어서 가는데 굳이 일주일 뒤에 떠나는데 가야 하나? 점사 안 보니까 괜찮을 것 같기도 했지만 고소장패밀리는 정말 말도 안 되게 힘들었던 나를 도와준 친구였다. 어느 때부터 핸드폰에 장난전화가 오기시작했다. 그때는 인천공항 면세점에서 야간아르바이트를 할 때였는데 새벽에 일을 마치고 7시쯤 집에 와서 잠을 잘 때면 수없이 전화가 왔었다. 회사에서 정산이나 재고로 전화 올 때도 있어서 전화를 안 받을 수 없는 상황이었는데 전화로 인해 2달 동안은 3시간 이상 잘 수없었다. 번화 번호를 바꿔보기도 하고 했지만 전화는 계속 왔었고 경찰에 고소하려고 했지만 내 핸드폰 번호로 무작위로 모르는 사람에게 '오빠 뭐 해?', '오랜만이다. 오빠 잘 지내?' 등 을 보내 나에게 누구인지 확인하는 전화였다. 경찰에서는 이런 방식은 고소할 수 없는 상황이라 이야기했고 불면증에 수면장애를 추가로 얻어 하루하루가 힘들었던 와중에 메시지로 '누구세요?'라고 연락이 왔다. 그때 장문의 메시지로 사정을 말하고 혹시 그 문자를 캡처해 줄 수 있냐고 말을 했었고 그때 알게 된 친구였다. 그렇게 알게 된 3명의 친구와 함께 조사를 해보니 공통된 지인 1명이 추려졌고 알고 보니 나를 질투? 시기? 이유는 잘 모르겠지만 컴퓨터로 문자 보내는 프로그램에 내 번호를 넣어 메시지를 보냈던 것이었다. 일하면서 알게 된 번호들에 보내다가 자기 핸드폰에 있는 번호들을 보냈고 마침 그때 내가 부탁을 하여 도와준 친구가 주변에 물어보니 그런 문자가 온 것을 확인하고 다 같이 도와줘서 고소를 하게 되었다. 번호를 바꿔도 주변사람에게 내 번호를 알려줘야 해서 자연스럽게 알게 되어 지속된 일이었다. 그렇게 언니 언니 하면서 연락하고 같이 놀던 애가 이렇게 악질적으로 할 줄 몰랐고 상처를 입게 되었지만 나를 도와준 친구덕에 많이 회복되었었다. 이게 말이 되나 싶은 사건이었다.

"그래 지혜야. 가자. 뭔 일 있겠냐."

그렇게 나는 친구들의 점사를 보러 갔다. 일반 주택 같았는데 들어가 보니 무당집이었다. 신기해서 두리번거리다가 지혜가 먼저 점사를 보기로 했다.

"그래. 생년월일이랑 이름."

"0000년 00월 00일이고요. 이지혜요."

노트에 적으시더니 방울을 흔들었다.

"나는 너 같은 애만 오면 그렇게 좋을 수가 없다. 너는 말이야. 그래. 이렇게 과일나무가 있어. 나무마다 달린 과일은 다 다르지. 만약에 너에게 5개의 과일이 달린 나무가 있으면 다른 사람은 과일이 떨어지길 쳐다만 보고 기다린다 하자. 너는 달라. 나무를 흔들고 막대기로 쳐서라도 과일들을 다 따먹을 애야. 과일은 재능이자 능력이고 그것을 넌 다 쟁취할애야. 점사 봐줄 것도 없다. 그대로만 해 똑 부러진 것이 아주 잘살겠어."

신기했었다. 무당의 말대로 지혜는 무척이나 똑 부러졌다. 덕분에 나를 괴롭혔던 아이도 고소할 수 있게 되었고 정말 열심히 노력해서 대기업에 들어가 자리를 잡았다. 자랑스럽고 멋진 친구였다. 나 역시도 점점 빠져들고 있었다. 그다음차례는 현민이었다.

"자. 생년월일이랑 이름."

"0000년 00월 00일 최민현입니다."

또다시 방울소리가 들렸다.

"에휴.... 불쌍한 것 비가 내리는데 우산을 씌워주는 사람이 없누."

듣는 순간 살짝 목이 메어왔다. 옆자리 지혜를 보는데 눈이 마주쳤다. 둘 다 울컥하는 마음이 같았는지 살짝 고개를 끄덕이며 마음을 진정시켰다. 민현이 역시 사연이 많은 친구였다. 그래서인지 무당의 말을 듣고 둘 다 마음이 흔들렸다. 정 많고 너무 착한 민현이기에 더 좋은 이야기만 듣고 싶었다.

"인생이란 게 보통 3갈래 길이 있어. 하나는 평탄해서 곧은길이고, 하나는 길 가에만 걷는 길이고, 나머지 하나는 올라갔다 내려갔다 하는 길이야. 뭐가 좋은 거 같아?"

무당의 질문에 셋다 동시에 말했다.

"곧은 길이요."

"에잉. 아니야. 인생은 곧게만 살면 재미가 없어. 인생은 올라갔다. 내려갔다. 하는 것이 더 삶이 즐거운 거야. 그런데 민혁이 너는 길의 가에만 걷다 보니 삶이 힘들구나. "

"그럼 어떻게 해야 해요?"

"에휴.... 부적 한번 해볼래? 너를 길 한복판에 둔다고 할 순 없어. 그래도 네가 길 끝에 떨어지려고 할 때 옆에서 바람이 불어 쓰러지지 않게 길을 갈 수 있게 도와주마."

허어... 부적이라니. 다시금 지혜와 눈이 마주쳤다. 지혜의 눈이 나에게 말하고 있었다. 가라. 너를 끌고 온 이유다. 눈을 한번 깜빡하며 오케이 사인을 보내고 입을 열었다.

"부적이요? 저.... 얼마정도해요?"

"보통은 50부터인데 너 사정도 모르는 게 아니고 35는 어떠냐?"

"아이고.... 얘가 지금 용돈으로 10만 원으로 살아가고 있어요. 여기 온 것도 저희가 내줘서 온 거고요. 그 바람 강풍이면 미풍 약풍도 좋으니까. 15만 원 민혁아. 너 그 정도 가능하지? 그 정도에 해주시면 안 될까요? 목마르시죠? 저기 부엌 가서 물 좀 떠 올까요?"

내가 서비스직만 5년에 무역만 4년은 했던 몸이다. 보험인줄 모르고 실수로 이력서 내고 전화통화했다가 보험일하자고 6개월 동안 연락 왔던 몸이었다. 능청맞게 쫄래쫄래 물 떠 오며 물 드시고 하세요. 하며 물을 건넸다.

"어우 시원하다. 그래. 사정도 모르는 것도 아니고 어디 한번 해보자."

꼽사리로 따라온 임무를 마치고 뒷자리로 앉아서 잘했다고 눈짓하는 지혜를 보며 다시 눈사인을 보냈다. 미션 완료.

무당 아주머니의 입담이 좋아서일까? 무언가 홀라당 넘어간 듯 나도 보고 싶은 마음이 들었다.

"나도 한번 봐볼까? 지혜야. 너 현금 있냐?"

"응. 돈은 가져왔는데. 한번 봐볼래?"

슬슬 민혁이의 이야기가 정리된 후 조심스럽게 나도 봐도 되는지 물어봤다.

"시간도 있고 하니 봐주마."

"0000년 00월 00일 박민혜입니다."

"흐음. 그래. 남자는 있어?"

갑자기 남자를 물어보길래 당황했다.

"아니요. 저 남자는 없고 일주일 뒤에 호주로 떠나는데. 잘 살 수 있을지 알고 싶어서요."

"남자가 둘이 있는데. 한 명은 너보다 2살 어리고 부모님이 사업해서 그거 물려받으려고 일하고 있고, 한 명은 너보다 10살은 많은데. 자수성가해서 잘살고 있어. 누가 좋냐?"

순간 연하요. 할뻔했지만 당황했었다. 일주일 뒤에 호주 간다 했는데 웬 남자인가? 말문이 막혀 멍한 사이에 지혜가 물어봤다.

"얘. 소개팅 시켜주시려고요?"

"골라봐. 내가 소개해줄게."

아니 무슨 말인가 방귀인가. 티켓팅에 갈 준비 다 해놨는데. 소개팅은 무슨 진작에 여길 왔으면 몰라도 어이가 없었다.

"아니요. 저 호주 갈 거라서 죄송합니다."

"어딜 가. 소개받고 여기에서 살지. 갔다가도 돌아올 텐데. 너 민혁이가 가랑비면 너는 장대비야! 민현이는 어느샌가 비에 젖어가는데 너는 앞도 안 보이는 장대비를 고스란히 맞고 있다는 거야."

또다시 말문이 막혀버렸다. 맞는 말이었다. 시무룩해져 마음이 일렁였다. 그런 사이 민현이가 무당 아주머니에게 물어봤다.

"얘가 이상한 일도 많고 이상한 애들도 꼬이는데 왜 그런 거예요? 남들보다 심하던데."

"얘는 장미야. 화려하고 향도 진한 장미. 꽃을 보잖아. 계속 보고 있으면 뭐가 올 것 같아. 나비, 벌? 맞아. 나비랑 벌도 오지 그런데 그만큼 화려하고 향이 좋으면 그만큼 벌레도 꼬이는 법이야. 그래서 그런 거야. 민혜야 너 참 이쁘다."

갑작스럽게 칭찬을 받아서 시무룩한 마음이 조금은 풀렸었다. 이쁘다는데 누가 안 좋아하나.

"이쁘게 봐주셔서 감사합니다. 그런데 저 호주 가면."

"그런데 너 무당이 이쁘다는 말이 무슨 뜻인지 알아?"

갑작스럽게 말을 끊어버리고 무당 아주머니는 매섭게 말을 했다. 갑자기 소름이 돋았다.

"아니요. 모르는데요."

"무당이 향기롭고 이쁘다는 건 너도 무당 팔자인 거야. 너 사방이 신으로 막혀있는데. 어딜 가. 물 건너가도 되는 애가 있고 안 되는 애가 있는데. 너는 안 돼. 눌림 굿해도 될 사람이 있고 안될 사람이 있어. 그래서 내가 해외 보낸 애 몇 돼도 너는 아니야. 너도 알고 있지?"

내가 어찌 아는가. 이대로 가다간 죽겠다 싶고 이 길 갈 것 같아 도망가는 건 맞긴 하는데. 내가 무당도 아니고 감 좋은 사람 중 하나일 수도 있지 않은가?라는 마음과 달리 말은 다르게 나왔다.

"네...."

살짝 뒤를 돌아보니 친구들의 눈이 동공 지진 난 듯 흔들려왔다. 그래. 나도 딱 저 표정이겠지. 무언가 억울한 마음에 다시 물어봤다.

"저 일주일 뒤에 호주 가는데 그건 어떻게 돼요?"

"너 신병도 있은 지 오래됐고 거기 가면 단명한다. 신벌 받아. 나처럼 피하다가 몸으로 받지 말고 그냥 무당 해라. 너 이미 내릴 대로 다 내려와서 너는 굿할 것도 없이 빌기만 하면 되는데. 뭐 하러 가니. 지혜 돈 많이 벌고 부럽지? 네가 단칸방에 책상만 들여놓고 사람 받으면 사람줄이 서울서부터 부산이야. 돈? 빌딩 몇 개 가지고 싶니?"

순간 혹하는 마음이 들었다. 빌딩? 돈? 돈이 없어 힘들었지. 돈 있어서 힘든 건 없을 듯싶었다. 소개해주겠다는 부잣집 도련님들 소개받고 무당 해서 빌딩 살까? 싶은 마음이 사실 30% 정도치고 올라왔지만 아니다 싶었다. 하도 이상한 일이 많아서 샤머니즘에 흥미와 관심은 있지만 내 나름 양아치 기독교인이고 하나님을 믿는다. 물론 선교활동으로 다녀온 뒤 기독교에 치가 떨릴 정도로 정나미가 떨어진 모습을 봤지만 하나님은 믿고 있었다. 그리고 안 그래도 힘들게 살아왔는데 여기서 무당까지 돼버리면 책 한 권짜리 소설로 써 내려가도 이상한 삶이었다. 안 볼 거 안 보고 남들처럼 사는 게 좋았다.

"그래도 호주 가면 어떨 거 같아요? 저 티켓도 사고 이미 다 정리했어요. 안 가는 건 안돼요."

"어디 한번 가봐라. 단명할지도 모른다니까. 발버둥 칠대로 치고 돌아와라 그럼."

하.... 속 터지는 소리였다. 일주일 뒤에 떠나는데 이런 악담이나 듣고 있고, 무당 아주머니의 꼬시는 말이 한참이어졌지만 한 귀로 듣고 한 귀로 빠져나갔다. 축 처진 어깨에 기운마저 뺏기고 나왔다. 밖에 나와서 친구들의 위로 섞인 말에도 정신은 차려지지 않았지만 일주일 밖에 남지 않았고 모든 것들을 정리해 갔다. 그리고 어느덧 떠나는 날이었다. 가족처럼 소중한 내 친구들, 그리고 친척들을 두고 비행기에 올라탔다. 떨리는 마음과 긴장이 피 속을 맴돌았다. 해외여행과는 다른 기분이었다. 못 먹어도 고!라고 이미 도착해 버렸다. 일주일은 여행이다 생각하고 시드니에서 보내고 기차 타고 버스타고 7시간 걸리는 더보로 이동할 계획이었다. 카카오톡에서 호주 동갑내기 방에 들어가 사귄 친구들도 만나고 구경도 하다 보니 더보로 향해가고 있었다. 큰 캐리어에 백팩에 애착토끼인형 한 팔을 붙잡고 길고 긴 시간을 지나 도착한 곳은 영화에서나 봐왔던 외국 시골이었다. 와..... 여행으로 다녔을 땐 유명도시만 있어서 몰랐지만 이렇게 시골에 오니 신기했다. 차 타고 30분만 넘어가면 허허벌판만이 가득했다. 동네에 슈퍼 가게도 있고 있을 건 다 있지만 없을 건 없다. 저녁 7시만 돼도 갈 곳도 없고 대부분 집에 있었다. 넓은 마당과 외국집은 한국과 달리 나무로 지어지고 딱 영화 속 나오던 집이 생각났다. 너무나도 친절한 집주인분의 환대에 감사하며 하루를 보내고 지인분께서 알려준 양공장에 이력서를 내러 갔다. 지도를 보니 2시간 거리라고 하길래 일단 걸어보기로 했다. 아침 8시쯤 출발하는데 30분쯤 걷다가 보니 이게 맞는 건지 싶었다. 고속도로에 인도는 없고 주변은 마치 미국서부 영화에서 나올만한 허허벌판에 풀 때기는 기운이 없고 저 멀리 코딱지만 한 건물은 보이는데 신기루처럼 가까워지지 않고 있었다. 일단 걸었다. 지도는 날 속이지 않을 것이니. 저 멀리 코딱지가 콩이 되고 메주가 되고 건물로 보이자 2시간 거리는 3시간을 넘겨 도착했다. 그래 구글맵 기준은 롱다리 외국인 기준이고 내다리 기준이 아니었던 거겠지. 몸짓 손짓 파파고(번

역기)를 통해 이력서를 내고 집으로 돌아갈려니 한숨이 나왔다. 3시간을 다시 돌아가야 했다. 그 와중 어디선가 한국말이 들려왔다.

"저기요. 집에 가세요?"

"예! 한국분이세요? 반가워요! 이력서내고 집에 가요."

"그럼 저희 차 타고 가실래요? 아까 저희 오는데. 걷고 계신 거 봤거든요."

"어허엉. 감사합니다. 저 어떻게 돌아갈지 막막했어요."

세상에 이런 천사 부부가 다 있나. 대한민국만세 복 받으실 거예요. 차에 타며 이런저런 이야기를 주고받았다.

"혹시 여기 일하세요?"

"아니요. 저희는 여기 그만두고 옷반납하러 왔어요 지역이동할 거라서요. 그런데 여기서 일하시려고요?"

"예. 아시는 분이 예전에 여기서 일하셨다고 소개받아서요."

"어.... 지금은 취업 힘드실 텐데."

"예? 왜요? 문제 있어요?"

"요즘 가뭄이 들어서 양이 얼마 못 태어났다고 있던 직원도 자르고 있는 상황이라서요.:"

"네?"

청천벽력 같은 소리였다. 가뭄에 양이 못 태어나? 지금 있는 직원도 자르고 있다고? 실화인가? 거짓말 아닌가? 머리가 멍했다. 먼 나라에 결혼이고 경력 단절이고 일단 가자하고 왔는데 이게 무슨 말인가. 일단 집에 돌아가고 머리를 굴려봤다. 보통은 일주일 안에 연락

온다 했고 그 기간 동안 다른 대책을 세워봐야 했다. 급하게 캔버라에 있는 동창 친구에게 연락해 보았다. 내가 출발하기 전 이미 호주에 자리 잡고 있던 친구였다.

"영미야. 나 민혜인데. 혹시 거기도 세컨드비자 가능한 지역이니? 나 여기 가뭄이라 양이 안 태어나서 공장에 있는 사람도 잘리는 상황이래."

"어? 일단 와. 여기 사람 구하는 곳도 많고 숙소만 찾아봐."

급하게 인터넷 서치도 해보고 머리를 굴렸다. 지금 상황에 공장은 다 패스 농장은 벌레랑 화장실이 불편해서 가고 싶지 않고 시즌에 맞춰 이동하게 되면 만 30세 전엔 비자가 불가능했다. 그렇다면 공사현장인데. 일단 도전하는 수밖에 없었다. 그러려면 화이트카드라는 공사현장에 필요한 자격증 같은 것이었다. 일단 며칠 있는 동안 자격증을 인터넷에서 딸 생각이었다. 구글번역기 크롬 사랑한다.

3일 4일이 지나가면서 공장에 대한 기대가 사라져 갔다. 근처에 있다는 한인 교회에 찾아가서 상황을 물어보니 그곳에서도 지금 많은 사람이 잘렸다는 이야기를 통해 들었다. 망설일 필요가 없었다. 여기서 캔버라까지면 10시간 정도 걸리고 시드니를 통해 가야 했다. 시드니에 잠시 머무르고 그 안에 캔버라에 숙소를 잡고 떠나는 것이 최선이었다. 다시금 떠나야 할 상황이었다. 한번 크게 이동할 때마다 집값부터 여러 가지로 100만 원 이상이 들었고 들고 온 돈은 확확 줄어 갔다. 인생은 계획대로 되는 것이 없었으나. 한 가지 좋았던 것은 웃기게도 꿈도 안 꾸고 잠을 자는 것이었다. 그것만으로도 호주에 온 것에 큰 장점이었다. 풀어놨던 짐을 급하게 다시 싸고 여행에서 알게 된 시드니 친구에 연락을 해 4일 동안 잠시 머물 수 있는지 물어보았다. 다행히도 친구는 흔쾌히 허락해 주었고 짧은 시간이었지만 너무나도 잘해주신 집주인께 인사도 드리고 같이 살았던 사람들과도 인사를 나누고 다시 시드니로 향해가고 있었다. 긴 거리 이동에 피로보다 앞날이 걱정이었지만 굶어 죽겠나 싶었다. 사람 사는 거 다 똑같은데 무슨 일이든 할 수 있겠지 방법이 있겠지 하는 마음이었다. 지금 여기서 실망하고 돌아갈 수 없고 최대한노력을 해야 했다. 시드니에 도착해서 숙소로 이동하고 캔버라에 있는 숙소를 급하게 찾아 예약했다. 그러면서 인터넷으로 등록했던 화이트카드의 발송을 캔버라 숙소로 바꾸고 은행카드 역시 주소지를 바꾸는 작업을 한 뒤 일단 일할 때 필요하다는 필수제품인 안전화 작업복 헬멧 보호안경을 구매하고 그제야 마음이 조금은 나아졌다. 생각했던 계획은 다 틀어지고 잦은 이동으로 가져온 돈도 아슬아슬하게 남았지만 조급하고 예민해져 봤자 실수만 남발하게 될 것이었다. 울적해진 마음을 털고 있는데 친구가 온 김에 내일 바다 보러 가자 물어봐서 같이 떠나기로 했다. 시드니에서 유명한 본다이 비치를 갔다. 청량한 바다색과 파도치는 소리, 불어오는 바닷바람에 마음이 풀리는 기분이 풀리고 있었다. 다 잘될 거야. 모든 것들이. 유명하다는 피시엔 칩스를 먹고 버스를 타고 숙소에 향하는 길이었다.

　찡찡 거리며 진동하는 핸드폰을 꺼내는데 갑자기 마음이 불안해져 갔다. 확인해 보니 이모가 카카오톡으로 보이스톡을 건 것이었다. 안 그래도 아픈 손가락인 내가 늦은 나이에 해외에 간다 해서 계속 말렸는데. 잘 있는지 확인 전화한 건가 싶었다.

"이모! 잘 지내시죠?"

"혜민아."

물기가 어린 목소리로 내 이름을 부르자 무슨 일이 터진 거구나 예감할 수 있었다.

"이모. 무슨 일이에요? 무슨 일 있죠?"

"놀라지 말고 들어. 화연이가. 화연이가. 교통사고를 당해서 죽었어."

순간 다리에 힘이 풀려 주저 앉으려고 하니 옆에 있던 현아가 급하게 나를 잡았다.

"이모. 이모! 무슨 말이에요! 얼마 전까지만 해도 잘 지내는 애가 무슨 말이에요!"

"새벽에 택시 타고 집에 오는 길에 음주 운전한 차에 치어 즉사했어. 전주이모 불쌍해서 어쩌냐... 아이고 그 어린것이 혜민아. 다들 너 간지 얼마 안 됐고 너한테는 나중에 이야기하자고 했는데. 그래도 알고 있어야 할 것 같아서 연락했어."

"안돼요. 거짓말이죠? 그럴 리 없잖아요!"

"혜민아. 뉴스에도 나올 정도로 크게 사고 났어. 지금 전주이모 계속 실신하고 다른 삼촌 이모 급하게 내려가고 있어. 너는 간지 얼마 안 됐으니까 오지 말고. 나중에 연락하자."

"이모 무슨 말이에요. 한국 가야죠."

"아니야. 혜민아. 네가 오면 장례식도 끝날 거고 돈만 많이 들어. 간지 얼마나 됐다고 와 친척들끼리 이야기했으니 오지 마. 나중에 이모한테 연락해. 이모 지금 들어가 봐야 하니까 다시 연락할게."

급하게 끊기는 전화를 멍하니 붙잡았다. 나보다 1살 어린 화연이는 어릴 때 자주 보았지만 지역도 다르고 나이 들면서 연락은 자주 안 하지만 건너 건너 소식을 들으며 지낸 친척이었다. 명절마다 만나고 소식도 들으면서 지냈는데. 갑작스러운 사고 소식에 머리가 멍해졌다. 앞이 일그러져 보이더니 방울방울 눈물이 떨어졌다. 기차 안에 많은 외국인 틈에서 세상이 무너진 듯 통곡하고 말았다. 어떻게 숙소에 들어간 지도 기억이 안 났다. 그저 숙소에서 울다 지쳐 자고 또다시 울었던 것 같았다. 벌써 하루가 지나 저녁이었다.

"혜민아. 밥 먹자. 그러다가 쓰러지겠어. 울어도 힘이 있어야 울지. 같이 밥 먹자."

라며 현아가 나를 끌고 식탁으로 갔다. 따뜻한 밥과 국 그리고 반찬이 몇 개 있었다. 밥 하기 귀찮아서 사 먹는 것도 알고 있는데 굳이 나를 위해 한인마트까지 가서 손수 차려준 밥상에 다시금 눈가가 촉촉해져 왔다.

"많이 차린 것도 없지만 그래도 한술 뜨고 기운 차려야지. 외국 나왔을 때 집에 큰일 있으면 어떤 기분인지 알아. 한국으로 당장 가야할 것 같은데 상황상가기도 그렇고 이미 간다 해도 모든 것들이 정리되어 있고, 자. 일단 먹자."

목이 막혀 왔지만 현아의 정성과 마음에 감사하며 천천히 밥을 먹었다. 그렇게 긴 식사가 끝난 후 식탁을 치우며 입을 열었다. 그동안 살아왔던 과정, 호주에 오게 된 이야기 그리고 그동안 마음에 걸렸던 이야기도 하게 되었다. 그동안 꽁꽁 싸매왔던 둑이 터져 버린 것처럼 나도 모르게 말하고 있었다.

"나 나름 열심히 살았다. 부모 없어서 배운 게 없다는 소리도 듣기 싫어서 일하면서 대학교도 갔고, 잘 나가는 사람까지 바라지 않고 그저 평범하게 살고 싶었어. 어릴 때 하교시간에 갑자기 비가 오면 부모님이 우산 들고 마중 오잖아. 나는 그게 부러웠어. 그래서 내가 결혼하고 애기가 생긴다면 나도 저렇게 해줘야지 내가 못 가진 것들 다 해주고 행복한 가족으로 살아야지. 이런 생각을 가지고 살았어. 그냥 큰 것을 바라는 게 아니라. 단란한 가족. 부자도 바라지 않고 같이 먹고살 수 있는 그런 것 말이야. 그런데 한국에서는 계속 꿈을 꿔 쫓기고 죽고 누군가 큰일이 나면 꿈에서 나타나 물론 좋은 것들도 있었지. 그런데 그게 한 번이면 되는데 계속해서 보여. 그리고 다른 사람들도 황당할 정도의 일이 계속해서 터지는 거야. 차라리 내가 실수해서 내가 선택해서 그런 일들이 일어났으면 받아들이는데. 그게 아니었어. 말도 안 되는 사건들이 일어나는 거야. 우울증, 공황장애, 불면증, 어둠공포증, 폭식증 그리고 잦은 야근으로 내 몸과 정신은 마른 가지처럼 메말라가고 있었어. 남들처럼 살고 싶었는데 날 놓아주지 않았어. 이러다 정말 내가 죽거나. 무당의 길로 가거나. 싶었어. 그걸 깨닫게 된 게 현관 비밀번호를 잊어버린 순간이었어. 내가 망가지고 있구나. 이렇게 열심히 살아왔는데. 나는 의지할 사람도 없는데. 한국에 있다가는 내가 바라는 것과는 전혀 다른 방향으로 살 거라는 확신이 들어섰었어. 그런데 한국을 떠나기 일주일 전에 친구 따라간 무당집에서 호주에 가면 단명할 거라더라. 네가 어딜 가냐고. 어떤 벌 받을 줄 알고 가냐고 어차피 돌아와서 이길 갈 텐데 라면서. 이 말 듣고 화가 났다? 그럼 나가서 죽겠다. 이 마음으로 왔어 내 인생 내가 살겠다고 이건 내가 선택한 거니까 후회 없다고 마음먹으면서 왔어."

한숨에 토해내듯 말을 하고 물을 마셨다. 차가운 물이 들어가자 들끓었던 마음이 조금은 내려갔다. 그리고 다시 입을 열었다.

"어느 순간부터 말이야 생각을 해봤는데. 엄마가 돌아가시고 3년 만에 아빠가 돌아가셨고 3년마다 내 주변사람들이 내 소중한 사람들이 죽거나 크게 아팠어. 처음에는 몰랐어. 생각해 보니까 마치 내가 기댈 수 있는 내 주변사람을 하나하나 가져가는 거야. 차근차근 누구에게도 의지 할 수 없게. 그래서 떠났어. 내 소중한 친구도 우리 친척도 누구도 그런 일 없길 바라서. 이것도 떠난 이유였지. 그런데 호주 온 지 단 2주 만에. 2주 만에 또다시 내 사람을 데려갔어 차라리 내가 아프면 내가 죽었으면 하는데. 점점 나 때문에 그런 건가 내가 문제인 건가 또다시 나를 자책하게 돼. 왜 나만 이런 일이 생기는지."

어느샌가 눈물이 흐르고 있었다. 억울하고 속상했다. 큰 욕심도 부리지 않았고 누구를 괴롭히거나 나쁜 짓도 하지 않았다. 그저 살기 위해 바둥치는 것 밖에 하지 않았는데 벼랑 끝으로 밀어붙이는 기분이었다. 현아는 묵묵히 이야기를 들어주다. 조심스럽게 내손에 티슈를 쥐어주었다. 그리고 이야기를 했다.

"혜민아. 나도 이런 이야기 어디서도 하지 않았는데. 우리 고모가 무당일을 하시다가 크리스천으로 바꾸셨어 그리고 얼마 되지 않아. 나한테 이상한 일이 벌어졌었어."

티슈로 흐르는 눈물을 닦다가 현아의 이야기에 고개를 들었다.

"아.... 진짜. 이런 이야기 안 하는데. 고모 쪽에서 그만두신 뒤 나한테 내려온 거야. 한국에서 나는 일상생활을 하다가 사진처럼 보였어. 예를 들면 갑자기 시계가 보이는데 11시 30분이야. 그리고 내 친구가 보이고 또다시 다른 장면이 보이는데 친구가 봉변당하는 모습이 보이는 거야. 그래서 급하게 전화를 했지. 너 지금 어디냐고 당장 집에 가라고 지금 옷차림은 이렇고 머리는 이렇게 스타일하지 않았냐고 그렇게 말하더니 맞다더라고 당장 집에 가라고 너 오늘 안 좋은 일 생길 것 같으니까 가라고 그랬었어. 그리고 가끔은 사람이 아닌 다른 걸 느낄 때가 있었어. 고모가 미안하다고 사과하면서 피볼 수 있는 직업 혹은 연예인 아니면 경찰 쪽으로 일을 하는 거 어떻냐고 이야기하길래 병원 쪽에 일하고 있었지. 그 덕분에 조금은 증상이 완화가 됐었어."

현아의 이야기를 듣는 순간 어안이 벙벙해졌다. 이거 트루먼쇼 인가? 세상이 짜고 날 속이는 것인가? 나와 비슷하게 이런 일을 겪고 있는 사람이 여기에서 이 순간에 만난다고? 지금 꿈을 꾸는 것인가? 혼란스러웠다.

"혜민아. 놀란 건 알겠는데 입은 다물고 침 떨어지겠다. 나도 놀랬어. 비슷한 사람이 있다는 것에 증상은 완화됐지만 그 뒤로 계속 내가 아닌 것 같았어. 안 마시던 술을 마시게 되고 예전과 점점 달라지게 돼 가는 거야. 그래서 나도 한국을 떠나왔어. 혜민아. 네가 갑작스럽게 친척이 떠나서 슬픈 것도 알아. 나였어도 당장 한국에 가려고 했을 거야. 하지만 친척이 말씀해 주신 것처럼 급하게 한국을 가도 이미 장례도 끝나고 너 한국에서 집도 정리해서 친척네에 머물러야 하잖아. 그리고 네가 사정이 넉넉하면 모르겠는데. 지금 가져온 돈도 계획이 틀어져서 간당하게 남은 상황이고 한국 가면 다시 이런저런 걸로 돈도 나가고 비행기 티켓부터 여러 가지 생각해도 300~400 정도 나가. 그리고 다시 준비해서 오게 되면 몇 개월은 아르바이트해서 와야 할 거야. 나중에 이모에게 연락드리고 한국에 갔을 때. 찾아가. 그게 좋을 것 같아."

한참을 고민했던 마음을 읽기라도 했는지 현아는 조심스럽게 말을 꺼냈다.

"응…. 다른 이모랑 삼촌에게도 물어봤는데. 너 말처럼 말하시더라. 미안하고 죄송하고. 가는 날에 인사라도 해야 하는데. 내가 너무 무능력한 것도 원망스러워. 아직 어린데 웃는 모습이 너무나 사랑스럽고 착했어. 성인이 돼서 자주 연락은 못해도 만나면 반갑고 즐거웠어. 당장 한국에 가야 하는데 망설이는 나도 병신 같고."

메마른 목소리로 머리의 필터 없이 순수하게 마음속 이야기가 나왔다. 현실적으로 돈도 문제였고 얼마 남지 않은 세컨드비자 기간 여러 가지가 걸렸다. 한심스럽다. 이기적인 년 온갖 생각이 뒤엉키고 있었다. 열길 물속은 알아도 사람 속은 모른다고 그 말이 내 마음이었다. 죄책감에 미안함에 현실에 모든 것들이 치고 들어왔다.

"혜민아 우리 다른 이야기 해보자. 지금 깊이 생각하지 말고 잠시만 잊고 내일아침에 어떻게 할지 정하자. 어때?"

한동안 말없이 생각에 빠진 나를 위해 현아는 조금이라도 마음을 풀어주기 위해 노력하는 모습이 보였다. 갑작스러운 연락에 집도 같이 셰어 해주었고 (당연히 머무는 동안 숙박비는 내겠다고 이야기했다.) 나를 위해 챙겨주기 했는데. 계속 우울한 모습을 보일 수 없었다.

"무슨 이야기를 할까. 그래 너는 어떤 일들이 있었어?"

내가 겪은 기묘한 일들을 꺼내기 시작했다. 2011년도 일본에서 있었던 대지진부터 예지몽, 그리고 이상한 현상들을 같이 이야기하고 현아의 보이는 것들에 대해 이야기를 했었다. 둘 다 이런 이야기를 하면 허언증이 있나 싶은 눈초리로 보고 가끔은 앞날은 어떻게 되는지 물어보고 로또 번호 좀 알려달라 하는데 나도 알고 싶다고 말하자 현아도 격하게 동감했다. 혼자만 이상한 일들을 겪는 게 아니었다. 누군가에게 말해도 안쓰럽게 바라보고 친구들은 가끔은 소름 끼쳐하고 놀라기도 하면서 도와줄 수 있는 방법이 없어 안타까워했었는데. 현아에게는 동지애가 피어나고 있었다. 그동안 있었던 이해 못 할만한 일들을 주고받았다. 서로 다르게 보이지만 같은 부분도 있었다. 누구도 이해 못 할 일들을 이해해 줄 사람이 있다는 것에 감사할 뿐이었다. 한참을 기묘한 이야기를 나누던 순간이었다 한참을 이야기하던 와중 이상하게 주변 온도가 내려가는 기분이 들었다. 그때 현아의 동공에 지진이 난 듯 흔들렸다.

"혜민아. 너도 느꼈지."

온도가 내려갔다 느껴지면서 조금씩 올라왔던 닭살이 순식간에 올라왔다. 기가 맞아서 그런가 나 역시도 무언가가 느껴졌었다.

"내 주변에. 주변에 있어."

현아는 겁을 먹은 목소리로 말했다. 나는 아무 말하지 않고 현아를 지켜보았다. 격하게 떨리던 눈동자가 점점 느려지더니 눈에 보이게 동공이 풀려가는 것이 보였다.

"무.... 무서워....."

입도 힘이 풀려가는 듯이 말이 어눌하게 나왔다. 얼마 알지도 못한 나를 위해 많은 것을 배려해 주고 위로해 준 친구가 자기 자신을 잃고 마치 귀신이 몸을 뺏어가는 듯이 보였다. 순간 화가 치밀어 올라왔다. 생각할 세도 없이 현아에 뺨을 쳤다.

"씨발. 정신 안 차려? 뺏길 게 없어서 이 몸을 뺏겨? 야. 눈 똑바로 떠. 어디 내 앞에서 내 친구를 노려!"

순식간에 말이 튀어나왔다. 내가 이런 거 보지 않으려고 여기까지 다 버리고 왔는데 이런 걸 또 보다니. 그리고 내 앞에서 내 친구를 뺏어가려는 것 같아서 속이 뒤집어졌다. 그래서 말이 더 단호하게 나갔다.

"나봐. 현아야. 이 세상에 돈도 물건도 뺏길 수 있지만 너 자신은 뺏기면 안 되는 거야. 너의 몸은 네가 지켜내야 하는 거야. 정신 차려. 힘도 없는 귀신인지 뭔지 한테 왜 너의 눈을 주려고 해. 너는 강인해. 할 수 있어. 눈에 힘줘. 내 앞에서 내 친구를 빼앗아가려고 해!"

몸이 가는 대로 일어나서 현아의 머리를 털어주고 등도 털어줬다. 그렇게 몇 번을 하고 있더니 현아가 말을 했다.

"혜민아. 나. 어깨도 털어줘. 양쪽으로."

얼굴을 보니 눈동자는 돌아오고 기운이 빠진 목소리로 살며시 어깨를 들이밀었다. 나도 모르게 눈에 힘이 들어갔는지 괜찮아진 현아의 모습을 보니 살짝 힘이 빠졌다.

"그래그래. 이쪽으로 와봐. 다 털어 줄게. 하나도 안 붙게. 그리고 절대 뺏기지 마. 너의 몸은 너의 것이야. 누구의 것도 아니야. 너의 인생이야."

아까보다 힘이 빠진 소리로 이야기하고 먼지 털이게 마냥 현아를 털어 줬다. 이게 맞는지도 모르겠지만 일단 좋아졌다고 어깨도 털어달라하는데 틀리진 않은 것 같았다. 그리고 슬며시 말을 했다.

"현아야. 그런데 아까 내가 너 때려서 미안해. 아니. 네가 눈이 막 풀리고 하는데. 위험하다 싶으니까. 그냥 손이 나가더라고 나 사람 때리는 애 아닌데 정말 미안해."

"아냐. 나도 알아 나도 놀랐어. 너 아니었으면 나도 어떻게 될지 몰랐어. 고마워. 그리고 네가 말한 것처럼 나도 안 뺏길게. 멍해지는 와중에 네가 뺏길 게 없어서 내 몸 뺏기냐는 소리가 확 찌르더라.

어우. 정신이 확 들더라."

"어휴. 이 새벽에 무슨 일이냐. 춥지? 따뜻하게 샤워하고 와. 이제 자자."

방에 들어가 누워있자 현아는 샤워를 끝내고 머쓱한 표정으로 방으로 들어왔다.

"오늘 고마웠어. 현아야. 네가 옆에 없었으면 나 혼자 너무 힘들었을 거야. 옆에서 있어준 것만으로도 고마운데. 챙겨주고 위로해 줘서 더 고마워."

"아니야. 안 그래도 심란한데. 못볼꼴 보여서 미안해. 아까 고마워."

분위기가 멋쩍어 고개 숙여 이불을 바라보다. 현아를 힐끗 쳐다보았을 때 동시에 눈이 마주쳤다. 그리고 웃음이 나왔다. 둘이 한참을 웃었다.

"우리 참 기구하다 해야 할지 웃긴다. 나 한국 안 갈 거 같아. 잠시 생각해 봤는데. 바보같이 망설인 시간도 있었고 내일 아침비행기를 타도 안 맞을 거야. 그 대신 내일 아침에 성당에 가서 동생을 위해 기도하려고 멀리서나마 내가 할 수 있는 행동을 하는 게 맞을 거 같아. 그리고 난 무당 쪽은 아닌 거 같아. 아까 일로 더 그렇게 느껴진 것 같아. 정신이 확 들더라. 너한테 말하던 이야기가 나한테도 하던 말이더라고 이게 뭐라고 내 인생을 휘둘려 살고 있지? 나 스스로 가스라이팅하고 있었나? 내 앞날도 잘 모르는데 남의 인생은 어떻게 알겠어. 이제야 주변에 휘둘리지 않고 내가 선택한 일에 내가 책임을 질 수 있는 상황이 됐어. 여기서도 이상한 일이 생길 수 있지 한국에서 그래왔던 것처럼. 하지만 피하지 않으려고 쥐도 막다른 골목에선 문다잖아. 그러려고 뭐. 발버둥 치고 그런 생각 안 하고 사는데. 이게 진짜 평상시에도 보이고 말이 막 나오고 정말 이 길이다 싶으면 그때는 받아들이지 뭐. 나 무당 하면 빌딩도 살 수 있게 인기가 많을 거라는데. 까짓 거 돈 좀 만져보자. 내가 뭐라고 주변사람이 큰일 당하고 그러겠어 고작 나로 인해 그런 일은 없는 거 같아."

요 근래 휘몰아치는 폭풍에 쓸려다니다가 폭풍의 눈에 들어간 것처럼 마음이 고요해졌다. 현아를 기다리는 사이 어느 때보다도 차분한 마음으로 생각을 정리했다. 그리고 결정을 내렸다.

아침에 눈을 떠 시드니에서 유명한 성당을 찾아. 화연이를 위해 기도를 했다. 한국 가면 내가 인사하러 갈게. 못 가서 미안해. 좋은 곳에 가기를 이모가족이 잘 이겨낼 수 있기를. 한참을 기도하고 성당에서 나오자 비치는 햇살에 눈이 부셔 앞이 잠시 보이지 않지만 앞을 걸어 나갔다. 한발 한발 신중하게. 언젠가 이런 이야기를 가볍게 할 수 있는 날이 올 것 같은 기분이었다.

몇 년 뒤

말도 안 통하는 이곳에서 어느 정도 자리를 잡았고 어떤 일이 있더라도 함께 이겨 낼 수 있는 사람을 만났다 그 몇 년 동안 평탄하지는 않았다. 사기도 당하고 여러 번 지역이동도 하고 세계적으로 이슈가 된 산불에 코로나로 일도 못하는 상황도 왔었다. 그래도 견뎌 내고 살아갔다. 아마 지금 이 글을 쓰고 있는 것은 이제야 아프지 않고 불안하지 않으면서 말할 수 있기에 글을 쓰는 것이라고 생각한다. 이 글을 쓰고 더 이상은 이 이야기를 하지 않을 것 같았다. 마치 뱀이 허물을 벗듯 이건 나의 허물인 것이다. 원하는 것처럼 남들과 비슷하게 평범하게 살아보고 더 나은 미래를 꿈꾸고 있다. 내가 나로서 사는 기분이 든다.

가시 꽃

송은아(宋恩我)

송은아
(宋恩我)

반려 식물 선인장을 키우는 걸 좋아한다. 몇 달이 넘게 물을 주지 않아도, 자연 채광만 있어도 가시가 자라는 선인장이 신기하다. 세아라고 이름까지 지어주었다. 가시을 만져보면 아프지는 않지만 혼자서도 꽃이 피고, 지는 걸 보면서 기쁨을 느낀다. 할미꽃이 이쁜 것 처럼 세아가 잘 자라줄 때마다 힘이 생긴다. 가시가 많은 세아는 강한 할미 꽃 같다.

인스타그램: @1004_seabook

1막

모기가 기승을 부리는 여름. 세아의 얼굴이 길목 곳곳에 썬팅이
잘 된 차량 유리면에 비친다. 주변을 살피며 휴대폰을 꺼내려다 웃
으며 다가오는 아르바이트생에게 전단지 한 장을 받는다.

알바생: (웃으며 전단지 한 장 내민다) 저, 행사 중입니다. 감사합니다!
세아: (전단지 보며 눈으로 힐끔 읽는다) 헬스장? 여기 새로 생겼나
　　보네.
알바생: (힐끔 거리며) 네! 바로 앞 건물 8층에 새로 생겼어요! 오늘
　　오셔서 상담받아 보세요!

망설임 없이 세아는 헬스장을 찾아간다. 에스컬레이터를 타고 문
을 열자마자 생각했던 것보다 머신이 많고, 큰 헬스장 내부에 눈을

사로잡았다. 운동하는 회원들 중 러닝머신 뛰며 땀을 흘리는 걸 보면서 세아는 두 주먹을 쥔다. 심장 박동을 빠르게 뛰게 하는 거 같았다.

세아: 헬스장을 한번 다녀 볼까? 누구한데 상담받지? (직원에게 다가가) 오늘 처음인데요.

인사하며 직원 희수가 안내를 돕는다.

희수: 안녕하세요! 저희 헬스장 처음이신가요?

희수에게 헬스장을 돌아다니며 머신들의 명칭을 듣는 세아.

희수: 저희 헬스장이 좋은 게 뭐냐면 24시간이고, 부담 없이 회원 가입만 하시면 운동을 할 수 있어요. 그리고 주차도 3시간 무료고, 머신들이 꽤 많아요. (데스크를 가리키며) 여기 잠시 앉으시겠어요? 몇 가지 안내해 드릴게요.

   세아는 친절하게 안내해 주는 희수를 보며 헬스장에 다니려고 다짐한다.

세아: 제가 헬스는 처음인데.

희수: 맞아요. 처음부터 운동을 잘하는 사람이 어딨겠어요? 이번에 결제하시면 OT 3회 정도는 알려드릴 수 있어요. 꾸준히 나오시기만 하면 됩니다. 회원님!

세아: OT요? 선생님이 알려주시는 거예요?

희수: 아마 제가 하게 될 것 같아요.

세아는 첫인상이 좋고, 친절하게 안내해 주는 희수의 태도에 믿어 보기로 하고 회원 등록지 기입란에 이름과 휴대폰 번호를 적고, 결제를 한다. 희수는 여자 탈의실, 운동복 등 안내 수칙 그리고 개인 물품 보관대까지 설정해 준다. 상담 데스크에서 이번 달 이벤트로 헬스 등록을 해준 선착순 회원에게 무료 OT 수업을 3회차 해준다며 일정을 잡는다.

희수: (개인 노트를 보며) 회원님, 이번 주 시간 어떠세요?

세아: (당황을 하며) 샘, 저는 오늘이라도 상관없어요. 회원복도 결제했고, 집도 가까워서.

희수: 운동 뭐 배워 보신 적 있어요?

세아: 아니요.

희수: 집이 여기서 가까우면 회사는요? 직업이 뭐예요?

세아: 통역사예요.

희수: (놀라며) 통역사요? 외국어 전공했어요?

세아: (결제한 카드를 지갑에 넣으며) 중국에서 학교 졸업했어요.

희수: 그럼 중국어 잘 하겠네요? (웃으며) 니하오?

세아: 니하오, 워스 쏭은워 니너?

희수: (머리를 긁적이며) 니츠차마?

세아: 니츠파러마. 맞죠? 그거 무슨 뜻인지 알아요?

희수: 그거 욕 아니에요?

세아: (힐끔 두 눈동자를 아래로) 밥 먹었니? 라는 뜻이에요.

   희수는 중국어 잘하는 세아에게 묘하게 끌렸지만 운동 관련 대화로 다시 말한다.

희수: 오오, 중국어 할 줄 알아서 좋겠어요. 운동 뭐 배워 보고 싶어요?

세아: (고민을 하다가) 그냥 이뻐지고 싶어요.

희수: (의아해하며) 최고의 성형은 뭐, 다이어트긴 한데. 항상 이 시
     간에 운동 올 수 있어요?

세아: 아뇨, 오전에도 가능하고, 주말도 상관없어요. 여기 24시간 아
     니에요?

희수: (당황을 하며) 24시간은 맞는데, 저랑 OT 수업 시간요.

세아: 앗! 퇴근하면 항상 이 시간이죠. 오늘도 가능해요?

희수: (당황을 하며 말을 돌린다) 회원님 그럼 이따 저녁에 올 수 있
     어요?

세아: 이따 몇 시요?

희수: 때 마침 7시 반에 비어 있는데 괜찮아요?

세아: 집이 가까우니 운동화만 가지고 오면 괜찮아요.

희수: (끄덕이며) 그래요. 이따 봐요.

헬스장 밖으로 나와 보니 저녁이 다 되어 있었다. 집 가는 길이 발걸음이 가벼워진다.

휴대폰을 만지작거리며 혼잣말한다.

세아: 생각해 보니 운동하는 사람이 정말, 많네. 나도 오늘부터 운동 열심히 해야지!

집으로 돌아와 운동화 챙겨서 급히 헬스장으로 다시 간다.

[시장 소음] 행인들과 시장 상인들 목소리가 곳곳에서 들린다. 배달하는 오토바이 소리까지.세아의 집은 꼭 시장 길을 지나야지만 가는 건 아니었지만, 시장 골목이 그나마 사람 냄새가 나고, 정답게 느껴졌기에 항상 시장을 거쳐 집으로 갔다. 몇 시간 전 발급받은 헬스 이용 카드를 찍고, 여자 탈의실에서 회원복으로 갈아입는다. 어리둥절한 표정으로 탈의실에서 나와 헬스장 내부 살피며 휴대폰으로 카메라 찍어 댄다.

세아: (포즈를 취하며 혼잣말) 사진 한번 나도 찍어 볼까? 어디에서 찍지?

세아는 헬스장 내부를 돌아다니며 스트레칭할 수 있는 요가 매트 거울 존으로 향한다. 연 분홍색 회원복을 입은 세아. 인증 샷 찍고 있는데 누군가 말을 건다.

예린: (옆 눈으로 보며 인사한다) 안녕하세요. 처음 오셨어요? 전 예
　　　린이라고 해요.
세아: (늘씬한 예린의 모습에 의기소침하며) 안녕하세요. 네, 처음이에요.
예린: (반기며 이름을 묻는다) 전 여기 요가 강사예요. 성함이?
세아: 전 세아라고 해요.
예린: 오늘 요가 수업이 있는데 배워 볼래요?

요가선생님이 자신의 수업을 들으라며 예약지을 작성하라고 내
민다.

예린: (GX실 가리키며) 이따 8시 타임에 수업하는 데, 수업 받으러
　　　오세요.
세아: 제가 오늘은 OT 받아서요.
예린: 그럼, 나중에 수업 와요.
세아: (단호하게) 네.

세아는 늘씬한 요가 선생의 귀티가 내심 부러워 의기소침하며 자
신을 찍던 휴대폰을 만지작거리며 곁눈 질한다.

세아: (얼굴빛이 안 좋다) 칫, 요가 선생이면 요가 선생이지, 왜! 말을 걸고 그래! 괜히 사람 기분만 상하게 만들고, 누구는 그런 옷 못 입어서 안 입는 줄 아나?

휴대폰을 다시 보며 무언가를 검색하며 붉어진 얼굴로 혼잣말을 한다.

세아: 옷이 날개라고 어디 한번 보자. 나도 사서 입으면 될 거 아냐!

휴대폰으로 헬스 관련 정보을 검색 하며 세아는 다시 한번 말 한다.

세아: (다짐을 하며) 그래, 나도 이참에 젊은 내 나이을 보여줄 거야!

세아는 헬스장 끝 쪽 예린이가 말한 GX룸에 가본다.

세아: (팔짱을 끼며 회원들을 힐끔 본다) 나랑 다를 게 하나도 없네, 나도 늘씬한 몸매를 가질 수 있다고! 두고 봐, 나도 멋진 여자 가 될 거야!

심술 가득 찬 표정으로 씩씩 거리다가 헬스장 벽면에는 트레이너 들의 약력을 본다.

세아: (감탄하며) 어! 이거 뭐야? 멋있다! 너무 멋있어! 대박인데!

그리고 바디 프로필 사진들이 눈길을 끌었다.

세아: (두 주먹을 쥔다) 나도 이런 사진 찍고 싶어. 정말로!

[팝송 음악] 헬스장은 저녁이 찾아오자 더 클럽처럼 변했다. 이런 분위기가 운동을 하고 싶게 만들었다. 자신도 찍어 보고 싶다는 의욕과 패기를 발산하고 싶었다.

세아: 그래, 1년 헬스 등록했는데, 해보지 뭐!

자신감 가득 찬 세아의 모습은 꼭 클럽에 놀러 온 여 대학생처럼 생기 있고, 방금 전 늘씬한 몸매를 뽐낸 요가 선생을 부러워하는 모습은 사라졌다.

희수: (7시 반 수업을 끝내고) 회원님! 잠시 이쪽으로.

희수 샘과 OT 수업을 앞두고 상담 데스크에서 인바디을 해보자고 한다. 인바디 기기에 올라서자 키, 몸무게, 여성 입력 후, 결과지가 나온다. [즉즉―인쇄가 완료] 인바디 화면에 뜨며 빠르게 희수 샘이 본다.

희수: (차분한 어조로) 다이어트을 해봐야겠네요?

세아: (긴 한숨) 어떻게요?

희수: (상담 데스크에서 일어나며) 일단 오늘은 첫날이니깐, 무리하지 말고, 따라와요.

세아: 오늘부터 바로 운동해요?

희수: 당근이죠!

OT 첫날은 무난하게 30분을 수업했다. 30분 동안 유산소 할 수 있는 운동 머신을 알려주곤 운동의 중요성을 알려주었다. [거친 숨소리] 세아가 기진맥진하여 물을 찾았다.

희수: 다 마셨어요? 벌써 지치면 어떡해요? 물통 가지고 다녀요.

세아: (단호하게) 샘!

희수: 네, 회원님.

세아: (씩씩하게 선생님한데 말을 한다) 저, 저기 있는 바디 프로필 찍고 싶어요!

희수: (당황) 봤어요? 근데 오늘 첫날인데? 너무 목표를 크게 잡는 거 아니에요?

세아: (눈치 보며) 왜요? 저 같은 돼지는 바디 프로필 못 찍어요?

희수: (억지웃음) 설마요. 그런 말이 어딨어요?

세아: (고민하는 표정으로 상담데스크 쪽에서) 저 PT 받고 싶어요.

희수: (당황하는 표정을 숨기며) PT요?

세아: (똑똑하게 손짓을 하며) 네! OT 첫날이니깐, 두 번 남았고, 계속 운동할래요.

희수: 뭐, 회원님이 하고 싶으면 하면 되죠. 근데 PT 받아 본 적 있어요?

세아: 아니요!

희수: 일단, 바디 프로필 촬영 목적으로 운동을 해보면 되겠네요.

세아: 얼마나 걸릴까요?

희수: (인바디을 찾으며 다시 대답한다) 사람마다 다르긴 한데, 짧으면 3개월?

세아: 단기간에는 못 하죠! 아무래도 10년?

희수: (웃음) 그건 너무 길고요.

세아: (한숨) 걱정되네요.

희수: 당연히 걱정되죠. 처음 운동을 시작하는 거니깐, 다이어트 식단, 그리고 필요한 거. 공유해 줄게요. 저희 카톡 친구 추가할까요? (각자 휴대폰을 열고 카톡 친구 추가을 한다)

세아: [카톡! 알림] 이게 무슨 링크예요?

희수: 여기서 골라서 주문해 봐요. 그리고 BCAA랑 L 아르기닌이랑 아마 필요할 거예요. 허리 보호대랑 스트랩도 구매하고요. 헬스 가방도 골라서 가지고 다니고.

세아: (신기해하며) 감사해요!

희수: 근데 길게 운동하는 걸 추천드려요. 다이어트라는 게 요요현상이 올 수 있어요. 프로필이 목적이면 1년을 잡고 해봐요.

세아: (고민을 하며) 그럼 20회 가지고는 안되겠네요?

희수: (한숨) 긴 싸움이 될 수 있어요. 몇 회라고 정하지 말고, 운동해
      봐요. 내일이랑 내일모레마저 OT 수업 마무리하고, PT 수업
      해보죠.

세아: (기뻐하며 PT 계약서에 서명을 한다) 좋아요! 근데 샘, 정말 찍
      고 싶어요.

희수: (웃으며) 일단 해봐요. 오늘은 OT 수업 끝났고, 운동 더 할 거
      예요?

세아: 당연하죠! 샘 내일 저녁 7시요!

  희수는 알았다며 내일 일정표 7시부터 7시 30분 OT 회원 세아라
고 이름을 적어 놓고 다음 수업을 하러 상담 데스크에서 일어난다.

세아: (눈 인사를 하며) 샘! 그럼 수고하세요.

희수: 운동 마무리하고, 집에 가서 아까 링크 확인해 봐요.

세아: (해맑게) 네~ 감사해요!

  멋진 사진을 찍을 수 있을 거라는 설렘과 아까 인사해 준 예린이
를 생각하며 웃는다.
  아마, 나도 너와 같은 늘씬한 여자가 될 수 있다는 희망에 GX실
밖에서 예린이를 본다.

세아: (요가 수업을 구경하며) 음, 나도 조만간 늘씬해질거야!

마음 같아서는 요가 선생을 만나서 얘기해주고 싶었지만 저녁 9시에 끝나는 수업을 마냥 기다릴 수 없어 탈의실에 들어가 회원복을 벗는다.

세아: (혼잣말) 그래도 땀을 많이 흘렸네, 얼른 나가야지.

〔도시 소음〕 대중교통 버스, 차량, 깜빡이는 초록불 꺼져가는 신호등 알람 소리가 헬스장 밖은 세상이 달라 보였다. 늦더위가 찾아와 모기가 잠을 이루지 못하게 윙윙- 거린다.

세아: (자신의 방에서) 그래도 운동은 했다고 피곤하네.

집으로 돌아와 샤워를 하고, 휴대폰으로 다이어트용 식단을 검색하느라 손가락이 빠르게 움직인다. 적당한 가격으로 다이어트용 닭가슴살을 주문한다. 식단 또한 하나의 다이어트니깐, 예전만큼 운동하기 좋아졌다는 생각에 새삼 감탄하며 멍 때린다.

세아: (방에 누워서 휴대폰을 만지작거린다) 어디 보자, 생각해 보니깐, 회원복 결제하지 말걸 (자책하며 긴 한탄) 아까 요가 선생예? 예린샘!! 처럼은 아직은 레깅스 입기 늘씬하지 않으니깐 조금만 빼고 입지 뭐 나도.

본 격적으로 PT을 받는 세아는 몇 주 만에 어설프기보다는 전문
가스러운 모습을 뽐내기까지 했다. 데드리프트 중량도 올리며 손목
에는 스트랩과 허리에는 허리 보호대를 감싸며 운동에 열중하는 모
습이 멋져 보이기까지 요가 선생도 그런 모습을 응원한다.

예린: (응원을 하면서) 멋있어요! 회원님 몇 kg예요?
세아: (원판을 보며) 100kg는 넘죠.
예린: (감탄하며 박수 세레) 세아씨 맞죠? 몇 달 만에 정말, 멋있어요!
세아: (쑥스러워 하며) 감사해요! 열심히 해볼게요.

원하던 레깅스와 달라붙는 옷도 과감하게 입을 줄 아는 당당함을
보여줘서 그런지 칭찬에 더욱더 자신감을 가졌다. 순탄하게만 운동을
해온 것은 아니다. PT 샘인 희수랑 약간의 트러블이 있었다. 유산소
을 더 하라고, 체중보단 체지방이 우선이라며 복근 운동을 강요했다.

희수: (강하게 말을 한다) 정말 이럴 거예요? 운동을 하겠다는 거 맞
    아요?
세아: (시무룩) 알았어요...
희수: (잔소리 시작한다) 여러 번 말했잖아요! 운동은 매일매일 나와
    서 해야지!
세아: (시무룩해 하며) 알았어요.
희수: (의심하는 눈초리로) 식단은? 잘 하고 있는 거 맞아요?

세아: 잘 하고 있어요.

희수: (다시 한번 강하게) 운동은 누가 해주지 않아요!

세아: (급히 자리 뜨며) 알겠어요!

희수: 말로만 알겠다 알겠다 하지 말고, 내일도 나와요.

　하루가 달라져 가는 세아의 모습에 희수는 열정적으로 알려줬다. 세아는 희수에게 말을 거는 날에는 자기랑 운동 메이트 하자고 할까봐 혼자 몰래 운동한 적도 있었다. 그런 마음도 몰라주고 매번 쓴소리만 하지만 희수샘이 내심 좋았다. 관심도 없으면 악담도 없으니깐.

세아: (혼자 속으로) 쳇, 괜히 좋으면서. 몇 달만에 가져보는 치팅 데이!

세아: (웃으며 신난다) 먹자 먹자! 아, 흰쌀 밥 너무 먹고 싶었어! 이
　　　김치 맛도!

　치팅 데이때 고작 먹은 거라곤 흰쌀밥과 김치가 전부였지만 맛있게 먹는다. 하루는 운동을 이젠 그만해도 된다는 칭찬을 들어도 욕심이 생겨 안 하면 불안에 휩싸였다. 그 사이 도시 소음으로 가득 찬 길에는 은행잎이 떨어져 겨울옷을 입고 있는 나무들 사이로 어김없이 헬스장에 가고. 몇 달 전 만에 해도 이런 변화가 찾아올 거라 가족들도 응원은 커녕 믿지 않았기에 독기로 오기로 정말 진심으로 해냈다.

희수: 조만간 촬영 날짜를 잡아도 될 거 같은데요?

세아: (놀라며) 네? 정말요?

희수: 당연하죠! 이젠 겨울도 다 지나가고, 봄 오기 전에는 촬영할 곳을 알아봐요.

세아: 선생님이 추천해 줄 수 있어요?

희수: 그래요.

세아: 감사해요!

PT 수업 종료를 앞둔 봄이 다가오는 시점 추천받은 전문 바디 프로필 사진관을 고른다. 가격과 사진작가 프로필 보고는 마음에 들어 촬영 날짜를 잡는다. 어떤 포즈로 촬영을 할지 퍼포먼스와 의상까지 알아보고, 마지막 촬영 날까지 최선을 다했다. 촬영을 앞두고 빨리 물을 마시고 싶다는 생각으로 가득 차 있었다. 계속해서 사진작가는 더 멋진 포즈 요구하며 세아를 괴롭혔다.

2막

작년 여름을 생각하며 늦장을 부리며 휴대폰을 만지작거린다. 이메일을 연다. 역시나 바디 프로필 원본이 도착해 있는 것이다! 세아는 자신의 노트북으로 원본을 다운로드해 1000여 장이 넘는 사진들을 하나하나 넘겨보며 사진 8장을 고르고 있다. 아주 신중하게 아마 자기 자신의 바디 프로필을 보고 좋아하는 게 변태스럽기까지 했다. 사진을 고르고 골라 사진 한 장, 한 장이 정말 기쁨의 그 자체였다. 손 빠르게 희수에게 몇 장의 사진을 보여주면 얼마나 기뻐할지 궁금해한다.

세아: (혼자 싱글벙글 거리며) 샘도 좋아하겠지? 헬스장 가야지! 말 없이 가야 겠다! 놀라겠지?

[물 샤워 소리] 화장실 거울 앞에 있는 자신의 모습이 낯설다.

세아: (거울 속 자신을 보며) 누구냐 넌?

거울에 손을 대보며 비친 얼굴이 친구들의 말처럼 물 먹은 쥐새끼 같았다.

세아: (어리광 피우며) 늙은 할망구 같아!

쭈글쭈글 한 자신의 모습은 건강한 면은 어디에도 찾아볼 수 없었지만, 조금이나마 좋은 건 온몸의 나쁜 노폐물이 빠져 얼굴에 난 여드름은 사라져서 피부가 좋아 보였다. 또한 얼굴을 제외한 몸에 태닝을 해서 그런지 근육의 선은 살아 숨 쉬고 있었다.

세아: (생각을 한다) 변태스러워, 내 얼굴. 항상 나던 여드름 그리고 뱃살이 없어져서 홀가분하고 좋은데 뭔가 나 같지가 않지? 이상해.

노래를 흥얼거리는 세아.

세아: (젖은 타월로 머리를 말리며) 머리가 많이 빠지네? 다이어트의 부작용인가?

머리카락이 빠진 걸 보면서 작년과 달라진 모습에 신기하고, 탈모가 걱정이 되지만 내심 좋은 티는 어쩔 수 없이 표정에서 드러 난다. 옆구리를 감싸던 껌 같은 지방들이 더 이상 걸림 돌이 되지 않는다는 현실에 너무 행복해하는 모습이다.

세아: (계속 표정은 밝아 보인다) 어디 손톱 발톱을 깎아 볼까?

발톱을 깎을 때 두툼한 지방으로 만들어진 뱃살 때문에 자르지 못하기 일수. 양말에 구멍이 나기 수어 차례 이제는 그런 지방이 접히지도 않는 이런 날도 오다니 정말 기뻤다. 옷 방에 노래 틀어두고, 맞지 않는 옷들 사이로 입고 나갈 옷을 고른다. 옷에서 오래된 시큼한 냄새가 인상을 쓰게 했다.

세아: (옷 냄새를 맡으며) 냄새! 이런 옷을 더 이상 입지 않아도 돼서 좋네.

사람이 이렇게 달라 질 수 있구나. 싶은 세아는 버릴 옷 들을 보면서 흐뭇해 하기도 하고, 한편으로 옷을 다시 사야 한다는 막막함에 사로 잡혀 다시 살이 찔 수 있다는 직감으로 버리는 건 잠시 중단 한다.

세아: (바쁘게 움직이며) 얼른, 나가자.

[시장 소음] 오랜만에 시장 상인들의 시끄러운 길을 지나가면서 세아는 싱글벙글이다. 헬스장에 도착해서 샘을 찾았지만 출근 전이라 보이지 않았다.

세아: (실망스러운 표정으로) 안 오셨네?

어김없이 팝송이 나오고, 오늘만 사진을 보여줄 날이 아니라는 걸 알았지만 사진을 자랑하거나 칭찬을 받고 싶어서 아마 애타게 샘을 찾는 거처럼 보인다.

세아: (긴 한숨 끝에) 어쩔 수 없지.

  포기를 모르고 세아는 운동복으로 갈아입고 스트레칭 시작으로 운동을 하고 있다. 그 모습을 지켜보던 다른 트레이너 윤재가 흐뭇해하며 손을 흔든다.

세아: (고개를 끄덕이며) 안녕하세요!

  관심도 없으면 악담도 안 한다는 말 항상 생각 해왔었다. 악담보다 무서운 건 무시였다. 자신을 응원해 주는 사람들이 꽤 많았다는 걸 감사하게 느낀다. 운동을 하면서 배운 건 인내와 끈기가 아닐까. 싶은 세아는 인생에서 도전을 무서워하지 않게 되었다. 두어 시간이 지나서 운동을 끝내고 물을 마시기 위해 정수기로 향한다.

희수: 운동 나왔어요?
세아: (반기며) 어! 샘 오랜만이에요.
희수: (인바디을 힐끔 보며) 언제 한번 중간 점검해야 하는데? 운동
    잘하고 있어요?
세아: (째려보며) 샘, 오늘은 다 했어요.
희수: (사무실에 A4용지를 챙기며) 그래요? 인바디 해보죠.

세아: (놀라며) 아직 한 달도 안 지났어요.

희수: 왜요? 그렇다고 운동 포기할 거예요?

세아: (당황하며) 알았어요.

   물을 마시다가 만난 희수는 바디 프로필 사진에 대한 궁금증 보다 회원에 대한 궁금증이 더 많아 보였다. 운동은 계속할 건지, 앞으로 운동에 대한 지식을 넓혀 가볼 건지. 말이다. 인바디 결과지가 나온 걸 본 희수는 약간의 안도감과 기대를 하고 있는 듯 보였다.

세아: (웃음) 한 달도 안 지났으니 이 정도면 양호하네요.

희수: (놀리며) 체지방은 그대로네요? 운동 더 해볼 생각 정말 없어요?

세아: 샘, 고민 중이에요.

희수: 체지방도 그대로고, 운동을 잘한 건데. 너무 아까운데?

세아: 알죠. 근데 제 몸이 죽겠어요.

희수: 죽을 병 걸렸어요?

세아: 아뇨! 탈모 같아요. 요즘 머리카락이 많이 빠져요.

희수: 그러니깐 운동으로 극복해야죠!

세아: 콩이니 두유니 먹으라고 하면서 거기도 당이 들어갔으니 운동
     하라고 말할 거죠?

희수: 남들은 세아씨를 부러워하고 있다는 거 잊지 마요!

세아: (부끄) 저를 왜요?

희수: 당연하죠. 남들은 헬스 끊어서 1년 꾸준히 다니는 사람 없어요.

물론 세아씨는 해냈지만, 아주 멋진 거예요. 사진은? 받았어
요? (다급) 언제 보여 줄 거예요?

세아: (새침) 몰라요! 때 되면 보여줄게요. 근데 운동을 안 하면 좀 불
안한 건 있어요.

희수: (미소) 그렇죠?

세아: (다급) 샘 그만요! 알았어요. 운동 더 해볼게요.

희수: 여유 부리다간 시간만 허비해요.

세아: (째려보며) 진짜! 얄미워요.

희수: (웃음) 그럼 이따 봐요. 식사 시간이라.

두어 시간 전 자신에게 손을 흔들며 반겨준 트레이너 샘이 말을
건다.

윤재: 아까 운동하는 거 봤는데 파이팅 해요!

세아: (흠칫) 아! 네, 감사해요

윤재: (고민하며) 앞으로가 더 중요할 거예요.

세아: (궁금) 뭐가요?

윤재: 지금 보다 더 운동 잘해야. 잘 뺐다고 소리 들으니깐요. 요요현
상 안 오게!

세아: (고개 끄덕) 요요 그 말로만 듣던?

윤재는 희수에게 운동을 계속해보라고 직접적으로 말하기보다는

혼자서도 이젠 프리 웨이트로 운동을 할 수 있다는 자신감을 실어 주었다. 운동 실력을 가진 거 같다며 공부 해보라고 조언을 한다.

윤재: (고민을 하면서) 아니면 공부를 해봐요.

세아: 무슨 공부요?

윤재: 그야, 생활스포츠지도사 공부죠.

세아: (어이없어하면서) 네?

윤재: 1년 정도 운동도 하고 배운 걸 써먹어야죠, 누군가에게 희망적 일 수 있잖아요.

세아: 제가요?

윤재: 당연하죠. 1년 운동해서 이 정도로 열정적이면 충분히 해볼 만 하다고 생각해요.

세아: 잘 할 수 있을까요?

윤재: 바디 프로필은 잘 할 수 있다는 생각으로 시작했어요?

세아: 그건 아니지만. 듣고 보니 맞는 말이네요. 제가 증인이네요.

윤재: 빙고! 전, 후 사진 있을 거 아니에요? 누군가에게 기운을 줘봐요.

세아: (상상을 하며) 제가 어떻게. 어우~

윤재: 인생은 모르는 거예요.

세아: 샘, 지금 저 놀리죠? 그만해요. 괜히 운동 안 하려고 그런다고 뭐라고 해요.

윤재: (궁금) 알았어요. 근데 바디 프로필 원본 받았어요?

세아: 어떻게 아셨어요? 저 바디 프로필 촬영 한 거요.

윤재: (시치미) 에이, 1년 동안 운동하는 거 누구보다 응원했는데 서운하네요.

세아: (당황) 그게 아니라.

윤재: (침착) 막상 촬영해 보니 어땠어요? 사진은 골랐어요??

세아: (새침) 골랐죠! 막상 찍고 나니 입맛보다는 물이 너무 마시고 싶어 애먹었어요.

윤재: (웃음) 암튼, 요요 안 하게 운동 꾸준히 해봐요. 담에 또 얘기해요.

세아: (아까 윤재샘이 한 말에 생각에 빠진다) 과연 할 수 있을까? 언제까지 이런 모습으로 살아갈 수는 없긴 한데. 이참에 나도 이직을 해볼까? 희망적인 사람이라고? 말은 잘하네.

직원 휴게실에서 희수와 윤재는 식사와 휴게시간을 갖는다.

희수: (반기며) 샘!

윤재: (웃으며 눈 인사) 근데 세아 회원님 바디 프로필 사진 봤어요?

희수: (미덥지 않게 고객 끄덕) 아뇨. 뭐 보여주겠죠.

윤재: (박수 치며) 그래도 축하해요. 회원이 잘 따라와 주고, 부럽네요.

희수: (쑥스) 뭐, 제가 한거 있나요?

윤재는 식사 시간이라 전자레인지에 닭 가슴살을 해동한다.

윤재: (궁금) 샘도 식사같이 하실래요?

희수: 아뇨, 전 셰이크 마셨어요. 이만 저는 수업하러 데스크 나가요.
　　　쉬세요.
윤재: (뒷모습 보며) 네, 수고하세요~

　희수는 다음 시간 PT 회원님을 기다리며 휴대폰을 만지작거린다.
이때 세아가 말을 건다.

세아: (소심하게 말을 한다) 저, 선생님!
희수: (휘둥그레) 근데 안 갔어요? 아까 다했다고 하지 않았어요?
세아: (속삭이며 또 윤재샘이 엿들을라 눈치 보며) 저 대회 나가고 싶
　　　어요!
희수: (놀라며) 회원님이요? 왜?
세아: (말 대답) 아니! 하고 싶다고요!
희수: (당황) 하고 싶은 이유요?
세아: (고민을 하며 대답을 망설인다) 정말인데.
희수: 장난치지 말고, 명백하게 말해요!
세아: (팔짱을 끼며) 저 프로 선수가 될래요. 보디빌더요! 비키니 모
　　　델이요!
희수: 이제야 올바른 말 하네요!

　때 마침. 희수 샘 PT 회원이 상담 데스크로 걸어 온다.

석준: (흐뭇) 안녕하세요! 샘~

희수: 아! 네, 오셨어요? 여기 잠깐 앉아 있을래요? (세아에게) 지금,
　　　PT 수업 시간이라 기다리던지 운동하고 있을래요?

세아: (어리둥절) 네? 또 운동하고 있으라고요? (애타게) 샘샘샘! (한
　　　탄) 아!

　생활스포츠지도사 지식을 키워 보라는 제안과 계속해서 운동을
해보라는 고집을 내세우는 조언이 나름 부담스럽지는 않았다. 1년
전 그때처럼 그야 멋있는 사람으로 보였으면 했기에 누군가에게 나
도 할 수 있다는 희망의 에너지를 발산하고 싶어 안달이 났지만 역
시나 여러 가지 경우의 수를 두고 갈림길에 놓인 꼴이었다. 이직을
하자니 어렵게 공부해둔 외국어가 아까웠고, 그렇다고 운동을 취미
로 하기에는 너무 욕심이 가득했기 때문이다.

세아: 그래, 생긴 대로 살지 뭐, 바디 프로필 촬영 한지 한 달도 안 돼
　　　서? (고개를 절레절레) 못해. 못해. 그걸 또?? (인상 쓰며) 하지
　　　말자. 하지 말자. 건강 안 좋아지는데 괜히 무리해서 대회까지
　　　나갈 필요는 없지. (긴 한숨) 근데, 여기까지 와놓고, 포기하면
　　　너무 비겁한데. 어쩌지?

3막

노년이 된 세아는 신발장에 둔 양산을 꺼내 현관문을 닫는다. 전단지 한 장이 붙은 걸 두 주먹으로 구겨 냅다 버린다.

세아: (짜증스럽게) 누가 남의 집에다 이런 쓰레기를 남의 대문 앞에 붙여놔!

세아는 경비원에게 달려간다. 잔뜩 붉어진 얼굴과 한눈에 봐도 화가 난 모습에 어쩔 줄 모르는 경비원 한씨.

한씨: 죄송해요. 제가 없는 사이에 누가 붙여놨나 봐요.
세아: (버럭) 누가! 자리를 비우라고 했어요? 지금 퇴근 시간이라도 됩니까? 도둑이라도 들면 한씨가 책임질거 예요? (곁눈질하며 양산을 편다) 나와요!

안색이 창백해지고, 한씨는 아무 말을 못 하고 고개를 숙이고 있다.

세아: 아이고 답답해라, 그렇게 서 있지만 말고 말을 해요! 말을! 내가 오늘은 참아요!

한씨는 고객을 푹 숙이며 다시 말한다.

한씨: (말을 더듬으며) 감사합니다.

의기소침하게 등을 돌려 경비실로 들어간다.

한씨: (경비실을 문 닫으며) 저 할망구! 도대체 누가 자꾸 전단지를 붙이는 거야?

경비실 안에서 한씨는 세아가 볼일을 보고 다시 돌아와 집집마다 붙여진 전단지를 안 띄었다고 한소리 할까 두려워 경비실을 나와 층별로 돌아다니며 전단지를 뜯어낸다.

세아: 여름 날씨치곤 오늘은 그렇게 덥지는 않네, 산책하기 딱 좋겠구먼.

산책 중이던 낯익은 얼굴을 하고 있지만 이름이 기억이 나지 않아 두발 동동 거리다 자신과 비슷해 보이는 어느 할망구에게 말을 건다.

세아: 저 실례가 안되지만, 맞죠? 제가 생각하는? 저 알죠?
할망구: (놀라며) 어! (두 손 박수를 치며) 어머! 여기서 만나네 잘 지냈어요?
세아: 맞죠! 이름이 뭐였더라?

자신과 비슷해 보이는 할망구는 그녀. 예린이었다. 예린도 자신과 너무 다를 거 없는 그저 평범한 할머니가 다 된 모습에 두 사람은 서로가 너무 반가워 안부를 주고받으며 산책로 놀이터가 보이는 벤치에 나란히 앉는다.

세아: 어쩌다가 우리가 이렇게 늙어 버렸는지. 나도 한때는 저기 뛰어노는 아이들처럼 열심히 뛰어놀고, 젊었을 때 누구보다 이쁘게 하고 다녔는데 말이야, 안 그래요?

예린: 그러게. 나도 늙었지만 당신도 참 많이 늙었구려. 세월이 무섭게 지나갔어.

세아: 아까 내가 누구에게 좀 싫은 소리를 했어.

예린: 뭐라고 했는데?

세아: 있어. 이따 간식거리 좀 사다 줘야겠구먼.

예린: 요즘 어떻게 지내? 나는 아들네 집에서 손주 보고 있어.

세아: 나는 바로 앞에 살아. 손주 요가 알려주기도 해?

예린: (인상 쓰며) 주책맞게! 다 늙어서 그런 걸 해? 그럼 자네는?

세아: (헛 웃음) 아니 그 좋은 걸 왜? 썩히고 있어! 나는 100살까지 운동 아니. 죽을 때까지 운동할 거야.

예린: 아니, 그렇게 젊었을 때 했으면 다 한 거지. 늙어가면서까지 하려고 해?

세아: 늙긴. 왜 쭈글쭈글한 얼굴로 이렇게 산책할 수 있는 기력만 있으면 운동해야지! 늙으면 안 된다고 누가 그래! 나는 우리 바깥

양반이랑 시니어 대회 준비도 했었어.

예린: (놀라며) 시니어 대회? 설마 그 내가 말하려는 거 단어가 기억이.

세아: 시니어 보디빌더 선수권 대회! 이 할망구야.

예린: 아니 다 늙어서 그런 걸 왜 하는 거야?

세아: 늙으면 왜 못 할 거 같아서 그러는 거야? 이 할망구가 왜 시비야!

　두 사람은 얼굴만 붉혀서 집으로 각자 돌아간다. 아들네 집으로 돌아온 예린.

손자: 할머니! (손자가 달려와 안긴다)

예린: 그래 젊어서 좋구려.

손자: 응? 할머니 뭐라고?

예린: 우리 석준이는 절대 그렇게 늙으면 안 돼요! (혀를 쯧쯧 하며)
　　　곱게 늙어야지.

　예린은 알아듣지 못하는 말로 손자에게 괜한 심보를 낸다. 세아도 집으로 돌아와 남편에게 전화를 건다.

세아: 여보세요? 왜 전화를 늦게 받아! 당신! 그 요가 선생 기억나지?

남편: (더듬거리며) 집에 가서 얘기해. 지금 바빠.

세아: (화를 내며) 당신! 전화 끊기만 해봐! 집에 들어오면 국물도 없
　　　을 줄 알아! 그 예린이라는 선생을 내가 글쎄 방금 만났는데

나더러 늙어서 주책이래! 당신도 내가 늙어서 주제 파악 못 하
고 이러고 사는 거 같아 보여?

남편: (잔잔한 목소리로) 너무 귀담아듣지 마. 당신만 그런 사람 아니
면 된 거지 뭘.

세아: 이 인간아! 매사에 진지한 면이라곤 어쩜 없어!

남편: (태연하게) 오늘 그나저나 저녁에 거기서 봐~

세아: 그걸 말이라고 하는 거야? 끊어!

전화를 끊고, 이따 있을 참석에 옷을 고르고 무대장으로 향한다.
무대장에 도착해 여러 사람들로부터 인사를 받는 세아.

위원장: (반기며) 오셨어요? 시니어 모델 후보님.

세아: 후보라뇨? 백씨도 참! 아니면 어쩌려고요. 괜히 늙으니 실망한
다고.

백씨: (웃음) 그럴 일 없어요! 2075년 올해의 시니어 모델 명예 상을
받으실 텐데. 가족분들은 다 오라고 했죠?

세아: 다 늙어서 부끄럽구려.

백씨: 아니죠! 부끄러울 일이 아니에요. 자랑스러워해야 한다고요.
저도 후보님처럼 아주 멋지게 여생을 보내고 싶은 게 제 꿈입
니다. 제 롤 모델이세요!

무대장에 초대받은 인파들 속에 카메라 플래시를 터트리며 사진

찍는 기자들도 보였다.

　이때 무대장에서 시작알리는 진행 요원에 따라 세아는 조금 있을 수상에 긴장해 한다.

백씨: 자, 이제 후보님 차례네요. 얼른 상 받을 준비하세요!

세아: (두 손깍지 끼며) 실수하면 안 되는데. (긴 한숨) 수상소감은 또 뭐라고 해야 하지?

진행 MC: (마이크를 만지며) 안녕하세요. 제58회 2075년 올해의 시니어 시상식에 오신 걸 환영합니다. 보디빌더 선수 부분에서 시상을 하겠습니다. 첫 번째 시상 시니어 모델 부분인데요. 이분은 현직으로도 활발하게 활동하고 계시는데요. 축하합니다. 세아님! 여러분 환영의 박수 쳐주세요!

　세아는 무대 위로 올라가 위원장 백씨에게 트로피와 꽃다발을 받는다. 큰 박수를 받는다.

진행 MC: 세아님 수상소감 부탁드려요.

세아: (눈물이 고인다) 감사합니다. 여러분. 제가 이 상을 받기까지 너무 많이 운동을 해서 온몸이 망가졌어요. 하지만 젊었을 때보다 시니어로 현직 활동으로 하며 오늘 주신 이 상이 저에게는 제2의 희망 같아요. 늙어서도 꿈이 있다고, 그리고 그 꿈을 향해 더 아파해도 된다고. (웃음) 그래요. 아픈 만큼 제 몸이 건

강해지는 거라 여기며 이 행복을 오늘 위원장님과 저희 가족들에게 다시 한번 감사드려요! 늙은이의 작은 희망은 운동하며 사는 겁니다! 여러분! 건강하세요!

시니어 모델 부분 수상 소식에 카메라 플래시 터지는 기자들 모습이 보인다. 멀리서 이 모습을 지켜본 남편이 박수를 친다.

남편: 할멈. 축하해. 아주 멋있어!

한여름의 시작

이수민

이수민   영문학과를 전공. 어린 시절 소설가를 꿈꾸던 20대이다. 요즘 취미는 여행, 사진 찍기, 기타 연주, 요리이며 어릴 때부터 책에 관심이 많아 도서관 다니는 것을 좋아한다. 서툴 지만 처음으로 상상력을 발휘하며 자신만의 소설을 쓰게 되었다. 내용과 글솜씨는 한없 이 부족하지만 그만큼 밤낮을 새우며 제대로 된 소설을 쓰기 위해 정성을 들였다. 따뜻 한 날보다 비 오는 날을, 비 오는 날보다는 눈 오는 날을 좋아한다.

비밀 아닌 비밀

 7월 7일 저녁 11시. 경남 창원 도심 맨 끝자락에 자리한 회사 건물 안에서 소이는 사무실 전원을 끄고 나왔다. 짧은 회색 재킷과 치마에 검은 구두를 신고, 얼마 전 생일선물로 받은 갈색 가방을 둘러멘 그녀는 누가 봐도 회사원다웠다. 하지만 허리까지 오는 그녀의 긴 생머리는 달랐다. 방금 누군가와 머리채 싸움이라도 한 듯 형클어져 있어 보는 이들에게 의문을 가지게 했다. 평소라면 주변 시선이 신경 쓰일 수 있었지만, 오늘은 전혀 그러지 않았다. 대부분 퇴근했으리라 생각했기 때문이다. 25층 건물의 한편에 있는 꼭대기부터 지하 3층까지 운영되는 엘리베이터에서 소이가 10층에서 1층으로 내리기까지, 예상대로 탑승하는 사람은 아무도 없었다. 그렇게 1층 로비로 걸어 나오며 습관적으로 옷차림을 정리하다 메고 있던 가방이 손에 걸리자 잡아 열고 넣어둔 거울을 꺼냈다. 거울은 손바닥만

한 크기에 은색 테두리로, 사용하는 이들을 마치 동화 속 공주처럼 보이게 했다. 하지만 현실은 달랐다. 눈에 들어오는 거울 속 자신의 모습을 본 순간 소이는 자기도 모르게 중얼거렸다. "추하다, 추해." 그런 부정적인 자신의 말과 달리 그녀는 손에서 거울을 놓지 않았다. 거울을 얼굴에 더 가까이 대며 살펴봤다. 얼마 전 30살이라는 나이에 신입사원이라는 명함을 달아, 최대한 공들인 출근길의 깔끔한 모습은 어디로 갔는지 눈 씻고 찾아볼 수 없었다. 모두가 퇴근한 후 홀로 서러움에 흘린 눈물로 마스카라는 번져있었고, 얼굴을 꾸미기 위해 바른 립스틱은 위아래로 흉측하게 번져 그녀를 드라큘라처럼 보이게 만들었다. 주변은 퇴근 시간을 훌쩍 넘긴 시간 탓인지 걸어 나오는 동안 자신의 모습을 본 사람은 청소부를 포함해 5명도 채 되지 않았다. 일단 자리에서 멈춰 크게 번져있는 화장들만 지운 후 산발이 된 머리를 가방의 빗을 꺼내 최대한 잘 빗어 내렸다. 아직 여기저기 엉켜있었지만 일단 거울과 빗을 가방에 넣은 후 아무 일 없었다는 듯 다시 밖을 향했다. 건물 안에서는 아무렇지 않게 걸어갔지만, 출구가 가까워질수록 긴장했다. 건물의 1층은 모두 유리 벽이었다. 그 덕분에 밖에서도 내부가 모두 보였지만, 막상 관심을 두는 이들은 잘 없었다. 다만 늦은 시간에도 생각보다 거리를 많이 오가는 이들의 모습에, 나갔을 때 얼마나 많은 시선을 받을까 하는 걱정이 든 것이다. 그렇게 자동문이 열리고 건물을 나가려는 순간 뒤에서 누군가 자신을 불렀다.

"소이 언니!"

갑작스러운 목소리에 온몸이 뻣뻣해졌지만 자주 듣던 청량한 목소리였기에 긴장은 금방 풀어졌다. 그렇다고 얼굴이 바로 뒤를 향하진 않았다. 조금 전 본 거울 속 모습 때문이었다. 깔끔하지 않은 얼굴을 다른 이에게 보이기 싫었다. 사실 목소리보다 달려오면서 바닥에 닿는 구두 굽 소리가 더 크게 들렸고 거리도 꽤 있어서 충분히 무시할 수 있는 상황이었다. 뒤에서 닫히는 문소리에 그냥 갈까 고민도 했지만, 점점 진해지는 익숙한 목소리에 소이는 결국 문 앞에서 발걸음을 멈췄다. 뒤로 돌아보자 닫히던 자동문은 다시 열렸다. 목소리의 주인공은 수연이었다. 갈색 단발과 여우 같은 실눈, 오똑한 콧대, 작은 입, 모델 같은 몸매, 소이보다 5살 어린 25살로 동기 중 어린 편에 속했다. 입사한 지 얼마 안 된 소이와 회사 밖에서도 사적인 이야기를 나누는 몇 안 되는 사람이다. 서로 다른 부서에서 일한다는 것이 두 사람 관계에서의 유일한 걸림돌이었다. 밖에서 회사로 다시 들어온 소이의 행동에 수연은 더 속도를 내달려왔다. 최근 그녀에게 한 행동을 생각하면 자신에게 무슨 말을 하려고 달려오는 것인지 알 수 없었다. 한동안 두 사람에게 오간 것은 밝은 인사와 즐거운 식사 시간밖에 없었기 때문에 혹시나 큰일이라도 난 걸까 하는 마음이 들었다. '걸어오면 될 텐데.' 소이는 불안한 마음과 함께 한심하다는 생각도 하며 자리에 가만히 서 있었다. 그리고 기다리는 동안 눈에 들어오는 것은 수연의 구겨진 표정이었다. 이는 보고 있는 소이의 마음을 불안하게 만들었다. 경주마가 질주하는 듯한 또각 또각 소리는 점점 더 크게 건물 속에서 울려 퍼졌다. 평소보다 지쳐 있는 날이었기에 소이로서는 얼른 만남의 시간이 끝나기를 바라고 있었다. 수연이 멈추고 구두 소리도 멈추자 귀가 편안해지며 마음도 한결 나아지는 듯했다. 이러한 소이의 마음을 수연은 당연히 알 리 없었다. 그저 자신을 보고 있는 소이의 눈망울을 보며 턱밑까지 차는 숨을 고르면서 말했다.

"언니! 저기..."

"응?"

소이는 아무 생각 없이 대답했다.

"......"

수연이 말문은 열었지만 차마 이어가지 못했다. 그저 100미터 달리기를 방금 끝낸 선수처럼 고개를 푹 숙인 채 숨을 헐떡였다. 그런 수연의 모습을 소이는 그저 말없이 바라봤다. 시간이 약이라고 생각하면서 말이다. 그렇게 한참 동안 허리를 구부린 채 잠시 숨을 고르던 그녀는 점차 진정된 것 같았다. 숨을 깊게 내쉬며 허리를 일으키고 기지개하듯 여유롭게 팔을 위로 쭉 뻗는 모습이 무언가를 준비하는 듯했다. 소이는 자신을 앞에 세워두고 없는 듯 행동하자고 이야기했다.

"천천히 얘기해."

기다리다 지친 듯 가라앉아있는 목소리였다. 수연은 민망한 듯 작게 웃으며 자기 주머니에 손을 넣었다 꺼낸 후 소이를 향해 손을 뻗었다.

"언니, 이거 주려고."

소이는 손을 보기 위해 한 걸음 앞으로 다가갔다. 달려오던 수연이 지쳐 결국 거의 다 와서 멈춰서는 바람에 아직 다섯 걸음 정도 거리가 있었기 때문이다. 나름 가까이 간다고 가서 봤지만, 막상 눈에 보이는 건 주먹 쥔 메마른 손 말고 아무것도 없었다. 심각한 얼굴로 주먹만 바라보고 있는 소이를 보고 수연이 두세 걸음 성큼성큼 걸어왔다. 갑작스러움에 무슨 일인가 하는 생각으로 한 걸음 뒤로 피했지만, 두 사람은 어느새 팔을 뻗으면 바로 포옹할 수 있을 정도로 생각보다 훨씬 가까웠다. 소이는 15센티미터 정도 더 큰 수연을 보려니 멀리서 볼 때와는 다르게 고개를 들어야 했다. 얼굴을 보려 고개를 드는 순간 허리에 뭔가 스쳐 지나가는 느낌에 빨리 고개를 내렸다. 무슨 이유에서인지 수연이 소이의 허리춤에 있는 가방에 손을 넣었다 빼고 있었다. 순식간에 벌어진 일에 말리지 못했다. 그렇게 허락 없이 하는 과감한 행동에 신경 쓸 겨를도 없이 수연은 소이를 품속에 꼭 껴안고 놓았다. 그러자 자신을 토끼 같은 눈으로 쳐다보고 있는 소이를 보며 천진난만하게 말을 걸었다.

"언니, 오늘 저녁은?"

"집에서 먹으려고 했는데 어쩌다 보니까 너무 늦었네."

황당함에 잠시 멍하게 있던 소이가 왼쪽 손목에 찬 시계를 보고 얘기했다. 시간은 어느덧 11시 30분을 향하고 있었다. 대화하며 지금까지 퇴근하지 않고 있는 수연에게 의문이 들었지만, 자신도 마찬가지였기에 물어보지 않았다. 그보다 자신을 껴안고 가까이 있는 수연이 현재 엉망진창인 자기 얼굴을 보고서도 아무 말 하지 않는다는 것이 신경 쓰였다. 한편으로는 아직 제대로 보지 못해 꺼내지 않는 것일 수도 있다는 생각에 다행이라는 생각도 들었다.

그렇게 안심하고 있는 동안 갑자기 수연이 아픈 질문을 꺼냈다.

"그럼 약은 먹었어?"

약 이야기가 나오자 소이의 표정은 굳어졌다. 병과 관련된 이야기는 그녀에게 최악의 소재였기 때문이다. 수연이 말하는 약은 지금 '뇌전증'을 앓고 있는 소이가 복용하고 있는 약이다. 뇌전증은 사회적 편견과 낙인이 찍혀있는 일명 '간질'을 순화시킨 병명이다. 하지만 뇌전증이라고 이야기하면 아직도 많은 이들이 잘 알지 못하고 있다.

"오늘? 먹었지. 내일 먹을 약도 다 챙겨놨어."

아무리 친한 동생이라 해도 당연한 이야기를 묻자 가라앉는 기분을 참고 얼굴도 보지 않은 채 꾸역꾸역 대답했다. 그런 소이의 마음도 모른 채 수연은 계속해서 말을 이어 나갔다.

"언니 오늘 아플 때 영상, 이번에 내가 찍어놨어."

아팠다는 말에 땅만 바라보고 있던 소이는 고개를 번쩍 들었다. 한동안 회사에서 발작이 없던 그녀에게 아팠다는 이야기는 오랜만의 청천벽력 같은 이야기였다.

"언제?"

곤혹스러운 얼굴로 소이가 수연을 바라봤다. 자기 일이 아니라서 그런 것일까, 수연은 그저 해맑게 웃고 있었다.

"아까 저녁에 복도 지나가는데 사람들 소리 지르는 소리 들리길래 가봤는데 언니 누워있어서 빨리 찍었지."

"내가 바닥에 누워있었어?"

얘기를 듣고 있는 소이의 기분과 달리 그저 자신이 한 일이 뿌듯한지, 칭찬을 바라는 듯한 말투로 이야기하는 수연이었다. 소이의 머릿속은 정반대였다. 새하얀 도화지처럼 변해있었다. 오늘 아팠다는 이야기를 들어도 당시 상황이 전혀 기억나지 않는 걸 보니 대발작이었을 거라는 생각과 상황이 끝나고 심장이 빨리 뛰기 시작했다. '또 어떻게 아팠을까.', '자리에 있던 사람들, 이제부터 나를 보면 계속 그 생각만 하지 않을까?' 같은 우중충한 생각들만 또다시 머릿속에 하나둘씩 솟아올랐다. 당시 자기 행동을 영웅담처럼 눈치 없이 얘기하던 수연은 조용해진 주변에 고개를 들었다. 멍하니 다른 곳을 응시하고 있는 소이의 창백해진 얼굴만이 보였다. 그제야 자신이 어떻게 행동해야 할지 눈치채고 입을 닫았다. 침묵이 이어졌음에도 소이는 생각에 깊게 빠져 변한 상황을 눈치채지 못한 채 여전히 생각에 잠겨있었다. 잠시 소이의 눈치를 보던 수연은 분위기 전환을 위해 행동을 시작했다.

"근데 언니 오늘 어땠어? 이리 와봐, 머리 좀 풀어줄게."

수연이 작은 눈을 최대한 크게 뜨며 소이의 머리로 양손을 뻗었다. 엉킨 머리는 아까 거울을 보며 정리했었다는 걸 모르고 계속 지저분하다는 수연의 말은 소이를 더 우울하게 만들었다. 하지만 자신의 기분을 풀어주기 위해 열심히 집중하며 정성을 다하는 모습에 소이는 그저 미소 지으며 지켜보고 있을 뿐이었다.

헝클어져 있던 머리카락의 이유는 단순했다, 첫 번째는 왕따 같은 분위기 때문이었다. 하루 내내 매달려있던 기획안을 제출하고 자리를 돌아서며, 지옥 같은 시간에서 벗어난다는 뿌듯함에 콧노래가 저절로 나왔다. 그런 소이가 밉보였는지 그녀가 책상 위에 흐트러져있는 필기구와 온갖 문서들을 정리하고 있는 동안 상사는 받은 기획안을 빠르게 스캔했다. 그런 상사의 마음도, 아무것도 모른 채 홀가분한 마음으로 퇴근 준비를 마치고 자리에서 일어났다. 조용한 사무실, 그냥 나가기에는 너무 어색한 공기였다. 스쳐 지나가는 동료들에게 조용히 인사를 하며 문으로 향하던 그때 그녀를 매의 눈으로 지켜보던 상사가 자리에서 일어나 말하며 다가왔다.

"잠시만요, 소이 씨. 이번 기획안 기각입니다, 너무 허술해요."

"네?"

그의 말은 마치 비수 같았다. 신입이라서일까, 아니면 정말 실력이 없어서일까. 상사의 말에 다시 자리로 돌아와 퇴근을 미루고 잠시 부서 안에서 유일하게 기각당한 자신의 기획안을 들여다보며 생각에 잠겼다. 자기 기획안을 제외하고 모두 통과되는 상황을 보고 있자니 마치 왕따라도 당한 기분이 들어 눈물이 고였다.

두 번째는 동료들이었다. 퇴근 시간이 되자 동료들은 하나둘 자리를 떴다. 서러움에 고개를 숙이고 있는 소이에게 당연하다는 듯 눈길 하나 주지 않고 자리를 떠나는 선배가 대다수였다. 그래도 어깨를 토닥여주고 가는 이도 있었기에 그나마 속을 삭일 수 있었다. 하지만 모두가 떠난 후에도 오랜 시간 혼자 남아, 무시당한 듯한 자신의 노력에 울면서 생각에 잠겨 반사적으로 한숨과 함께 계속해서 머리를 쓸어 넘기다 한참 후 어느 정도 마음이 가라앉자 '자리라도 깔끔하게 하자.'는 마음으로 정리하고 나와 깔끔한 뒷자리와는 달리 그녀의 모습은 엉망진창이 되어있었다.

"심했어?"

소이는 조심스럽게 물었다. 사실 발작의 빈도는 전과 달리 어느 정도 많이 줄어들기는 했지만, 아직 그 수준은 사회생활을 하는 그녀의 주변 사람들에게 충분히 충격을 안겨줄 수 있는 정도였다. 알코올, 탄산은 뇌전증에 독과 같은 존재이기에 소이는 신입이었음에도 회식 자리를 항상 피했다. 나이가 있는 데다 한 번도 참석하지 않아서인지 입사 후 몇 달이 되었지만, 아직 그녀를 어려워하는 이들이 많았다. 하지만 예외인 인물이 바로 수연이었다. 그녀는 소이가 입사하기 전부터 알고 지내는 지인 중 장애인 친구가 있었다. 소이가 입사할 때 인사하려고 처음 본 이후 따로 본 적이 없었다. 처음에는 소이가 장애가 있는 걸 몰랐지만 최근 장애인이 입사했다는 얘기가 회사 내에 퍼지면서 관심을 가진 수연이었다. 기피하던 다른 이들과 달리 수연은 직접 찾아가 먼저 인사를 하고 어떤 장애인지 물어보며 챙기기 시작했다.

"처음부터 아픈 건 못 찍었고 다른 사람들이 소리 질러서 뭔가 이 상해서 달려갈 때부터 카메라 앱 켜고 도착하자마자 계속 찍었어, 아프기 시작하고 10초 정도 지나고 찍기 시작한 거야."

수연이 아무렇지 않다는 듯 대답했다.

"10초?"

생각했던 것과 다른 상황에 소이의 목소리 끝이 올라갔다. 표정에 는 변화가 없었지만 어이없다는 듯한 말투였다.

"응, 그래도 이번엔 바로 앞에 서서 끝까지 찍었으니까 저번이랑 다르게 아마 도움 될 거야."

생각했던 것과 다른 소이의 반응이었지만 길었던 전조증상과 함 께한 발작 시간에 그 옆에서 본인의 의무를 제대로 수행한 것 같아 늠름하게 이야기했다.

"고마워. 교수님이 이번 진단에서 어떻게 말씀하시는지 이번 달에 병원 다녀오고 얘기해 줄게."

뇌전증 환자의 진료를 위해서는 되도록 발작할 때 영상을 찍어두 는 것이 도움이 된다. 발작 당시 상황과 증상이 중요하기 때문이다. 다른 이들이 눈으로 봤다고 해도 그저 기억만으로 어떤 증세를 보 였는지 말로만 묘사한다면 정확한 진단을 내리기 어렵다. 이 사실 을 알고 소이는 회사 내에서 발작을 대비해 회사원 중 가장 편한 사 이인 수연에게만 촬영을 부탁했다. 다른 이들에게 부탁하지 않은 것 은, 자신의 발작을 계속해서 보고 있게 하기 싫었기 때문이다. 소이 는 수연에게 자신의 몸 상태에 관해 이야기하는 것은 그래도 나름 편한 편이었다. 그렇기에 얼마나 오랜 시간, 어떤 모습을 하고 있는지 촬영을 부탁했다. 두 사람 사이에서 처음 장애에 관한 이야기가 나온 것은 입사 후 얼마 지나지 않아 기념으로 수연과 자신의 두 살 터울 여동생인 소서와 함께한 자리에서였다. 세 사람이 함께 밥을 먹는 도중 발작을 하게 되어 한바탕 소동이 있고 난 뒤였다. 소이는 고민하다 결국 차분하게 자신이 장애가 있는 것을 털어놓았다. 수연은 회사의 소문을 통해 그 사실을 이 전부터 알고 있었다는 얘기는 소이를 위해 끝까지 하지 않았다. 회사에 다닌 지 꽤 오랜 시간이 흘렀음에도 아직 그 소문은 소이를 제외하고 모두의 입버릇처럼 여전히 돌아다닌다. 이런 이야기가 돌아다닐 때마다 수연은 마치 친동생처럼 소이의 좋은 점을 이야기하며 뒷담 화를 줄이곤 한다.

"엄청 아프지는 않았어, 진짜야. 그냥 평소랑 비슷했어. 언니가 보면 알 테니까 집에 가서 한번 봐! 괜찮을 거야."

계속해서 자기만의 생각에 빠져있는 모습에 수연은 밝게 소리쳤다. 아팠다는 말에 소이는 그 저녁 시간을 회상해보려 했지만, 수연이 찍었다는 시간은 언제인지 감이 오지 않았다. 머릿속에 돌아오는 건 홀로 남아 울고 있던 퇴근 후뿐이었다. 그 시간이 아니라면 밥을 먹고 난 후 휴식 시간이었을지도 모른다. 소이는 가방 속에 손을 넣어 움직였다. 서너 번 주먹을 쥐었다 폈다 하니 손끝에 새로운 감각이 느껴졌다. 두 손가락만 꼼지락대며 잡아 꺼내니 새끼손가락 절반 정도 되는 크기의 USB였다. 그동안 수연이 보내준 영상은 일주일에

10개가 넘었지만 모두 큰 도움이 되지는 않았다. 말없이 잘 찍고 있던 수연과 다르게 점점 더 심해지는 발작으로 소이가 카메라 화면을 갑자기 벗어나는 경우가 많았기 때문이다.

"지금은 괜찮아?"

그 말을 들을 때 소이의 몸은 발작이 오기 직전이었다. 아까와 달리 심히 창백한 소이의 안색에 수연이 이상한 낌새를 느꼈는지 조심스레 물어봤다. 수연이 자기 몸 상태를 눈치챘다는 것을 알고서 어떻게 포장해야 할까 하는 생각으로 머릿속이 가득했다. 다른 사람들이었다면 오늘은 사실 바쁘다고 바로 자리를 뜨면 된다. 건물 주변이나 주변에 화장실이 있다면 배가 아프다고 화장실을 다녀온다며 안에서 몸이 진정되기까지 잠시 시간을 갖거나 전화를 받으러 다녀온다고 하며 가면 되지만 이야기를 하며 참는 것은 꽤 나 힘들다. 그리고 이미 참은 시간이 꽤 오래되었기에 만약 지금 자리에서 홀로 가기 시작한다면 바로 자리에서 쓰러질 것 같았다.

"괜찮아, 이제 내일 보자."

사실 말은 긍정적으로 했지만, 몸은 달랐다. 점점 더 진해지는 전조증상에 어디라도 괜찮으니 바로 드러눕고 싶었다.

"영상, 잘 보고 얘기해줄게."

소이는 얼른 활짝 웃으며 수연을 자리에서 밀어냈고, 혹시나 수연이 중간중간 뒤돌아볼까 싶어 웃으며 꼿꼿하게 서 있었다. 하지만 의외로 수연은 돌아보지 않고 그대로 회사 옆 골목으로 사라졌다.

그 후, 계속된 긴장 탓인지 심하게 시작된 소이의 발작은 한동안 이어졌다.

고양이

얼마나 오랜 시간 누워있던 것일까. 정신이 들며 점차 머리부터 등, 다리까지 느껴지는 찬 기운에 눈을 뜨자 보이는 건 가로등의 빛과 밤하늘의 별이었다.

"……몇 시지?"

소이는 눈을 비비며 몸을 일으켰다. 느긋하게 일어나긴 했지만, 혹시나 어떤 일이 있었을까 싶어 가지고 있던 물건들이 어떤지 하나하나 살펴봤다. 가지고 있던 물품 중 변한 건 아무것도 없었다. 그래도 밤이었기에 메고 있던 가방과 핸드폰을 꼭 쥐어 잡으며 두려움에 미어캣처럼 사방을 둘러봤다. 누워있던 자리는 전조증상과 함께 기억이 끊어진, 집 앞 공원의 의자 그대로였다. 별다른 일이 없었음을 알고 한시름 놓았다. 수연이 사라지기 전까지 끝까지 참고 있던 발작의 전조증상은 긴장이 풀리자 곧 발작으로 다가왔다. 하지만 완전히 정신이 끊기기 전까지 일단 발걸음이 가는 대로 순식간에 집 앞의 공원으로 향했다. 의자가 보이자 안전을 위해 앉게 되었고 그렇게 잠시 정신을 잃고 일어난 것이다. 게다가 의자에 가만히 누워있었다는 사실에 천만다행이라 생각하고 울렁거리는 마음을 가라앉혔다. 만약 자신이 아무것도 모르고 초반에 바닥에 쓰러져 누워있었거나 집에 가던 길거리에서 쓰러져있었다면 옛날에 자주 그랬던 것처럼 지나가던 행인들이 큰일이라 착각해 119에 신고해 실려 갔을 테니 말이다. 다만 발작 후 무슨 이유에서 떨어졌는지 알 수 없지만, 고개를 돌렸을 때 눈앞에 보였던 땅에 떨어져 있는 자신의 핸드폰을 주워 시간을 확인했다. 11시 50분. 수연과 함께한 시간이 그렇게 길지 않았던 걸 생각해보면 아마 긴 발작이었거나 중간에 잠깐 잠들었겠다고 생각하니 우울해졌다.

'요즘에 왜 이렇게 전처럼 자주 아플까.'

수연이 두 손으로 꼭 붙들고 있던 핸드폰이 왜 의자가 아닌 바닥에 있는 건지 알 수 없지만 일단 기억이 나지 않는 걸 보면 분명 증세가 심했을 것이다. 깨어난 지금은 아무도 없지만 아마 아플 때 누군가 봤다면 그저 흉측하다고 생각하고 지나갔을지도 모른다. 그렇게 소이는 집으로 가는 내내 '얼른 가서 자고 싶다'라는 생각만 머릿속에 가득했다. 수연이 준 USB와 최근 회사 내 발작에 대한 스트레스는 이미 기억 저편으로 사라졌다. 답답한 마음에 자신이 좋아하는 머리를 감싸고 하늘을 올려다보니 가로등 위에 있는 CCTV가 눈에 바로 들어왔다. 아래 의자에 서서 잡아 뜯어 뒤로 돌려보고 싶은 생각으로 차올랐다. 이번엔 발작 전 전조증상이 너무 길었던 걸 생각하면 발작 시간도 길었을 수 있다고 생각하며 우울한 마음을 다시 추려 안고, 다시 집으로 향했다.

아파트 앞 입구 옆에 있는 전신 거울 앞에서 잠시 멈춰, 머리는 물론이고 옷도 다시 한번 살펴보며 자신의 행색을 단정하게 한 후 문을 열었다. 길거리는 평소와 달리 한산했다. 오히려 그래서 더 큰 눈망울로 사방을 둘러보는 그녀의 모습은 미어캣과 다름없었다. 다른 사람들과 달리 면허를 위해서는 제한이 있는 그녀였고, 집으로 향하는 공원에 도착해 몇 걸음 걸어가던 도중 유독 공원의 벤치가 시야에 들어왔다. 벤치에서 얼마 떨어져 있지 않은 곳에서 쓰레기를 줍고 있는 청소부가 있는 걸 보니 그의 손이 닿은 지 얼마 되지 않은 듯했다. '깨끗하고 조용한데, 잠시 쉬었다 갈까.' 가던 길을 멈추고 방향을 바꿨다. 집에 도착한 그녀의 마음은 생각보다 너무나도 멀게 느껴졌다. '오늘은 뭐 때문에 또 정신을 놓은 걸까.' 자신의 발작을 지켜봤을 동료들을 생각하니 자괴감과 수치심이 밀려왔다. 퇴근에 대한 흥분 때문이었을까'. 이번에는 어떻게 아팠을까.'. 그녀는 이번 발작에 대해 떠올리려고 애썼다. 14층 아파트에 있는 자신의 집에서 엘리베이터가 아닌 계단으로 걸어가며 집으로 향하면서 계속해서 지난 기억을 떠올리려고 애썼다. 수연의 이야기를 듣고 난 후 아무리 생각해도 떠오르지 않자 귀가하는 동안 그 자리에 있었을 듯한 동료에게 전화했을 때 전화를 받고 설명해준 동료와 수연, 둘의 얘기는 달랐다. "아까 아팠다는 이야기를 들어서 그런데, 혹시 어땠는지 얘기해줄 수 있어?"라고 물었을 때 대답이 부담스러운지 "잘 모르겠어요. 전보다 조금 심하기만 했어요."라고만 간단히 대답하며 어색하게 말을 돌렸다. 그러자 고개가 저절로 수그러졌다. 그 후

"그건 그렇고 오늘도 수고 많으셨어요. 내일 봐요."라며 얼른 끊어진 전화에 양손으로 얼굴을 감싼 채 들지 못하고 있는 와중, 풀밭의 부스럭거리는 소리가 들려왔다. 지쳤기에 고개를 들 힘도 없었다. 보이지 않았는데도 다시 한번 부스럭부스럭 소리와 함께 당당하게 무언가 걸어 나오자 고개를 들지 못하고 있던 소이는 두 손으로 턱을 괴고 구경했다. 눈앞에는 보이는 건 당당하게 걸어 나오는 검은 고양이였다. 도도해 보이는 그 모습에 머릿속의 흑역사와 당일 사건에 대한 우울함은 순식간에 기억 저편으로 사라졌다.

"너도 혼자니?"

꽤 멀리 떨어져 있지만, 고양이를 좋아하는 소이. 고양이가 마치 자신을 찾는 것 같은 외로운 듯한 눈빛에, 무의식적으로 중얼거렸다.

"나도 너랑 같이 잘 있고 싶네."

자신을 바라보며 하는 송이의 외로운 푸념에 위로인지 우뚝 앉아 있던 녀석은 자리에서 드러누웠다. 생각보다 자리에서 벗어나지 않고 오랫동안 가만히 그 자리에 있었다. 매력적으로 배를 드러내고 눕자 고양이에게 무언가 홀린 것처럼 자리에서 일어나 다가갔다. 사뭇 긴장한 그녀의 모습에도 녀석은 고양이 특유의 새침한 표정으로 바라보기만 한 채 도망가지 않았다. 혹여나 도망갈까 1미터 정도 거리를 둔 채 긴 거리를 유지하고 셀카로 자신과 고양이를 함께 담았다. 기분 좋게 있었다. 앉아 눈을 바라보니 처음 생각했던 것처럼 자리에서 떠났다. '역시'라고 생각하며 떠나가는 뒷모습을 바라보며 자리에서 일어나자 차가운 방울이 콧등으로 떨어지기 시작했다.

"비가 와서 갔네"

소이는 중얼거리며, 고양이의 꼬리를 끝까지 바라보다 자신을 걱정하고 잔소리하고 있을 소서가 문득 생각이 났다.

백수

3년 전, 27살 소이와 25살 소서 두 사람은 모두 백수 신세였다. 20대 중반, 인생의 황금기, 꽃이 만개한 시기에 자유시간을 누리게 된 것이다. 같은 시간이라도 두 사람의 삶의 방식은 매우 다르게 전개되었다. 일단 소이는 대학을 졸업하고 난 후 얼마 지나지 않아 뇌전증을 진단받았다. 하지만 굴하지 않고 일어서며 할 수 있는 것들은 다 해보자는 방식으로 도전하며 희망을 놓지 않았다. 몸이 처음보다 꽤 호전되고 난 후 25살 후반, 일단 아르바이트에 도전하기 시작했다. 혹시나 몸이 안 좋아질 경우를 대비해 집과 최대한 가까운 곳으로 찾아 지원했다. 출발점은 집에서 100미터 정도 걸어가면 있는 고기 식당이었다. 아르바이트 면접 당일, 점심을 먹고 난 뒤 가게에 가기 전 집에서 소이는 심각한 얼굴로 소서에게 물었다.

"내가 아프다는 걸 굳이 말해야 할까?"

알쏭달쏭하다는 듯 소이가 자신을 쳐다보자 책상에 앉아있던 소서가 책을 내려놓더니 말했다.

"당연하지, 일하다가 언니 갑자기 쓰러져서 119 부르고 난리 나면 어떻게 하려고?"

　소서의 찡그린 얼굴과 화난 듯한 어투에 잠시 곰곰이 생각했다. 질문에 대답하고 난 뒤 다시 시험 준비를 하던 소서는 시간이 지나도 말이 없는 소이가 말이 없자 다시 뒤돌아 앉았다.

　"말하기 아주 싫어?"

　답은 돌아오지 않았고, 면접 시간이 임박하자 그저 알겠다는 말과 함께 침착하게 자리를 떠났다. 소서는 아파트 베란다 문을 열고 걸어가고 있는 소이에게 힘내라는 말을 던졌다. 위에서 팔을 휘젓고 있는 모습은 말과 함께 충분히 힘이 되었다. 하지만 세상은 야속했다. 나간 지 10분도 채 지나지 않아 불합격 통보로 소이는 다시 들어와 방으로 들어간 후 한동안 말이 없었다. 저녁 먹는 시간이 되고 방에서 나올 때 소서가 혼자 식사 준비를 하며 넌지시 이유를 물었다. 들어보니 원인은 예상과 같았다. 처음 소이를 보고 그녀에게 몇 가지 질문을 던지던 사장들은 여유롭게 아르바이트생으로 뽑으려는 순간 '그런데 제가'라고 시작하는 소이의 장애 얘기를 듣고서 '그럼'이라는 말로 시작하는 불합격 통보를 자리에서 전했다. 그래도 처음은 괜찮았다. 예상한 그림이었으니 말이다. 하지만 동네 아르바이트 면접들 속에서 쳇바퀴가 돌아가듯 상황이 반복될 때마다 그 속에서 상처가 하나둘 생기기 시작했다. 마지막 지원으로 도전한 집 바로 앞의 편의점 아르바이트 면접에서 부실해진 쳇바퀴는 결국 산산조각으로 부서지고 말았다.

지원서를 들고 찾아간 편의점, 저녁이라 손님은 얼마 없었다. 면접은 시작되었고 밝은 방향으로 흘러갔다. 이내 채용이 확정된 것 같았지만 불안한 마음으로 소이는 말을 꺼냈다.

"그런데 제가 사실 뇌전증이 있어서 일이 생길 수 있는데 괜찮으실까요?"

예상치 못한 말에 면접을 끝내려 생각하던 점장의 동공이 흔들리는 것이 소이에게 보였다. 잠깐의 정적을 깨고 점장이 "그러면 조금 어려울 것 같아요."라는 말과 함께 불합격의 이유를 전달하기 시작했다. 지금까지 합하면 총 20번 이상은 듣던 이야기였다. 평소 자주 오던 편의점이라 이번에는 잘 되리라는 희망과 함께 열심히 하겠다는 견고한 결심을 품었던 탓일까, 친하게 지내던 점장의 답변을 듣자 뒤통수를 야구 방망이로 맞은 것같이 얼얼했다. 이젠 정말 안된다는 서러운 마음이 북받쳐 올라서인지, 소이의 손은 제출했다가 다시 되돌려받은 지원서를 점장을 말을 듣는 내내 자신도 모르게 구기고 있었다. 그녀의 마음이 대충 짐작이 되는 점장은 미안한 마음에 계속해서 다른 곳을 보았다. 시선을 피하며 이야기하다 얼굴을 들자 바로 앞의 구겨진 지원서와 눈물로 범벅되어있는 소이의 얼굴을 보고 놀라 다급하게 말했다.

"아니에요, 일해보세요. 한번 일해보세요."

점장은 일을 허락했지만, 소이는 동정심으로 일하게 된다는 건 아니라는 생각에 고개를 절레절레 흔들고 발걸음을 옮겼다. 밖으로 향하는 소이의 뒷모습을 보며 점장은 그녀에게 계속해서 소리 질렀다.

"아니, 진짜 괜찮아요. 아프셔도 괜찮으니까, 그냥 일단 저랑 같이 한 달 정도 해보시고!"

처음으로 받은 일자리 제안은 채찍과도 같았다. 소이는 자리에서 꿋꿋하게 걸어 나와 점장을 쳐다보지도 않고 나와 집으로 향했다. 비도 오지 않는 노을 진 저녁, 오열하며 거리를 걷는 소이를 거리의 사람들은 이상하다는 듯 봤지만, 당시 그녀의 눈에 들어오는 건 아무것도 없었다. 부끄러움과 창피함 따위는 없었으며 그저 서러움만이 머릿속에 가득했을 뿐이다. 그렇게 아르바이트에 대한 열정은 그로부터 당분간 일단락되었다. 그 시기는 좋게 말하면 소이의 삶에 대한 열정이지만 어쩌면 삶에 대한 무지함과 욕심, 어리석음에 대한 채찍이었는지도 모른다.

소서의 길은 달랐다. 대학 시절부터 차근차근 쌓아온 다양한 아르바이트 경력 덕분인지 빠르게 자신이 원하는 대기업으로 금방 입사할 수 있었다. 하지만 부모님의 도움을 받아 서울에 올라와 지내고 있는 보금자리는 바꾸지 않았다. 소서가 합격한 후 소이는 취업 준비에 더 박차를 가했다. 소서의 생활에 대해 질투하지는 않았다. 오히려 생각보다 많이 달라진 삶의 일정으로 인해 힘들어하는 소서를 격려하기도 했다. 자격증 공부를 주로 했지만, 시간이 지나 몸이 훨씬 호전되어 전과 달리 자신감을 가지고 다시 아르바이트에 도전했다. 하지만 뒤에 붙어오는 꼬리표는 언제나 그래왔듯 '불합격'이었다. 때마다 낙담하는 얼굴을 소서는 뒤에서 묵묵히 바라보고 있을 수밖에 없었다. 각자의 사생활이 진해지며 같은 집에 살고 있다고 한들 함께하는 시간이 줄어들고, 소서가 소이를 위해 해줄 수 있는 일은 크게 없었기 때문이다. 하지만 그만큼 언제나 서로의 인생에 상승곡선이 그려지길 기원하고 서로를 더 생각했다. 어느 날, 회사에 출근한 소서, 홀로 공부하던 소이의 방 창문 너머에서 빗방울 소리가 들려오기 시작했다. 소나기가 아닌 장맛비였다, SNS, 뉴스도 챙겨보지 않고 공부하던 소이는 그 비가 소나기인지 장맛비인지도 모른 채 그냥 반가운 마음으로 맞이했다. 빗소리는 점차 굵어져 가고 시간도 계속해서 흘렀다. 꽤 오랜 시간이 흘러도 멈추지 않는 비에 소이는 결국 참지 못하고 방문 밖으로 나섰다. 오랜만에 태풍처럼 눈앞에서 시원하게 쏟아져 내리는 장맛비에 마음이 씻겨 내려가는 것 같았지만, 한편으로는 정착하지 못하고 방황하며 떠돌고 있는 자신의 모습을 보는 것 같기도 했다. 비는 몇 시간이 넘어도 하염없이 내렸다. 끝없이 쏟아지는 변화무쌍한 빗줄기에 준비한 일과를 모두 마친 소이는 얼른 잘 준비를 했다. 아무 생각을 하고 싶지 않았기 때문이다. 소서가 1박 2일로 출장을 다녀오는 날이기에 오랜만에 혼자 눈을 붙이게 되었기에 기분이 약간 밝아졌다. 또다시 눈을 감고 깊은 생각에 잠겼다.

다음날, 소서가 돌아왔을 때 비는 여전히 쏟아져 내리고 있었다. 문을 열고 들어왔을 때 평소와 달리 자신을 반기는 목소리가 들려오지 않자 다가오는 불안한 마음을 처음에는 그러려니 하며 넘겼다.

하지만 혹시 발작이 일어난 상황일까 싶어 신발을 내던지다시피 벗으며 뛰어들어갔다. 거실로 들어가자 방에 들어가기도 전에 열려있는 방문을 통해 보이는 방 안에는 아무도 없었다. 조용하던 지방에서 수도로의 낯선 환경은 자매끼리의 정을 돈독하게 만들었다. 아르바이트를 마치고 핸드폰을 바라보고 있던 소이가 소서에게 말했다.

"우리는 대체 언제 취직할까?"

그녀의 말을 듣자 두 시간 내내 책상에 앉아 문제집만 풀던 소서가 미소를 지으며 말했다.

"나 요새 저번에 준비하던 거랑 다른 걸로 엄청 열심히 준비하고 있어."

사회인이 되기 전 가장 행복한 시기를 누리고 있지만, 전혀 모르던 두 사람인 것이다.

"언니, 나 지금은 아직 아무것도 되지 못했지만 그래도 좋게 생각해. 언니도 될 거야."

소서는 두 사람 모두 취직하지 못했다고 한들 든든하게 느껴졌다. 소서는 말없이 소이를 바로 보지 않고, 오른쪽에 앉아있는 소이의 왼쪽에 앉아 왼쪽 어깨에 기대었다. 그리고 소이가 비를 맞지 않도록 오른손에 우산을 들고, 왼손을 쭉 뻗어 자그마한 소이의 왼손을 꼭 움켜잡은 채 이야기했다.

"분명히 취직할 수 있어. 아무리 힘들어도, 결국에는 전부 다 취직하고 잘 살아. 그게 자기한테 맞는 일이든 아닌 일이든 결국에는 다

하고 살더라."

동생이지만 사회생활 선배인 소서는 허심탄회하게 얘기했다. 아직 아르바이트조차 해보지 못한 소이에게는 꿈만 같은 이야기였다. 한편으로는 이미 취직했으니 걱정 없이 여유 있게 할 수 있는 말이라고도 생각되었다.

"나랑 같이 취직한 애, 사실 취직하고 난 다음에 오히려 힘들다고 하더라. 걔 면접 통과하고 일한 지 3개월도 안 지났는데 그만뒀어."

동생인 소서의 말에도 소이는 조용히 생각에 잠겼다. 취업 후 분명 어려운 일들이 많을 것이라는 건 알고 있다. 그렇다고 해도 지금 사는 백수의 삶보다 훨씬 안전하고 미래가 보장되어있는 삶이기에 불안함이란 없을 테니 부러움이 더 컸다.

"그래도 취직하고 사는 게 마음 편하지 않을까."

취업에 대한 잘못된 편견, 한결같이 부러워하고 불안해하는 소이의 모습에 소서는 어떻게 해야 지금 소이의 삶이 가장 행복한 삶인지 전해줄 수 있을까 생각했다.

"언니, 그래도 아직 언니는, 시간이 있을 때 하고 싶은 일 하면서 지내는 게 제일 좋아. 분명 기회는 오게 되어있어."

자신의 이야기를 굽히지 않고 펼치는 소서의 모습에 소이는 알겠다는 얼굴로 자기 동생의 머리를 쓰다듬었다. 그리고 그렇게 두 사람은 함께 집으로 돌아갔다. 시간이 얼마 지나지 않아 소이는 거짓말처럼 아르바이트가 아닌 첫 직장을 가지게 되었다.

일상

그렇게 비 내리는 7월 8일 자정, 알림처럼 공원에서 전화벨 소리가 울렸다. 발신자는 소서였다. 집에서 소이를 기다리다 참다못해 건 것이다. 하지만 소이는 받지 않았다. 고의는 아니었다. 단지 전화벨 소리를 무음 가까이 내려둔 탓도 있지만, 그보다 우산 위로 시원하게 떨어지는 빗소리에 흠뻑 빠져 소서의 경고를 듣지 못한 것이다.

"왜 이렇게 안 오는 거야."

소이의 무응답에 소서의 속은 닭가슴살만 먹은 듯 퍽퍽하게 막힌 것 같은 느낌이었다. 원래 핸드폰을 잘 보지 않는 소서는 베란다에서 비가 내리는 밖과 손에 쥐고 있는 핸드폰의 시간을 계속해서 번갈아 바라봤다. 소이에게 전화 걸 시간을 타이밍을 찾기 위해서였다. 소이는 평소 외박을 하지 않고 퇴근이 끝나면 그대로 일찍 들어오지만, 비 오는 날은 조금 늦게 들어오기에 성향에 맞춰본 것이다. 특히 저녁 회의가 마치고 늦게 들어온다는 문자를 받고 기다리다 너무 늦는 귀가 시간으로 걱정이 되어 전화하려다 비가 왔기에 소이를 생각해서 자정을 넘어 걸기로 선택했지만 막상 실제로 받지 않으니 마음속에는 당황스러움과 혼란스러움으로 가득했다. 짧은 시간이지만 그동안 직장 동료들과 함께 연락하고 지내고 있으리라 생각되어 SNS를 둘러봤지만, 변한 건 아무것도 없었다. 회사에 들어가기 소통을 위해 자신이 만들어준 SNS 신생아 계정에는 아무런 게시물도 없었다. 눈살을 찌푸린 채 다시 한번 전화를 걸었다. 벌써 30분이 지난 시간이었다. 지독하게도 소이는 받지 않았다. 그저 우산 위 빗소리, 바닥에 흠뻑 고여가는 빗소리를 들으며 눈을 감고 명상에 빠져 시간 가는 줄 모르고 있었다. 곧장 타들어 가는 마음에 다시 한번 전화를 걸었을 땐 방전된 핸드폰 안내를 듣게 되었다. 사실 퇴근할 때부터 이미 2%도 안 되던 배터리였다. 소이는 핸드폰을 건드리지도 않았지만 계속해서 울리는 전화로 인해 배터리는 방전되었다. 하지만 이를 알 리 없는 소서는 걱정만 한가득 안고 잠옷 차림에서 운동복으로 갈아입고 소이를 찾아 나섰다. 여기저기 둘러보며 찾아보는 그녀의 거친 심장 박동은 멈출 기색이 없었다. 계속해서 길가 어딘가에서 발작하고 쓰러졌을까 하는 두려운 마음으로 가득했기 때문이다. 그렇지만 119에 신고하지는 않았다. 발작 후 큰 부상이 없는 이상 119의 도움이 크게 필요하지 않다는 것을 오랜 시간 함께하며 알게 되었기 때문이다. 물론 옛날엔 소이도 119의 도움이 필요했다. 그러나 이젠 발작을 해도 몇 분, 혹은 1분도 지나지 않아 다시 의식을 찾아 평소처럼 다시 잘 회복하기 때문에 구급차나 다른 사람들을 부르는 행동은 오히려 일을 커지게 하고 귀찮아지게 하는 것뿐이었다. 그래도 가끔 있는 심한 대발작에 기억을 잃는 것은 여전해서 주의해야 했다. 오늘 회사에서의 일이 바로 그 경우였다. 회사에 다니고 난 뒤 아직 크게 아픈 일이 없어서 다행이라고 생각했지만 오랜만에 회사 사람들에게 보이는 수치스러움이었다. 다른 작은 발작들에 비해 대발작의 이번으로 10번째였다.

소이의 취미 중 하나인 비 오는 날 산책 중이 아닐까 싶어 혹시나 하는 마음에 처음엔 아파트 안을 뛰어다니며 찾아보기 시작했다. 예상과 다르게 한참 동안 그 누구도 모습을 보이지 않아 아파트 건물 주변만 정처 없이 서성이다 지쳐 바깥쪽으로 나갔다. 그때, 아파트 앞 끝자락 벤치에서 소이의 뒷모습이 보였다. 핸드폰도, 시계도 없이 한참을 몇 시인지도 모른 채 그저 걸어 다니기만 하던 그녀는 소이를 발견하자마자 달려갔다. 소이는 우산을 든 채 아무것도 하지 않고 빗소리를 듣고 있었다.

"언니, 아직도 집에 안 들어오고 여기서 뭐 해?"

"응?"

진해지는 위쪽에서 들려오는 투둑투둑 소리에 고개를 돌려보니 소서가 우산을 들고 있었다. 소이가 잠시 생각하더니 배시시 웃으며 오른쪽 자리를 툭툭 쳤다. 하지만 다 젖어있는 벤치였다. 걱정한 자신의 마음과 달리 그냥 웃는 언니의 모습에 화가 나기도 했지만 다행이라는 생각에 일단 바라봤다. 안전하게 있는 소이의 모습과 뛰어다니느라 이미 어차피 옷도 다 젖었으니 우산을 접으며 일단 옆에 앉았다. 차가움에 바로 일어나고 싶기도 했지만 그래도 오랜만에 두 사람이 함께 밖에 있는 시간이라 반갑기도 했다.

"늦게까지 안 들어가고 여기 있어서 미안해. 다음에는 조금 일찍 들어갈게. 오늘은 조금 안 좋은 일이 있어서 그랬어."

"왜? 회사에서 누가 뭐라고 했어?"

"아니, 큰일 없었어. 그냥 오늘은 비 오는 일이 유난히 더 좋아서 앉아있었어."

우울했던 기분을 얘기하지 않고 그냥 앞을 바라봤다. 소서를 보면 눈물이 날 것 같아 고개를 돌리지 않고 그저 오른손으로 소서의 왼손을 잡고 우산을 함께 쓴 채 이야기를 시작했다.

"오늘 근데 별일 있었던 것 같은데, 괜찮아?"

눈치가 빠른 소서가 왼쪽으로 고개를 돌려 한참 소이를 쳐다보더니 다시 앞을 바라봤다. 소이는 말없이 그저 괜찮다고 얘기했다.

"앞으로 없을 거야. 미안해."

소이가 계속 소서를 쳐다보지 않으며 비를 바라보기만 하자 소서는 자신의 언니인 소이의 손을 꼭 잡은 채 함께 앞을 바라봤다.

"매일 안된다는 이야기를 했는데, 결국 이렇게 언니도 하고 싶은 일 해보게 되니까 어때?"

"그러게, 아무리 힘들어도 인생에는 딱히 큰 길이 없나 봐."

소이가 땅을 내려다보며 이야기했다.

"무슨 길?"

소서가 소이를 향해 물었다.

"뭐라고 할까. 그냥, 오늘 조금 답답했었어. 비가 오니까 좋네. 인생은 역시 확실히 자기가 열어봐야 하는 길 같아. 여행도 말이고, 사진 찍는 것도 그렇고, 취미도, 음식도, 전부. 친구 만나는 것도, 하는 일도. 힘들다고 해서 방에만 무조건 박혀있는 게 아니라."

소이가 소서에게 말했다. 대기업에 다니는 소서로서는 조금 힘든 환경이지만 그래도 소이에게 공감하며 대답했다.

"왜 그렇게 생각해?"

"시간이 있고 할 수 있을 때 원하는 게 있다면, 전부 다 일단 다 해 봐야 한다고 생각해."

"갑자기 그렇게 생각하게 된 이유가 혹시 있어?"

소서가 이야기하자 소이는 잠시 자신이 아팠을 때 사진의 모습을 보였다. 그 모습을 보자 소서도 공감하기 시작했다. 소이는 힘든 왕따 같은 회사 생활에 잠시 자신만의 휴식기를 가지기로 한 것이다. 소이는 소서에게 일단 서러운 마음을 뒤집고 웃으며 앞으로 자신이 할 수 있는 모든 것을 해보길 결심했다. 정말, 말 그대로 자신이 원하는 걸 다 해보기로 했다. 정말 취직만을 위해 달려온 그녀의 30대 초반의 모습. 그 모습을 아깝게 보내지 않기 위해 화장도 하지 않고 다니던 소이. 화장도 배우고, 뭐든지 열심히 해보기로 했다. 과연, 그녀의 인생은 잘 달라질 수 있을까? 그녀의 인생이 자신만의 선택으로 360도 변할 수 있을까. 작은 희망이라고도 할 수 있지만, 어쩌면 그녀의 도전이라고도 할 수 있다. 지금까지 조출하다면 조출했다고 볼 수 있는 그녀의 인생에 그 누구보다 가장 넓고 아름다운 꽃길만이 피어나길.

지금까지 저의 부족한 실력의 첫 소설을 끝까지 읽어주셔서 감사드립니다.

설강화

발행 2023년 5월 30일
지은이 지현, 현, 전성진, 해운, 최단비, Alice K, 송은아(宋恩我), 이수민
라이팅리더 정성우
디자인 전혜민
펴낸이 정원우
펴낸곳 글ego
출판등록 2019.06.21 (제2019-000227호)
주소 서울특별시 강남구 테헤란로216, 12층 A40호
이메일 writing4ego@gmail.com
홈페이지 http://egowriting.com
인스타그램 @egowriting

ISBN 979-11-6666-322-2